Mulan
Gets Married

木兰结婚

胡卉 著

中国工人出版社

序言　她在女性世界中探路

张怡微

胡卉让我给她的新书写序，我很怕辜负她的信任。她是我们复旦创意写作专业的优秀毕业生，也是“澎湃·镜相”栏目的专栏作家。在时下流行的“非虚构”写作中，她在许多媒体平台留下了自己的创作。初看不过是“故事”，是听来的别人的事，实际的创作工作可能会复杂得多。曾在四川大学担任非虚构课程教学工作的何伟在一篇文章里写过：“（非虚构）创造性部分来源于你是如何运用这些日常素材的，在调查中就存在创造性。非虚构作家需要发掘一些不同寻常的途径去收集信息和选择主题。”我想，胡卉与她这15篇故事的主题就是“女性”。非虚构写作要做大量的调查，要挑选一件事，且要知道为什么要选这件事。胡卉深切地关注着当代中国女性在被日常生活所严格规定的世界中继承和发明的世情伦理。

《亲爱的红豆》写的是一对年轻夫妇十分顺利地成长、求学、婚恋之后，面临的复杂考验——年幼的孩子居然有一段被人凌虐的经历，身为母亲应当如何处理愤怒和自责。《萤萤》写的是小镇上的“阿斯伯格综合征”女患者的成长史，她的生育价值被剥削后遭到残忍抛弃。《罪与罚》写的是东北儿童犯罪故事，聚焦于重男轻女的议题之下被反复讨论过的“姐弟”关系，这篇作品也是2019年度“澎湃·镜相”非虚构写作大赛的获奖作品。在澎湃App刊发时，配有胡卉所绘制的“鹿鸣镇”与“事发地”简图。在一篇创作谈中，胡卉谈到了调查和采访的困难，好不容易与当事人通完电话之后，她飞去了事发的镇子，在那里与很多人闲聊，宾馆老板娘、饭馆老板娘、杂货铺老板娘、鹿产品店老板、酒厂保安、学校老师、保安和厨子，还有一位在河边卖了二十多年爆米花的老大爷。有句话我印象很深，她说那些陌生人对她的出现是这样的感觉：“他们当时把我当成了一个寻亲的人。”

这里的“亲”，我想也可以理解为某种同情、诚实和心中的正义。胡卉是一个非常善良的作者，这种善良的本质在于她明明看到了人的软弱、虚伪，看到了爱情的脆弱、婚姻的沉重，看到了女性的苦楚，却在字里行间，依然（引领读者去）相信高尚，去追求稀有的、美好的东西。她知道年轻女性的美丽是危险的、易被交易和可毁坏的，如《陈雾与象象》，本来拥有美好面容和优异成绩的女孩，却在两性关系中贪恋着受虐后的虚幻温存，最终面临瘫痪的命运。脑瘫儿象象每天去看她，母亲亦当她是孩童一样照顾，却被村民流言所伤。故事结尾极其残酷，村里没有男性做结扎手术的先例，村妇出了坏主意让陈雾去做绝育手术。陈雾的母亲也接受了这污蔑两个善良的失能者纯洁感情的建议，打听起女性结扎的过程。坏人们还去调笑象象问他愿不愿意替陈雾做手术，不知原委的象象同意了，惹来更大的嘲笑。陈雾因此生气，滑着轮椅在雨天怒奔而去，母亲和象象在后面追。这个锥心的场景，不知是真的还是胡卉听后叙写的，总之具有强烈的感染力。这种感染力源自作家本人的深切同情与悲愤，她在文末写这一场追逐的结局：“象象拼命跑啊，拼命跑，像一条肩负使命的黑色猎狗，又像一只轻盈欢快的氢气球，我们眼见他离陈雾的母亲越来越远，离陈雾越来越近。”

男性，也是胡卉的创作中不可忽视的关切面。她并不恨男人，也不怨恨男权社会对女性单一的审美和利用方式。她会谨慎用一个词——放弃：“她放弃目睹很多东西”“他最终被妻子放弃了”。她们历尽千帆，满身伤痕，终于决定不再参考别人过生活。她们那么艰辛地开拓着男权世界中女性活动空间的界限，却还保留着一颗善良的心，去疼惜上一代的传统女性，如《蛇馆》中少女陈凤看母亲：“再过十年，自己会对母亲羡慕不已：她是发自身心地热爱男人，而他们也的确喜欢她。这种能力像是出自天然……”这也使得胡卉的创作更带有复杂的面向，既看到了身为女儿、母亲（或单身母亲）、姐姐、妹妹、闺密、婆婆等角色的辛劳，也看到了她们身为女人的性魅力，那不仅是被男性之眼猎取的甜点，也是其他女性锚定自己和复杂世界关系的参照。而这种灵性的观察，还被运用到了有趣的面向，如《一个神婆的诞生》中，显示出新颖又奇诡的能量。

莫娜·奥祖夫所著《女性的话语》“导言”中说，“女性画像属于一种男性体裁。它鲜有出自女性之手，也极少关心她们的话语”。胡卉笔下的故事，便是新的创造，是犀利又光明的女性书写秩序。她在女性世界中探路、寻亲，并对同样爱着这个世界的我们，娓娓道来。

目录

亲爱的红豆

1

“叮”一声，32楼到了。我提着荔枝出了电梯。荔枝是我昨天去蛇口摘的，冷藏一晚，还很新鲜。妃子笑、糯米滋、鸭头绿，都是肉厚水多，咬一口，浆汁爆破，嫩滑沁甜。这是热带盛夏的幸福，我想送给一对幸福的人，汪澄和李阔，我年少时最好的朋友。他们带着两岁半的女儿小红豆、红豆的爷爷奶奶，从北京搬来深圳，近期，终于迁下户口，安顿好了新居。

上午10点，提前一个小时，我进入了小区。32E，还是32F？我想翻开聊天记录，确认下房门号。摁门铃前，我等着微信在微弱的4G网络下启动。

“流掉？你敢。你敢流掉我的孩子。”

那是李阔的声音。我怔住，大脑一片空白。他说我们湖南方言，语速快，力道足，口气凛冽，不容置疑。

汪澄在哭，声音呜呜的，又细又长，像鸟儿被掐住了喉咙。两年不见，我印象深刻的，依然是汪澄谈笑风生，清爽悦耳、辨识度很高的女中音。

“这不是孩子该来的时候。”汪澄说。

“对不起。汪澄，再想想吧，娃娃五个月了，都长指甲和头发了。”

“我心里怕，怕死了。我们何必把孩子带到这样一个世界？”

“豆豆的事，不会再发生的。”

“你怎么保证？”汪澄悲哀地叫起来，“你能有什么办法？”

“我一直在想办法。别哭，别哭了。”李阔焦躁起来。我仿佛看见他俊秀的脸上，卧蚕眉正像螺丝拧紧。

我站在门口，进退两难。好久，只剩哭声。哭声夹杂着几句疲惫不堪、模糊不清的咒骂。我清楚听到一个最下流、最恶毒的诅咒，是如今乡下村妇都极少再用的骂词，我不敢想象，那是从冷静理性的证券分析师汪澄嘴里出来的，而且，是当着她执手十年、两情相悦的爱人的面，恶狠狠地咒骂出来的。

我总得找个机会，问问这场不像家常的争吵。不过，这要等到我们年少时亲密的友谊，随着距离的拉近，重新归位。在此之前，我要懂得克制，还有隐瞒。我即刻转身，快步走向电梯，摁了下楼键。电梯来得很慢，每次中途停下，我都有点紧张。我姑妈年轻时在镇上开宾馆，每次远远见到熟人带着婚外情人来光顾，她都会把前台让给那个沉默寡言的吉首苗族伙计，自己远退到厨房间。她放弃目睹很多东西，也从不多说一句与生意无关的废话，等她赚得盆满钵满，功成身退，所有人都很怀念她。

2

我在楼下晃荡着，等着争吵过去。这个小区，位于福田，靠近南山，由八栋圆形的高楼环抱而成。楼身一律米黄色，一眼望去，气派又温柔。屋顶是橙色，尖尖的哥特式，悬浮于参天绿树之中，高调醒目。小区里有两条大路，一路种榕树，一路种王棕，每一株，都长得气势巍峨。王棕的单片叶子壮得像棵树，工人们正操作着高空车，轰隆隆地切割棕叶，底下告示牌上印着：谨防落叶砸伤。沿着大路，还散出去一些小路，漫不经心地种着黄钟花、紫荆花、蝎尾花、朱缨花、龙船花，花瓣和熟透的杧果、没熟的莲雾一起，在海风中滚落草丛。滚烫炽烈的热带，连落花都不染一丝残败气。我打量着来往的人们，无论黄皮肤、棕皮肤、白皮肤、黑皮肤，散步的、提蔬菜的、推婴儿车的、练健身器材的、坐在长凳上参悟人生的，都露出自在满足的笑意。这个小区，就像深圳珍藏的一座度假岛。

交完房子定金那天，汪澄发来微信：“《锵锵三人行》，你看吗？听说窦文涛也在这个小区买的房。当然，他买的肯定不是我们这种120平的户型。”

我围着泳池绕了半圈，在深水区王棕树的阴凉处，找了条长凳坐下。泳池很大，是一个过分扁的椭圆。三五老太在远处的浅水区扑腾着。我观赏着水波折射出海蓝色的光，菱形的光线层叠闪烁，盯久了，有种动荡、浪漫又鬼魅的幻觉。十多年前，我也是这样观赏着我闪闪发光的朋友。十六七岁，李阔和汪澄就各自展现出人中龙凤的长势，在我们至今强调“集体”“团队”“合群”这类词语的小城，他们总是独来独往，并对一人走在哄闹的通往食堂和操场的路上——那种突兀的孤独和奇异，毫不在意。我后来明白了，有那么一种人，就是有一个自成体系的精神世界，像身穿铠甲，肃静庄严，能自我保护。

高考后，经过一个无所事事的漫长暑假，李阔和汪澄并排坐在了一起，一人戴一只耳机，听着当年流行的《北京欢迎你》，搭16个小时的特快，去首都读大学。李阔在航空航天大学读通信工程，汪澄在人民大学读经济，一口气从18岁读到25岁。我依次在QQ空间、微博和朋友圈，观赏着他们泡国家图书馆，逛国家博物馆，游国家体育馆，拿国家奖学金，寒暑假走遍这个国家地理教科书上出现的山川河流。我还观赏着他俩，在面食、雾霾和情爱的灌溉下，越长越好看。李阔一点也不像产自全国平均身高倒数第二的省份，至少拔高到175cm，因为长期游泳，他肩宽腰窄，身形挺拔。汪澄长着长着，淡化了甜美娇小，显现出女孩身上罕有的大度大气。他们就像热带雨林中箍在一起的水杉和万年青，树木茁壮蔽日，藤叶也阔大丰茂。有好几年，单是旁观他们的恋爱，都比参与某些恋爱，让我觉得更有意思。我们的弱点在于，既不像他们这样毫无保留、倾尽全力去爱，又对爱的寡淡无聊不甘心，因而总是各怀鬼胎，暗想其他种种可能。

我问汪澄：“李阔是你的初恋，这第一个人，你怎么让自己信服，是最好的那个人？”

“因为他是李阔啊。”她想都没想。

“管他是谁，爱情也有共通的定律啊。比如情欲，新鲜的人更能带来热情吧。”

“不不，我不需要新鲜的人，”汪澄自信而狡黠地一笑，“李阔做什么事都做得最好，做爱也不会例外。”

十年来，在不同时空的切割之下，我们珍视，并一同小心地维护这份友谊。我总是被各种原因，困在原地，而汪澄，每从地理版图上潇洒地移到新的坐标，都会给我打个电话，发几张照片。比如，她曾站在八月的额尔齐斯河畔，拍来凌晨2点像被烧着了的星空。大美已经表明一切，她却累赘地配上好长一段文字：“额尔齐斯河是中国唯一流入北冰洋的河流。发源于新疆富蕴县阿尔泰山西南坡，冰雪融水。为鄂毕河最大支流，流经中国、哈萨克斯坦、俄罗斯。全长4248公里，流域面积5.7万平方公里，年径流量111亿立方米。”

接着，她以一对韩国小男孩亲嘴的表情包作为分界，调皮地补充道：“这可是我们当初咬牙切齿背过的东西。现在我只想告诉你，额尔齐斯河特产的白斑狗鱼，好吃得要命。你就当……我替你尝过了。”

3

2014年，硕士毕业，李阔签了网易，做游戏开发。汪澄去了国泰君安，做证券分析。从三四线小县城出身，赤手空拳，双双体面地留在北京，可谓志得意满。我们同龄人与他俩相比，“自我”都显得很弱小。比如，同样面临催婚，道德层面、地域习俗之类，令人烦不胜烦，却根本影响不到他俩。

汪澄一开口，便让她开铝材店的父母、开超市的未来公婆，无话可说："你对照自己和孩子的15岁，如果孩子更聪明优秀，说明从今往后，你不必再插手他的任何决定。"

李阔一贯负责笑，打圆场："我们的好人生，才刚刚开始。我们有自己的节奏，这是谁也耽搁不了的。"

除非天意。汪澄入职没多久，怀孕了。他们不是这么不小心的人。四月，汪澄因月经紊乱，被查出多囊卵巢综合征，医生说，"多囊"不分泌孕激素，无排卵，基本没有怀孕的可能，而且很难治好。既然如此，避孕就多此一举。同时，在心理上，他们也调适为两人相伴过一生。反正，决定幸福的，是你自己，又不是你的后代。然而，一个月后，汪澄怀孕了。两个人都处于个人发展的紧要阶段，可想而知，怀孕引起的恐慌和忧惧，比不孕要多得多。

不过，孕事从北京三环到了湖南小镇，从两人的"老破小"35平方米居室，到了两家在乡下的时髦的现代化别墅，以及从这对青年男女磨磨蹭蹭不设期限的非婚同居，到必须领证、胎儿建档、筹备婚礼的合法的正统流程，被所有人提炼为："恭喜——有喜啦——双喜临门哇——"

也许是受气氛的感染，也许是孕育生命带来了深刻的体验，或者，他们至此已完全确认了对方，总之，李阔和汪澄在婚礼上，笑得很甜蜜。汪澄看上去精力充沛，受剧增的雌激素影响，皮肤比之前透亮白净，因而右边颧骨冒出的妊娠斑，在遮瑕霜的覆盖下，依然可见。她拿起我的手，放在肚皮上感受胎动。

"小红豆七个月啦，舌头上的味蕾正在形成，能尝出味道了。她很灵活，在羊水里游来游去，一抱到自己的脚，就嘬个不停。每天我吃完饭，她吸收，就会打嗝。”

我很惊奇：“你怎么晓得的？”

“孕期软件会提示你每周的变化。我自己，母体，也能感受到很多东西。”

“叫小红豆？女孩？”

“对。四个月时，一个医生朋友帮忙看了，她家有台 B 超机。”汪澄抿嘴笑笑，往我肩头撒娇似的靠过来。“我们都想要个女儿，尤其是李阔，晓得是个女儿，从医生家回来的车上，一直笑啊，一直笑。快到家了，还一定要去买个大蛋糕庆祝。最后，他选了个小女孩翻糖蛋糕，穿粉色荷叶边公主裙，扎两条栗色小辫子，长着一对又白又胖的天使翅膀。我怕得妊娠糖尿病，蛋糕都叫他吃了。两磅，六人份，他也吃不完，又舍不得扔，摆在桌上，围着看来看去，傻笑，好多好多天。李阔，他可真快乐啊。”

“你看，你要生个儿子，可怎么办。”

“哈哈。你信不信有的人生，老天爷护航，顺风顺水，万事如意。”

我看着汪澄：“我信。”

4

泳池遮阳棚下已空无一人。11 点 15 分，离我们约好的时间，超过一刻钟了。日头很晒，空气灼热，我感到后背的衣服汗湿了，浑身黏糊糊的。我既想跳进水里，游一圈，又开始在脑子里琢磨，该找个什么理由，推掉今天的拜访。所以，当红豆的奶奶拖着买菜推车，来到我身边，弯腰眯眼地探视，我竟有点不知怎么办才好。我好像也不应该坐在这里。但红豆奶奶没有注意，也没有在意。

“真的是你，”她看到我很高兴，皱纹笑得更深了，“他们说你今天过来，我们去超市买菜了。你朋友呢？你朋友怎么没来？”老家上一辈人，至今不说“男朋友”“女朋友”，但意思我们是懂的。

还没等我回答，红豆奶奶又指指泳池那头：“红豆爹爹（爷爷）带着小红豆在那里。我们走吧，家里凉快。”一老一小在铁黑的栅栏那边，身影微微晃动，阳光煞白，我看不清脸。

红豆奶奶大声提醒老头子：“你先去摁电梯——楼高，人多，电梯来得慢。”

我在电梯里第一眼见到小红豆，即刻回想起汪澄在婚礼上，说“公主裙”“天使翅膀”时，一览无余的美丽与恰到好处的骄傲。我也想起有次夜聊，汪澄谈起她受孕的隐秘奇迹，那么激动而饶舌：“我和他，做爱一千次有了吧，一路从初恋摸索着来，激情、震撼，太多太多了。但是那几次，非常特别，难忘——当然不仅是同时高潮那么简单，那种感觉，怎么说，宛如神启。半夜我醒来，会抱着他，看好久，舍不得入睡。一种非常态的——我找不到准确的描述，只能想到‘幸福’——一种非常态的幸福，从脚尖直至头皮，从头皮直至脚尖，贯穿血脉，来回反复，切实可感，在我身心引起的悸动你无法想象。我知道那极其罕见，也很难再出现，所以总是去回味。”

小红豆站在这里，我还能说什么呢。我惊讶于我们的下一代，竟变得这么——这么品种优良。小红豆更像妈妈，初看，简直就是从汪澄那张眉心点红的幼儿班舞蹈集体照中走出来的。不过，小红豆会选，放弃了妈妈有点塌、两翼有点宽的鼻子，遗传了爸爸漂亮的高鼻梁。

小红豆一手抓橘子，一手摁电梯开门按钮。电梯里只有我们四个人。门关了。32 楼的按钮太高了，她够不着，便摇了摇爷爷的裤腿。我心想，这样的小孩，就是看看，也叫人心生欢喜。她穿一条蓝底小碎花背带裙，剪童花头，齐整的刘海下，一双大眼睛黑白分明，圆鼓鼓地紧盯着我，像小动物，很好奇，又有点警惕。

“叫爱姨姨呀，”红豆爷爷笑着把她往我面前推，“这是她的叫法。她喜欢叫爱姨姨、爱叔叔、爱姐姐、爱哥哥……”

小红豆腼腆一笑，不作声。

“你的橘子呢？拿给爱姨姨吃。”

小红豆迟疑着伸出手来，还是不作声。

两分钟后，出了电梯，我走在最后。摁完门铃，小红豆低声喊：“爱姨姨，你吃呀。”喊完，飞快地拽起爷爷的手，脸藏进爷爷的掌心，有点羞赧地来回摩挲着。

我问：“她是讲湖南话吗？”问完又觉得是个废话，因为小红豆半岁断奶后，便放在老家养到两岁。李阔甚至劝父母连地基带货物卖掉了镇上生意兴隆的超市，搬到乡间别墅，专心带娃，享受天伦之乐。公婆欢喜，两百多万都交给汪澄专业打理。

“是呀。不过她听得懂普通话。”

“她也会说一些了。她在这儿上了一个多月幼儿园了。”红豆的爷爷乐呵呵地补充道。

门开了。李阔见到我，恍然大悟似的，一边笑着说“请进”，一边抱起小红豆，飞一圈，又在咯咯笑着的女儿脸上亲个不停。李阔好像没什么变化，30 岁了，还是十四五岁男孩脸，也穿着男孩们穿的那种宽松的黑白格子衬衣和米色牛仔短裤。我想起一本叫作《诗人的迟缓》的小书，上面有一则逸闻。富恩特斯第一次去科塔萨尔家拜访，被后者与年龄不符的年轻面孔所迷惑：“我们是来找你爸爸科塔萨尔的。”刚刚为他打开房门的科塔萨尔回答：“我就是我爸爸。”我上前摸摸汪澄凸起的小腹，想象有一天，同样的台词也可以被李阔用上。

我问这一大家子：“弟弟叫什么？小绿豆，小黄豆，还是小黑豆？”

小红豆一下子听懂了这个玩笑，捂着嘴哧哧笑起来。她指点着沙发上的长毛象安抚巾、彩色毛虫枕头、蓝兔子故事机、小猪佩奇背包、小熊维尼充电迷你风扇，乐不可支地告诉它们：“你叫小土豆，你叫小毛豆，你，小扁豆，你呢，小豇豆，你，小豌豆，记住了吗？记不住？那我再说一遍。”汪澄笑道：“果然，乡村经验很丰富嘛。”而后，阳台上的滑板车被拖了出来。“爱姨姨，看我——”她右脚一踏，左腿一蹬，在偌大的客厅里飞旋起来。滑板尾灯因不断加快的速度，流畅得像一条红绿相间的绸带。

5

我和汪澄聊了一点深圳印象，红豆的奶奶就把有炒有蒸、有煎有炖的菜端上桌了。自然多是湘菜。红烧猪蹄、土匪猪肝、香菜牛肉、黑椒焗大虾，浓油赤酱，鲜辣冲鼻，红红火火之中，点缀着两盘绿叶菜，格外好看。大家高高兴兴围拢过来。

红豆奶奶像突然想起什么，神秘地一笑：“还有小红豆爱吃的，竹荪鸽子汤。”红豆爷爷忙着翻找酒杯：“有下酒菜，我要尽尽兴。”汪澄微笑着，正倒冰饮料。李阔抱小红豆坐上她的餐桌椅，便围着长条桌摆筷子。

我静坐着，饶有趣味地看着小红豆敏捷地戴上一次性手套，抓起离她最近的蹄筋，往嘴里塞：“爱姨姨，看我——”话音未落，尖叫声起，一气就哭哑。她的嘴唇静默地颤抖，很快，哭声一轮高过一轮，伴着手脚在空中激烈地扑腾。

汪澄闪身，几乎以击剑的速度扑上，从小红豆嘴里抠出蹄筋，抱紧她，下巴揉搓女儿头顶，一遍遍亲吻她的头发：“李阔，快倒水！”

孩子拒绝喝水，头摇得坚决：“不要，不要。辣！辣！妈妈啊——我要辣死了——”

一些条状、块状的咖啡色呕吐物从口鼻中喷出，混着眼泪、鼻涕、口水，流到碎花裙子和汪澄的手臂上。她剧烈而持久地呕吐着，像遭受了不可能的食物中毒，或突发严重的胃痉挛、急性肠炎，看上去非常痛苦。呕吐再次到来前，她哀号不止，喉咙里发出幼兽受枪击般的语无伦次的怪叫。有时，她会被倒流的呕吐物呛到，因而引发急剧的咳嗽。

爷爷放下筷子，一口喝下面前的白酒。奶奶束手立在餐桌旁，眼神忧戚。

汪澄指挥道：“快给她拿颗糖，机器猫棒棒糖！”

机器猫被打落在地，圆圆的脑袋滚进桌底。小红豆哭叫的场面，失控了。

汪澄红了眼睛，怒斥道：“妈，叫你别放辣椒！别放辣椒！我还要说多少遍？不吃辣椒会死吗？”

“统共就放了三个辣椒，今天来了湖南老家的客人……”

红豆爷爷意味深长地瞟了一眼。她刚开口便住了口。

汪澄喝道：“家里一个辣椒籽也不要留！”

李阔把孩子接过去，脸色很不好看。孩子伤心的小身子伏在爸爸肩头，抽得一颤一颤的。

“我带她出去透透气，”李阔说，“你们先吃吧。”

尽管我们故作轻松，说了些“孩子天性爱哭”“没有不闹的孩子”“食物过敏要多多注意”之类不痛不痒的话，但来这么一段餐前奏，这顿饭吃得委实不是滋味。

饭后，李阔抱着睡着的孩子回来了。他嘱咐红豆的爷爷：“午睡后，正好送去幼儿园拍照。下周一暴雨橙色预警，放假，集体照提前到今天下午 2 点。”

我坐了一会儿，等李阔潦草地吃完，起身告辞。

汪澄拉着我的手：“今天就住这儿吧？我让李阔睡客厅。”

我不自然地犹疑着，想找件什么事，但一时又想不起什么事。

“那至少在这吃晚饭吧。”

“太麻烦吧？”

“我真想和你聊聊天。我有多久没和人聊聊天了啊。我们等下也可以去附近逛逛。吃完晚饭，让李阔开车送你回去，好吗？”

“行。”我没法拒绝那双充满期待的眼睛。

午后，云层变得厚重，挡住了太阳。南海的风切入深圳湾陆地，空气湿润凉爽起来。我、汪澄和李阔，决定去附近有名的华侨城创意园走走。我们都觉得没什么可看的，尤其是他俩，在北京待过十年，趣味阈值之高，可想而知。

正对星巴克的整面墙上，挂着一个叫作“小说艺术”的展览宣传，就在我们脚下的南区，二栋深圳馆。进去没多久，汪澄就说：“狗屎。”

李阔认同：“是啊，土得掉渣。”

我们继续往里走。与其说是看展，不如说是在迷宫一样的展厅寻找出口。汪澄斜睨着那些汉字连成的儿童简笔画一样的人像，还有密集而工整的文字讲述，生气地说：“我真搞不明白，有的人怎么有脸把讲得这么烂的故事，大段地印上整面白墙，字还印那么大。我真替墙感到憋屈。”

她挽着我的手，不耐烦地绕出来。我们站在门口，发现李阔没有跟上来。等了好一会儿，只好折身回去。

李阔跪蹲在那里，正对着一幅小画。

那是一幅红豆散落一地的水彩画，很普通，像出自缺乏经验和想象力的新手，所以我和汪澄只是站着，低头扫视了一眼。李阔没有发现我们。汪澄恶作剧地敲了下李阔的肩，想吓他一跳。李阔抬起头来。我们被他满脸的泪水，惊得不知所措。

几天以后，我又去看了那幅小画。

画框下，印着小楷字：在广东澄海，女孩初潮，父母会采来12 种鲜花，浸在水里给孩子沐浴。浴后穿上母亲亲手缝制的白衣，坐在扁平而巨大的竹箩中，家人将事先准备好的红豆从女孩的头顶散落，豆击竹箩声如乐。遂收红豆，烹制红豆糕，送给亲朋邻里，说明女孩已经成人了。

这叫“出花园”。

6

3点半，我们一同去幼儿园接小红豆，路过小区游乐场，看到他们正在水池边拍合照。小红豆像所有孩子一样，拿着一个红气球，喜气洋洋的，笑嘻嘻地跑过来，叫爸爸，叫妈妈，叫爱姨姨。我感动于小孩子的天真。她仿佛全然忘记两个小时前发生的一切了。

晚饭后，小红豆的爷爷奶奶带孩子出门散步，李阔在卧室处理工作上的事，汪澄泡了一壶百香果花茶，邀我在阳台坐坐。这个弧形的阳台，里面铺着一块仙人掌印花地毯，外围种着一丛开得热烈的三角梅和栀子花，幽微的花香笼罩着整个阳台。视线所及，车水马龙，万家灯火，依次是深南大道、世界之窗、湿地公园、红树林海滨、深圳湾大桥、香港岛，以及邈远幽暗的南海。

我正看得出神，突然听见汪澄说：“就是担心出现今天这种场景，所以，装修好了新房子，我们也从不邀请朋友来家里。你，我知道你不会在心里嘲笑我。”

汪澄的语气绝对，却有种强制性的冷酷，好像若不如此，她便不能顺利地讲完她必须要讲的东西。

“我发生了大悲剧。我的人生有了一个黑洞，一个深渊。”她沉默良久，“难以启齿。今年正月初七，我和李阔回北京上班。初九晚上，婆婆打电话来，叫我们回去。她磨蹭了好久才说理由。小红豆跟她姑家6岁的表姐一同去买花炮，小卖部离家一里路，沿公路直走，没有岔路，他们就让小孩子自己去了。回来的路上，小红豆肚子疼，要大便，于是，她表姐给她找了一个隐蔽点的地方，是一个独门独户土墙外围从公路往稻田拐进去的墙角下。她们正起身要走，被出来倒潲水的老太太抓住了。'谁拉的，谁吃掉。'大的回来学给大人听。那老畜生揪着大孩子的耳朵，把她拖进了屋。我回家看到她腿上还有火钳抽的一道血印子。小红豆，我的小红豆，受了很多恐吓，吃了撒上辣椒粉的大便……"

汪澄捶自己的心口，抱紧膝盖呜咽了一声。深南大道，车流如洪，猛然钻出一阵十分刺耳的电锯似的车鸣。我感到身体的紧张，像半夜复发了缓慢加剧的肠绞痛，却没有储存的药物应对，只能凭借意志力，一分一秒挨过去。

汪澄拧开浇花的龙头，洗了把脸，瘫痪似的，缩坐下去。

"我要回去杀了那畜生。北京到长沙的飞机，两小时四十分钟，我和李阔轮流起身，躲进厕所。我想着我的孩子，我的心痛得开裂，我的眼睛要哭瞎。我诅咒自己，诅咒老天，他该死，我将不得不违逆他，去杀人。快下飞机，我还坐在马桶上，像患了大病，呕吐腹泻不止。我始终想着我的孩子，不知怎的，我的手指掏进马桶，自己也尝了一口……

"回去之后，我们报案了。她被拘留半个月。半个月，你看看，半年过去了，我们还在为这个事遭罪。我们全家，每个人，这一世，都得遭罪。我一到家，见到小红豆，瘦瘦黄黄的，也不笑，就马上打电话辞职了。接下来，我每天都陪着她。事情发生后，我真怕她变得不正常。吃饭睡觉这样基本的东西，一下子变得很难。她会突然呕吐，惊醒尖叫，人好久都缓不过来，越来越没精神。

“有一天半夜，我听见她睡得迷迷糊糊的，话却说得很清楚，她说，妈妈，你记得用梅花鹿小毯子包着我，我最喜欢梅花鹿小毯子。妈妈，给我戴上小鱼儿银项圈，你从北京带回来的银项圈。给我涂一点儿你涂的口红。给我穿上蝴蝶结红皮鞋，我的娃娃，一个一个，都挨着我的脚底放……她细细碎碎，反复说，反复说，好像在嘱托什么事情一样。我突然意识到……人就崩溃了。第二天，我公婆请邻县一个有名的巫婆来做了法事。只要他们说对小红豆好，我什么都信。可我知道自己，很难真的信。可是，我能有什么办法啊。

“哼，关半个月，这算什么惩罚？这口气我咽不下。我和李阔说过，我一定要找人，哪怕花一百万，我要找人，削掉她的鼻子。我第一次这么说时，脑子里冒出《时代周刊》那页封面，一个被割掉鼻子的阿富汗少女，很恐怖，我心里一惊。那我一定要找人，剁她三根手指。就是那只右手，从小拇指、无名指，到中指。这么说吧，我已经找到人了。你知道的，家那边，从不缺为点钱就杀人的吸毒混子。可是李阔不同意。他坚决不同意。说什么‘不能用邪恶报复邪恶’‘不管多难，要用人性美好抵抗邪恶’‘持续地做某些事，去促进一个内在自我的成长’等，都是软蛋一样的屁话。少女时我喜欢他这种书生气，现在，你看到了，世界是按这种逻辑在运转？分歧总叫我们吵个没完，我真害怕我们过不下去了。事实上，我怀疑他说那些话时，底气并不足。他如今对什么都失去了兴趣，或者说，他对活着的全部兴趣，除了工作，就是和孩子待着。”

我国《刑法》并无“虐童罪”，已有的“虐待罪”仅限于家庭成员，且量刑一般不超过两年。《未成年人保护法》《义务教育法》

《宪法》倡导“禁止虐待儿童”，但缺乏一套可落实的司法程序，不足以保护儿童免遭伤害。这些，都是后来我在网上了解到的。我当时以为“拘留半个月”，是乡下人情社会的判决方式，因为钱减刑，因为钱赎罪，种种案例，我们从小到大，听得太多了。

7

我在汪澄家住了一晚，听她说了很多相关又相斥的观念与计划，然而等到我们掏空精神各自入梦，一切依旧毫无定论。第二天，我被无情雪亮的光线刺醒，已是8点。穿过大厅去洗漱间时，我不仅感到一身骨头散了架，而且还真真实实地落枕了。

“你饿了吗？汪澄出去买早点了。”李阔说。他和小红豆坐在窗户下的地毯上，从一本大地图册中抬起头，神情一致地望着我。围绕着他们的，是一堆色彩鲜艳的绘本，一些形状不规则的拼图，还有一个和小红豆差不多高的地球仪。父女俩笑的样子都有点淘气，让我忍不住狐疑地压了压自己蓬乱的头发。

“不饿。”我说。

李阔指了指洗漱间：“新牙刷用水烫过了，放在洗手台上。”

“谢谢。”

“西藏，豆豆你看，这是什么方位？西南，对。西藏是高原，那儿的人们就像生活在很高的山堆堆上。所以爸爸上次去西藏，飞机降落在拉萨，高原反应很强烈，头痛呀，耳鸣呀，可难受了。”

“那为什么说，西藏是爸爸最喜欢的地方？”小红豆稚声稚气地问。

“西藏很美，很不一样。而且，小红豆是爸爸从西藏带回来的。”

“李先生，你又在骗人。”

我想笑，差点被洗漱水呛住。

“李小姐，我没有骗你。我和你妈妈从拉萨去林芝，途经一个叫巴松措的湖。我们跟随一位当地的藏族老人在山里和湖边转转，经过一个弯弯绕绕的石洞，老人说，这个叫作‘送子洞’，哪家想要小宝宝了，就进里面走上一圈。妈妈很好奇，一定要进去看看。后来呢，没多久，我们家就来了一个小宝宝。”

“就是我，小红豆。”

“哈哈，就是你，小红豆，爸爸最爱的小红豆。”

我来到他们的身边。柔软的南海的风远道而来，无声地从窗户潜入，清理着人皮肤上陈旧一夜的疲惫。我拾起地上一本书，《阿莫的生病日》，它讲的是动物园管理员阿莫的故事。阿莫和大象、乌龟、企鹅、犀牛、猫头鹰交朋友，跟它们下棋、赛跑、陪坐、擦鼻涕、讲故事，日复一日。有一天，阿莫生病了，这些动物等待和思念了一整天。傍晚时，它们坐着阿莫每天坐的 5 路公交车，去看望阿莫。李阔说，小红豆已经读过这个故事了，她很喜欢，很熟悉，可以讲给我们听。

小红豆指着满载动物的公交车，若有所思地说：“阿莫会有点儿喜欢他的生病日的。我生病，妈妈爸爸也会这样，搭飞机，搭车，回来看我。所以，我有点儿喜欢我的生病日。”

无论是穿红袜子的害羞的企鹅，戴眼镜的怕黑的猫头鹰，还是背对着我们喝茶、有着巨大臀部的大象，都逗得小红豆咯咯直笑。

她比我和李阔更能领受画家的幽默。合上书，她踩在饼干凳上，又踩在高一点儿的椅子上，在书架上拨出一个空格。

“爸爸，长大了，我要像阿莫一样，当动物管理员。”

“好啊。”

虽然凳椅很稳，李阔还是伸出双臂，在空中护着小红豆。

“为什么呢？”

阿莫被推进书架。小红豆背对着我们，胖胖小小的手指在一排书脊上，弹钢琴似的，拨弄来，拨弄去。

“工作是在外面。如果是在外面，”她说，“我更喜欢陌生动物。”

萤 萤

1

“你们，不许拿酒洗碗。要洗用可乐洗。”

我的祖父胡五爹，用食指叩叩桌面，不客气地命令在座的客人。喜宴一开，八仙桌上，猪耳朵配花生米等开胃小菜，四方铺陈。人们笑面融融，收拾碗碟，拾筷而上。然而，他们却不得不重新拧紧装谷酒的塑料瓶子，等着可乐打开，冒完气泡。没人敢把五爹的话不当回事。在镇上，他是出了名的不好招惹，脾气暴躁如火药，嘴瓣锋利如剪刀，一味靠着疏财散物，才换来邻里多年的容忍。镇上婚娶或办丧的宴席，他一概没有兴趣。但萤萤这杯喜酒，他一定要喝。奉送的礼金，一千二百块，是参考叔祖父的身份来的。

他和萤萤不沾亲。萤萤姓蒋，是蒋八筒的孙女。蒋八筒上个月死了，急症。五爹和蒋八筒，是儿时同龄的玩伴、少时挖煤的矿友、成年后出生入死的战友，以及老年来的酒友、钓友和牌友。他们能够相互接纳，人们说，那是以毒攻毒，一物降一物。他们本可以始终相伴，活成对方眼中的另一个自己。但27岁退伍那年，蒋八筒因受不了城市的规则和单位的纪律，决意回小镇。后拜师习得酿酒，买下省道S311十字路口一爿两进门面，一间卖谷酒、高粱酒、甜酒和酒曲丸，另一间，前后开过打米、揉茶叶、榨茶籽油的厂，三块五块地收取机器费。数十年来，他在巴掌大的小镇昼夜劳碌时，他的朋友辗转粤湘赣各县市的水利厂，做技术工，直至退休才与家人真正团聚。

蒋八筒为什么叫蒋八筒？这里面有个过往。

我祖母说，蒋八筒本来叫蒋友章。蒋友章的妻子年轻时长得靓，也爱说爱笑，爱打麻将。她当军嫂时，麻将桌上飞出来的流言很多。等到蒋友章回乡，麻将馆她去得少了，但正因不常去，每次去，都待得久。有一回，蒋友章在外酿酒回来，家里冷锅冷灶，他心下凛凛，酒气冲冲，寻到麻将馆，女人正对着牌友和看客媚笑。她的手气很好，裙摆兜着的票子，像木柴似的垒起小山。他催她，她哄他，那屁股就像砌在凳子上，难舍难分。这女人，让蒋友章受到了明里暗里的嘲笑。谁都忘了，行过军、剿过湘西土匪、枪杀过敌人和野猪的蒋友章，不是孬种。再次催促无果，他捏起一粒麻将子，如同飞镖高手，正中女人的右颧骨，顿时皮开肉绽，血喷涌而出。那女人就像疯了一样惨叫。所有人都看见了。

“眼睛没瞎，算我手下留情。”蒋友章恶狠狠地说。他捏起麻将子，一颗一颗往水泥地上砸，单调地重复一句话：“我让你出来卖骚！我让你出来卖骚！”

麻将子跑得到处都是。事后，麻将馆老板娘翻找一圈，就是找不到八筒。她见到蒋友章就问："老蒋，八筒哪？我的八筒哪？"大家都说，一副上等的好麻将——还是多年前抄地主家得来的竹片麻将——就这么废了，真是可惜。后来，很多人一见蒋友章，就问："八筒哪？八筒哪？"像和他打招呼似的。

蒋八筒的女人照常进麻将馆，照常说笑，但掐算好时间。一条蜈蚣形状的伤疤，永久地匍匐在她脸上。胳臂、脖颈、小腿、脚面，不定期出现块状、条状、饼状和不规则状的瘀青。旧的好了又添新的。毛发扯掉一小撮，头皮露出白肉，过阵子，又长出新的了。

镇上的人都说，蒋八筒的女人和他家两个小子，就像他养的三条狗。儿子们结了婚，娶了外地媳妇，蒋八筒手下，又添了两条可怜的母狗。

2

1989 年农历小年，蒋萤萤出生。萤萤的相貌，更像她的贵州彝族母亲，天然鬈发，眼大头圆，肤如蛋白，实在是个可爱的女孩。可终究是个女孩。20 世纪 90 年代的湘东小镇，对长孙的期盼与骄傲，只有男孩才能满足。这女孩一来，就引发祖母、父母和叔婶的嫌碍。然而，蒋八筒像是故意与谁为敌，或是不待见老旧观念，纯粹为了找个爱的出口？——说不出什么原因，总之，不宝贝任何人的蒋八筒，比谁都宝贝这个女孩。

萤萤的那坛"女儿红"，是祖父蒋八筒亲自酿，亲手埋的。女孩诞生第三日，一般是父亲为她埋下“女儿红”，待成婚时，随喜被、喜柜、喜镜，作为陪嫁贺礼，恭送夫家，敬献公婆，祈盼和睦美满。不像绍兴传统——桂花树下埋黄酒，我们是用黄釉雕花的坛子，装质朴清澈的谷酒，埋在能够结出果实的树下。父亲闲时，黑鞋白底，树下踩一踩，回望女儿一步一脚，眉眼渐长开，红头绳扎起来。我们这一代的“女儿红”，都是蒋八筒酿的。蒋氏谷酒，名声响亮，从未失手，连酒糟残渣都深受养鱼者的喜爱。

萤萤两岁前都很正常，或者是，暂且没被发现有什么不正常。她两岁还不会叫“爸爸”“妈妈”（不过这也没什么，我堂叔家的儿子，两岁才开口说话，最终也考上了福建一所重点大学），后来慢慢地，一些奇奇怪怪的症状，开始显山露水。我祖母回忆说，蒋八筒带着小萤萤，来和五爹呷酒海聊，一聊就是小半天。萤萤坐在板凳上，吹电风扇，一吹就是小半天。她坐得端正，一直盯着转动的绿色扇叶，好像她的眼睛是天文望远镜，能在我们看不到的地方，发现其他星球飞来的瓢虫或蝴蝶。可是，她明明在看，一双美丽的大眼睛里空洞无物，表情也很疏离，是个克己冷静的小大人，少有惊喜、好奇、困惑等情感情绪的即时反应。蒋八筒走过去，笑着拍拍她：“萤萤，回家吧？”她便由他拉起手，小脚蹒跚地回家去。她越开心，身体就越失衡，醉汉似的摇摇晃晃，仿佛地震正在她一个人的脚下发生。

有时过来了，蒋八筒会把萤萤领到一扇门边上，个把钟头，她重复地开门关门，如同沉溺一个特别好玩的游戏，或是她为门轴发出的“吱嘎”声深深着迷。要是给她一口高压锅，她也可以不间断地揭开锅盖又盖上。如果端来一大碗白米饭，她会耐心地一勺一勺，一粒不剩地铲进嘴里。起先，三个老人都夸，这孩子好带，省心——只要不带她去麻将馆、菜市场、汽车站、婚葬礼、花鼓戏台下。蒋八筒总结出了规律：萤萤一去热闹的场所，就像进入炮火掀天的战场，双耳不堪重负似的，赶紧捂住，踉踉跄跄，怪叫着出逃。不过这点对他们的生活影响不大，因为蒋八筒本来就不爱去那些地方。

等到萤萤上幼儿班（那时镇上没有幼儿园，孩子等到六岁，入一年制幼儿班，然后上小学），不得不与老师同学相处，问题就变得棘手。她只爱吃米饭，不吃菜，饭量大得如同没有饱腹感。她也无视规矩，吃完自己的，就抢同学的。她老是把 3 写成 m，9 写成 p，数字 7 是一把挂反了的锄头。老师呵斥她，她便扑上去又挠又咬，不看形势，不分轻重，前后咬伤了数学老师和音乐老师。因为她也根本没法学习舞蹈，站在镜子前，手脚模仿的动作总是不对。单凭她一个人，就使得整个集体的表演，乱了套，难看得像个愚蠢的笑话。每逢庆祝儿童节、教师节、国庆节，一拍集体照，她听不见"茄子——"，不懂微笑，自顾自地做着夸张又怪异的鬼脸。

"不像正常人。"大人们说。

"蠢包。"孩子们说。

蒋八筒按照"镇→县→市→市中心"的转车路线，寻到熟人所在的湘雅二医院。回来后，他几乎复述不全萤萤的病症，要对照病历念才行。

是阿斯伯格综合征。一种高功能的孤独症，美化的说法，也叫"天才病"。但在我们镇上，天分和疾病一样，都是多余的负担，比如，你有画画的天分，你便把你的父母推入了两难的境地：到底要不要出钱送你学画画？

最终，人们认同了蒋八筒对萤萤的定位：“不是正常人，也不全是蠢包。”

我们做小学同学时，萤萤受了很多欺凌——但也许在她的观念里，她并不认为那是欺凌？反正她从不说。我告给蒋八筒知道了。他先是和几个大男孩好言好语，施以小恩小惠，雇他们给萤萤当保镖。后来，他发现男孩们联手恐吓她（把蛇头或死鼠之类藏进她的书包），还面不改色地来领辛苦费。于是，每天下午四点，蒋八筒扔下一切活儿，去学校接萤萤。蒋八筒站在萤萤身边，高大严肃，像个凶神恶煞的门神。

然而，几年来，学校老师上门告状，同学家长上门告状，说好了似的，轮流来告状。告蒋萤萤“干扰罪”“不良影响罪”，还有反应迟钝，对人冷漠，容易暴怒，等等诸多罪状。

萤萤读完小学四年级，不读了。这个决定是蒋八筒下的。他想了想，觉得不读也挺好：“学费留着买花戴。”至于家里其他人，别提读书，早就引以为耻（同时也为了节省资源），放弃这个孩子了。萤萤妈妈的肚皮不见凸，但准生证是早就领好了。

3

萤萤十二三岁，比我们都漂亮。天生的容貌当然有，她身体发育早，穿戴好，也是原因。在小镇多数俭省的茶米人家的女孩中，萤萤显得鹤立鸡群，蓝色鹦鹉刺绣的连衣裙、向日葵花朵贴布的半身裙、《还珠格格》小燕子头像的背带裙，和那条穿了像要去参加全国钢琴比赛的桃花红三层蛋糕裙，都是镇上童装店最贵的新款。她换得很勤，几乎整个夏天，裙子不重样，看得人眼花缭乱。同龄的女孩总是用一种复杂的眼神，远观萤萤，又怀着一种更加复杂的心情，接受蒋八筒馈赠的萤萤的旧裙子。

萤萤是镇上第一个戴电子手表的小孩，第一个穿长筒靴的小孩，第一个有单车的小孩（虽然她始终不会骑）。萤萤还是镇上第一个请我们去吃奶油生日蛋糕的小孩。萤萤就像小镇的公主。

现在来看，蒋八筒好像刻意在用他的方式，费钱费力，干预萤萤与这世界的关系。事实上，我祖母说，蒋八筒很抠，他与人酿酒打米，涉及经济往来，不爱人家赊欠一分钱。钱攥得紧，没给老婆儿子置过什么电器或衣裤。保险箱的钥匙贴着心脏挂，至死不踏进小儿子工作的农村信用合作社和新开的农业银行。蒋八筒的老婆到处挖苦他，只有猪脑子，才会为一个没有希望的孙女如此浪费铺张。等着瞧吧，等到去万寿山火葬场那一天，他连自己尸身的来回车费都存不下。

老太太反观自身："我就更加指望不上他了。我顶多指望他不打我。"

蒋八筒老来夫妻分了家，老太太住这头，他和萤萤住那头。他挑着两只大木甑，去谁家蒸酿谷酒，萤萤常跟在身旁（更多的时候，她一个人待在家里）。酿酒前，蒋八筒安顿好萤萤的外部环境和指头活动，最后，还要挑一桶热水回家，给她洗澡。谷酒蒸煮的过程，水也源源不断地烧开。妇女们不会放过挑水的机会，像我祖母就迷信蒸酒水消毒祛菌的神奇疗效。她说，在蒸酒水中搓洗和浸泡，可以使皮肤百病不侵，湿疹、痱子、水痘都不会找上门来。

人越老，性别越模糊，蒋八筒照顾萤萤的日常，和气而耐烦，近乎一个持证上岗的保姆。但一个老头，帮一个少女洗澡，终归不合适。小镇妇女嘴皮伶俐，太阳底下嗑瓜子，谣言就随瓜子壳吐落一地。起初，她们只是不在意地笑问："蒋八筒，萤萤来月事了吗？乳房有桃子那么大了吧？"后来，谣言越来越难听，萤萤妈便每天过去一趟，帮蒋八筒完成萤萤的洗澡任务。

旁人都能看出，萤萤和蒋八筒在一起时，比较容易表露开心。她叫得最多的，就是"爹爹（爷爷）"。"爹爹，我要吃米饼。"蒋八筒说，他第一次听到萤萤利索地说出这句话，激动得想把商店里所有的米饼都买回家。除了吃，祖孙俩也有他们的娱乐。我常常见他俩铺个竹席，叉腿坐在屋前空地的梨树下，小的拈起一根草，或一朵花，一粒土，放在眼前，慢慢慢慢看。老的呢，怀里抱着一个颜色鲜艳的漂亮酒瓶，专心致志地用电钻切割，去掉瓶颈，再用砂纸慢慢打磨豁口。有外地口音的老战友来看蒋八筒，都是送酒。老白干、琅琊台、烧刀子、杏花村、德山大曲、泸州老窖，贵的，放在店里卖，便宜的，自己喝，最后卖不出去，也是自己喝了又尿了。酒瓶留了下来，种瑞草和太阳花。瑞草开出绛红的花蕾，便可送给新娘，作为婚房的摆设，寓意吉祥，这也是小镇的风俗。

我之前在堂姐的婚房，见过一个横置于窗台的瓷瓶，浑身彩虹色的如意和祥云，上头开出一捧青青瑞草，非常好看。堂姐说，是萤萤送来的。多年后再见，原来那酒是山东兰陵县产的兰陵陈香。浪漫主义诗人李白写："兰陵美酒郁金香，玉碗盛来琥珀光。"蒋八筒和蒋萤萤，也有他们的浪漫主义。

4

小镇有一条沩河，源头在雪峰山北部东翼，从巨型高地倾泻而下，流经百里，汇入湘江。小镇这一段，河宽而水清，滩涂绵延无尽，芦苇丰茂，白鹭低飞，密密麻麻的小蟹在淤泥中筑巢。夏季的夜晚，河风柔软冰凉，大人们扛着凉床、竹椅，带上茶水、西瓜，没有月亮的时候，还提起玻璃四方框的松油灯，在石拱桥上消暑说笑。有些人两手空空来，七七八八，像电线上的麻雀一样，落座在桥沿上。孩子们则在黑咕隆咚的镇上，玩“猫捉老鼠”的游戏，跑得呼哧带喘衣裳湿透，冲出一条马路，又钻进一条巷子，那么多只窄窄的脚板，重重地打在黄尘飞扬的大地，呼啦，呼啦啦，加油，加油呀。有时，连萤萤也受到气氛的感染，有了参与的欲望。她跟随在我们身后，似乎想打探我们行为的古怪，又不得不成为一个频繁断掉线索的侦探。她的认真、笨拙、高兴、委屈、结结巴巴、词不达意，都令人发笑。我们发泄完精力，游戏的终点，休憩的地方，是石拱桥上，是各自父母和祖父母的膝前。我们难得安静下来。

这个夜晚没什么不一样，天擦黑，桥上就热闹起来。

我的背心汗得津湿，背面朝上，趴在凉床上。祖母帮我摇着蒲扇。蒋八筒在和祖母聊天。他和萤萤背对河，面朝人，坐在我们凉床尾部上方的桥沿上。萤萤垂着头，一下一下地踢我的凉床。她对我的多番提醒充耳不闻，直到我起身把她从桥沿上拽下来。她抬起头，冷漠地看着我躺回凉床，又冷漠地四下环视了一圈，突然眼里放光，面露喜色，往桥头跑去。她很想跑得快，但腿脚不够能干。她就像条见了主人的小狗一样，撒着欢儿往前跑，嘴里一边含混不清地喊着什么。蒋八筒嚷嚷着追了过去。我弹起身，也追了过去。

她跑到一个养鱼卖鱼的陈姓男子跟前，拍手笑起来。她飞快地把自己的红裙子扯下来，内裤扯下来，双手揉搓自己的阴部，舌头来回舔刮着嘴唇。她笑得酒窝很深，也笑得涎水直流。陈姓男子惊呆了。我们都惊呆了。蒋八筒“啪”地抡了萤萤一个巴掌，脸色相当难看，拖起她就走了。

陈姓男子是个出了名的阳痿，五十多岁了，无儿无女。我祖母说，当年他不足八月早产，先天生殖器发育不全，他的母亲熬过多种中药，都毫无办法。蒋八筒应该是事后想来，觉得必有蹊跷。他找到陈姓男子的老妻一说，她也正是这么想的：一个十二三岁的小女孩，懂什么？对质下，陈姓男子很快就招了。他从蒋八筒那里买养鱼的酒糟和米糠。他一般选择蒋八筒不在家的时候，上门自取。他用米饼安抚萤萤，和她发生边缘性行为。他们就在蒋八筒屋里做。现在，他想选择私了。

蒋八筒要告他强奸，可被告既没有强奸的能力，又没留下什么证据。最难以启齿的是，陈姓男子说：“萤萤是自愿的，看得出来，她喜欢和我玩。”

萤萤的父母同意私了，出价八千块，被陈家妻子砍到五千块。一路磨蹭，最终确定六千八百块。陈姓男子交钱的时候，萤萤妈随口一问：“你是不是给过萤萤五十块？我突然想起，有次帮她洗澡，她的口袋里有张崭新的五十块。我们家人从不给她钱。”

陈姓男子说：“没有。我只给过她米饼。”

蒋八筒不是没往深里想过，但他不去计较了。事情虽然很糟糕，但也无关生死。只是不免萦绕心头，又在嘴上滚碾，难受是难受。接下来几年，哮喘引发的咳嗽和吐痰的习惯，让蒋八筒看上去老得很快。他还酿酒，但关了店。收入少了，他也不再悉心给萤萤置穿戴。萤萤十七八岁，花季不像童年，穿着马马虎虎，随便套着不合身的旧衣服。人们都说，原本就应这样，破旧衣服才与萤萤相当。

人们都知道，萤萤最终是可以嫁人的。如果娶妻进门，那会很困难，但嫁出去，是没问题的。有些一穷二白的老光棍，还有些脑壳不太灵光、手脚残疾、得青光眼渐渐失明的小伙子的父母，都中意萤萤。他们都被蒋八筒骂回去了。蒋八筒穿街过巷，在小镇下属的毛豆村，发现了两个中意的小伙子。一个前提，他们都是正常人，而且，老实忠厚不打人。家里穷，快三十岁了，再穷下去，这边再拜托个能说会道的媒人……萤萤希望很大的。

5

每年八月，高考出了成绩，镇上总有几个孩子要做升学宴。这正是湖南最热的时节，极端高温天气很多，常常可达三十八九摄氏度。没有人会在八月办喜事，即使男方怕夜长梦多，即使女儿的肚子日夜见长。也没有老人想病死在八月，因为这意味着他的丧葬无法得到尊重，哀乐礼仪，能免则免。然而，在有些高考不错的年份，小镇的八月热闹翻天。父母希望给孩子一份远行的祝愿，升学宴自然要吆喝大伙来家里，大碗喝酒，大块吃肉，隆重一点。

2008 年 4 月刚过，我的父母便提前向蒋八筒预定，我问题不大的升学宴需要新酿三十桌谷酒。一桌两斤，共六十斤，蒋八筒的规模和工艺，一程可酿二百四十斤稻谷，出酒率约百分之四十五，即一百〇八斤酒水。多出来的，怎么办？我父亲平日并不喝酒。蒋八筒像是早就盘算好了，他给了很多理由，又给了优惠价，最终吞吞吐吐、面露尴尬地归结为一点：他想把他家萤萤未来的婚宴酒和我的升学酒放在一起蒸酿。

我的父母既惊又喜，忙问答应来娶的，具体是毛豆村哪个小伙子。蒋八筒只说，他满意那个小伙子，他保证会对萤萤好，耐烦照顾她。蒋八筒还说，对方想在 8 月 8 日办酒，2008 年 8 月 8 日，一定是国家请专业的算命大师算过，吉星高照，千载难逢的好日子，上午八点奥运会开幕，他们决定八点接亲拜堂拜祖宗。

我的父母很为萤萤高兴，又不好意思地说，他们本来也把升学宴定在 8 月 8 日，既然这样，那我们就改到 18 日。至于共酿一锅酒，省物省力，没什么不好。当天回去，他们便将二百四十斤稻子倒入浸谷池，捞出瘪谷，用井水漂洗后，等待蒸酿。他们还安排我给蒋八筒打打下手。

小镇不过周末。第二天，蒋八筒一清早就来了。他检查完前些日子砌好的黄泥大灶，接着，把泡透的稻子装进大甑。他指挥我，你去后院抱几捆木柴来，最好是毛竹或杂木，注意，不要香樟木，一块香樟木，坏掉一锅酒。

日头高升，火苗也呼哧呼哧往外蹿，我被烤得细汗直流。蒋八筒的肩上搭着一条擦汗的毛巾。蒸了三刻钟，他提醒我熄火，该往甑里泼水了。泼水是为了让谷粒吸水膨胀，而后续蒸。过了半小时，泼第二次，再蒸。水涔涔的木盖被掀起，白雾笼罩了整个大灶，半成的谷酒已释放出温雅醇厚的清香。我们的鼻翼张开，深入地嗅，把酒香一丝一缕攒进自己的身体里。初蒸一结束，稻谷出甑，倒入大瓦缸，浸润冷水。等待一刻钟，谷皮冷却收缩，谷尖张开小口。我看着蒋八筒在这些既定工序中，一言不发，专注地劳作，像看着一头背犁的水牛在稻田里翻耙，突然被他某种接纳天命的扎实的分量所撼动。

我们进入"复蒸"阶段。闷蒸一小时后，敞开大盖续蒸半小时，须达到谷壳皆张嘴开花，饭粒熟透而饱满，表皮收汗后，内质无一点生硬。这道工序走完，捞起谷酒摊凉，拌上酒曲，培菌糖化二十四小时，待谷壳长出雪白的菌丝，发出醇美醉人的酒香，再封缸发酵七日，蒸馏一道，新酒才算酿成。

我忙碌一整天，大师傅蒋八筒沉默异常。他像是被萤萤同化了，话很少，从不主动开口，完全沉入了自己的世界。直到最后，拌完曲，一同收拾好工具去吃饭，他才说："今天你也辛苦了。萤萤要是正常，说不定也跟你一样，做的就是升学宴了。"他又用冷水洗了一把脸，神色怆然："我真不敢想，她要去给人家生小孩——这回事啊。"

6

蒋八筒走得很突然。急性心肌梗死、脑出血、心脏病、血栓、哮喘等引发突发性死亡的，在小镇一律称为"急症"，因为有时候，连死者家人也不清楚他到底有过什么病史。蒋八筒死的时候，正在洗衣板上给萤萤搓衣服。水龙头没关，水一直往屋外流，过路人心里生疑，这才发现了。

萤萤的婚事，不到一个月了。婆家已经定好菜谱、桌席、厨师，通知完亲朋好友了。如果不是生身父母过世，不存在什么更改婚期。胡五爹很为蒋八筒抱憾，他说萤萤这个祖父，这么多年，事实上比父亲更像一个父亲。

萤萤是我那时见过的最漂亮的新娘子。婆家姑嫂给她租来了一身中式婚礼的凤褂，有着长长的镶金边的红拖尾，让我想到小时候蒋八筒给她买的那身桃花红三层蛋糕裙。考虑到萤萤的病症，婚礼一切从简，不请婚庆主持，不闹洞房，也不追着新郎新娘讨喜烟和喜糖，总之，婚礼在不留话柄的前提下，尽量追求清净。萤萤坐在叠了两床喜被的床头，像个大家闺秀，静静地看着一把折扇。

吃完酒席，人群陆续散去，胡五爹还坐着不动。我催他回家，他总是说，歇会儿，再歇会儿。人都走得差不多了。他起身四处望望，从口袋里掏出一个黑布袋，将八仙桌上剩下的谷酒，偷偷装进袋子里，锁紧口子。他又随手捡了一个塑料袋，递给我，朝其他桌努努嘴。五爹贪杯，但不是一个爱贪便宜的人，我也不是。我不想这么干，便坐在原处，等着他把七八瓶深深浅浅的谷酒都收拾妥当。最后，他叹了一口气，感慨道："蒋八筒留在阳世上的谷酒，也就这么点了。"他指指地面："到了下面，我才能再找他酿酒，希望到时候啊，人好找。"

回家的路上，五爹说起他和蒋八筒十四岁，一起离开父母，去一个叫煤炭坝的镇子挖煤，矿井幽深，空气混浊，头顶有石块擦着井壁窸窸窣窣掉下来。又说起他们当兵剿匪，行走武陵山脉，峰峦起伏，溪河绵长，洞穴棋布，有时须寄身于一根野葛藤拧成的软梯，攀岩过洞。在那些暗无天日的时间里，他和蒋八筒都有个习惯：拧开行军壶里偷藏的白酒，抿一口，再抿一口。抿一口，又抿一口，把命度了过去，度了回来。

后记：

萤萤婚后产下一子。婆家一直给婴儿喂牛奶，也避免让孩子亲近母亲。孩子是正常人。年轻的母亲如今做得最多的，就是沿着公路走来走去，走来走去。我在 2018 年正月一个下雨天见过她。她打着赤脚，没有打伞。

罪与罚

1

东北沦陷时期，日本人进入鹿鸣镇，在俄国人修筑的中东铁路旁，砌了一座十五层楼高的柱形军事瞭望塔。那是1936年的事。到了和平年代，这座保存完好、无人看管的瞭望塔成了镇上孩子常去玩耍的地方。2005年的暑假，八岁的蒯蕊和她同岁的小伙伴施冰冰，在瞭望塔打发了许多时间。她们在幽静昏暗的楼道里变着声调怪叫，制造各种回声，也在镂空的钢铁阶梯上比试弹跳和奔跑。最后，她们登上塔顶，并肩伏身在铁栏杆上，吮咂着水果棒棒糖，吹着柔软的风，静静俯瞰整个鹿鸣镇，如同观赏玉皇大帝安排的一场默剧演出。

蒯蕊和施冰冰是鹿鸣镇中心小学二年级的同学，更是彼此最亲密的朋友，有事无事随叫随到，交情之深，以大人的话说，就是铁哥们儿，好姐们儿。她俩长相性格大不一样。蒯蕊个高偏胖，

130cm，施冰冰呢，非但不达同龄人 125cm 的标准身高，更在儿童票 120cm 基准线之下，矮而瘦，不可能有八岁儿童 25kg 的正常体重。不过，施冰冰五官长得甜，苹果脸，小鹿眼，笑起来一对深酒窝，性格也比蒯蕊开朗活泼，讨人喜欢。

就在瞭望塔里，蒯蕊发现这位朋友身上藏着令人恼火的缺点：施冰冰胆子大，爱刺激，喜欢恐吓别人，非要表现自己很聪明，与众不同似的，而一旦有倒霉的傻狍子入了她的套，她便感到极大的满足，捂着嘴咯咯笑个不停。瞭望塔窄而深，既像古井般阴凉惬意，也像古井般幽暗可怖，施冰冰会在转角时突然厉声尖叫，跳到蒯蕊跟前，翻白眼，吐舌头，模仿僵尸片里飘悬在房梁上的女鬼，吓得蒯蕊出一身冷汗。施冰冰馊主意层出不穷，屡教不改，蒯蕊则显得老实笨拙，譬如，她对着镜子练习了很多遍，也始终做不到、想不通，为什么有人真能翻出像樟脑丸一样雪白滚圆的眼珠，轻松如翻书。

暑假开始不久，蒯蕊就被施冰冰吓过一大跳。

七月间，鹿鸣镇五颜六色的莓类浆果开始挂果了，其中一种叫“蛇莓”的，红果子配绿叶，看相格外可爱。但大人们一再警告，蛇莓有剧毒，碰了手指会断，尝了舌头会烂。他们大规模清理过这种植物，来年春天却惊恐地发现但凡有泥的地方，就冒出那种带齿的倒卵形三叶草，连瞭望塔顶部一小片水泥地开裂的缝里，也有蛇莓在随风招摇。

这天傍晚，蒯蕊、施冰冰和她的弟弟施小琥在瞭望塔玩。小琥刚满四岁，五官长得和施冰冰很像，不过他笑起来没有酒窝，一口虫蛀的大黑牙非常打眼。他有一颗相当大的脑袋，几乎跟他滚圆的肚子一样大，这颗脑袋使他格外招人逗弄。老人们经常摸他的头，打趣说：“小琥呀，你要是碰见西村一，就赶紧逃命呀！”西村一是当年日本开拓团驻守本县的警务局指导官，酷爱啃噬人头，每见头颅胖大的中国平民，必下令缉杀，蘸盐佐酒，烤食其头。据公安局档案与县志记载，这位军官任职期间，共计百余中国人成了他的盘中餐。

小琥非常捣蛋，爱逞能，什么都想试试，但也正是懵懂不清，害怕孤立和遗弃，因而对大孩子唯命是从的年龄。这天，他们一路吃着糖水刨冰，爬上露天塔顶，阳光刺目，水泥地面分外灼热，几粒蛇莓果点缀在杂草丛里，鲜红夺目。施冰冰连茎带叶采一小把，放在嘴边兜着圈，假装要吃，最后却递给饶有兴味地观赏她的小琥：“弟弟，张嘴。”

小琥笑眯眯的，囫囵吞枣地把果子塞进嘴里。

蒯蕊屏气凝神地盯紧小琥。长大成人后，她还会清楚地记得自己当时的心情。她极其紧张，害怕，又有点好奇。她知道这事后果很严重，大人听了绝对要揍她，可是她就是想等着看看，到底会发生什么。她委实犹疑了一小会儿。当她从施小琥嘴里抠出咬碎的沾着唾液的白色果肉，她几乎想哭，想跑掉。

施冰冰让小琥吐出舌头，粉嫩湿润的小舌头完好如初。她朝蒯蕊狡黠地一笑：“你急啥，你看他根本没事儿。都是骗人的，蛇莓没有毒。”

蒯蕊即刻起身回去。

下楼时，施冰冰说起大人害怕这路边小草的样子，觉得好笑极了：“我早说了，大人都虎了吧唧的，很多事儿可不如咱们。”

蒯蕊心里闷着气，脚板重重地打在钢铁阶梯上，一点也不想搭理她的朋友。

施冰冰继续讲着家里大人犯傻犯浑的憨态，小琥尾随其后，乐不可支地笑了一路。后来，蒯蕊也被这姐弟俩逗乐了，不过她知道，这些话，施冰冰在家可是一句也不敢说的。不然，她的妈妈会操着竹笤帚满街追打她："看我不撕碎你的嘴！"好像天下没有不打孩子的妈。蒯蕊的妈也一样，喊吃饭没听见，擤鼻涕太大声，新鞋子踩了水，考98分而不是满分，蒯蕊永远料不到自己会在哪个环节挨打。和施冰冰的妈不同，蒯蕊的妈习惯锁上门打，每次打完，她都显得很累，好像刚打完一场女篮锦标赛，非常辛苦，元气耗尽。她事后总是含泪抚摩蒯蕊的伤口，道歉，赌咒："对不起，妈妈对不起，保证以后再也不打蕊蕊了。"尽管她下手很重，但她伤心的样子让蒯蕊非常内疚。

2

鹿鸣镇是一个山镇，地处张广才岭西麓余脉向松嫩平原过渡的缓冲地带，南北山高林密，东面峡谷纵深，西边稻田辽阔。鹿鸣河从崇山峻岭间倾泻而下，银蛇般蜿蜒而过，流到相对平整的这一段，河面拓宽至六七米。镇中心依河而建，方圆可达五公里。六条黑色柏油渣主路呈"田"字均匀分布，沿路铺开住宅、澡堂、商店、饭馆、卫生院、电缆厂、采石场、建材厂、水泥厂、白酒厂、自来水厂、马鹿养殖场、梅花鹿养殖场、屠宰场、鹿茸鹿鞭批发市场。镇子外围依山而建的滑雪场和狩猎场由20世纪初侨居哈尔滨的沙俄官员开发，专门给俄国贵族度假使用的。20 世纪 90 年代，鹿鸣镇常住居民五万人，每年来打工和旅游的流动人口超过百万人。可是，在它还没意识到自己正鼎盛时就急速地衰落了。21 世纪刚到，人们就感觉日子不太好过了，连蒯蕊的爸这样精明能干、经验丰富的男人都失业了。

蒯蕊家在一栋六层老单元楼的二楼，楼上住人，楼下辟一扇门面卖狗肉，菜谱蓝底白字，对联似的挂在楼道进出口：

狗蹄狗尾狗腿内脏

火锅炝熘凉拌手撕

活狗一律用铁链锁好，匍匐人前，按品种过称，现杀现卖。一个不苟言笑的朝鲜族女人经常拿着水管在门前大冲大洗，清理血污和毛皮。天寒地冻之时，狗肉店生意最好，每天有肉香、热气和说笑声从军绿色棉垫门帘背后飘出来。奇怪的是，蒯蕊从未听过狗濒死时的反抗和咆哮，不知店家用的什么屠杀办法。这个问题总在蒯蕊脑子里盘旋，但她从未问过家里人。她和父母不是很亲近，从不会跟他们讲自己的想法。她习惯自己安静地观察和思考。如今家里氛围不妙，父母之间容易互相动手，蒯蕊在拳脚间求生存，分外敏感小心。

以前，蒯蕊的爸爸忙得不着家，一家子的日子便很过得去。蒯蕊的妈妈给自己买佟二堡的貂皮，给蕊蕊买俄罗斯的巧克力和日本的四驱玩具车，这让她们在各自的社交圈都比较风光。蒯蕊的爸爸在一个采石场工作，一人承包全部的机械安装，这意味着他既要跟机械厂老板喝酒、唱K、泡浴，谈下潜孔钻、空压机、凿岩机、钻头钎杆、破碎机、矿山螺栓的最低价，再倒手卖给采石场老板，从中获取最大差价。同时，他也是一个老练的技工，带两个小徒弟，负责采石场爆破和输送环节的设备安装。镇上在采石场上班的男人很多，这么全能的却屈指可数。他们开采的大理石和花岗岩输送到黑龙江各地，为发展迅速的建筑建材业供血。然而，2003年，政府颁布保护环境的政策，封山，关闭石场。事实上，即使政策不出，那些开采过度、残破不堪的山体，要不了多久也会资源枯竭，无利可求。几乎同时，国企改制为民营，自负盈亏，自求生路，引发大量裁员。工人纷纷失业，街上游荡和醉酒的男人变得很多。

蒯蕊的爸本事大，脾气也大，眼下受到挫败，又看不到未来转明的契机，他像头困兽般焦躁易怒。情景往往是，一家三口正吃着饭，妈不知哪里说错了话，爸连听她辩解的耐心也没有，一声不吭，放下碗筷，拖起妈的长发，一下一下往墙上撞。有一次，她被墙上穿衣镜的碎玻璃划破头皮，满脸是血，令蒯蕊惊骇不已。但她从不向丈夫哀求什么，一面反抗，一面用最难听的话破口大骂。只要等对方松一口气，她占得回击的余地，就会操起手边的菜碗、铁铲、煲仔锅，任何她能捞得着的东西，朝对方狠狠砸去。蒯蕊的爸鼻梁上有道醒目的伤疤，那便是一次互殴的纪念。

"蕊蕊，你给我看着，"有次蒯蕊的妈不忘言传身教，"以后你男人要是敢打你，你就拿刀砍他，坐牢妈给你送饭。"

蒯蕊的妈并非无知乡野泼妇。她曾经考上北京的大学，不过受时代潮流影响，她选择接姥姥信用社的班，进金融系统做会计，放弃了继续求学。哪知信用社没过几年就倒闭，时局全变了。婚后，她做全职家庭主妇，料理吃穿之外，最爱翻看古典诗词。她教蒯蕊背诵《唐诗三百首》，给家里的狗取名“兰亭”。蒯蕊的爸冷嘲热讽，说她假斯文，别看比谁都风雅，其实比谁都暴虐，就像日本人。“鹿鸣镇”原先叫“二甸子”，被来此烧杀抢掠的日本人改了名。

爸妈桌前动手，蒯蕊最怕惹火烧身。她不是没试过，哀求一方或拉扯另一方，非但结束不了战争，还会引来一致的厌恶和仇视，“男女混合双打”可不是一句笑话。蒯蕊小小年纪，却格外隐忍，格外沉默，能冰冻一颗心把眼泪全流进碗里。后来，她发现自己练成一种特别的本领，流泪流多久都毫无声响，像呼吸一样静悄悄的。她妈讨厌她的性格。她揍她，骂她尿，脓包，说她将来肯定是挨打的一方，打掉牙齿和血吞。

2005年儿童节这天，蒯蕊的弟弟蒯勇出生。蒯勇完全是个意外。当初，给胎儿选择人流还是药流被多次摆上饭桌商议，实际的考虑是，多养一个孩子经济成本太高。他们不受陈腐观念的影响。不像中国其他省市农村，鹿鸣镇地处工业文明浸润最深的东北，讲究男女平等，同工同酬，人们普遍支持计划生育政策，认同“只生一个好”。蒯蕊班上五十个同学，此前除施冰冰外，一律独生子女。蒯蕊曾好奇地问过施冰冰，有弟弟是什么感觉。

“大家都没有就你有，”施冰冰撇撇嘴说，“多余的六指，让你觉得自己像个怪胎。”

蒯蕊笑了。施小琥胖头胖脑、茁壮神气的模样在她眼前闪现，她对施冰冰打趣说：“那你也是‘六指琴魔’，不过你的‘六指’是大拇指，最胖。”《六指琴魔》是当时宁静主演的热播武侠剧，蒯蕊对自己这份难得的幽默窃笑不已。

最终因为蒯蕊奶奶信佛，顾忌杀生，胎儿活下来了。蒯蕊第一次抱着尺来长的蒯勇，逗他："弟弟，记住了，我是你姐姐。"那一刻，她感觉自己的生活起了变化，而早在妈怀孕时，施冰冰就以某种幸灾乐祸的共患难的过来人的口吻点拨过她，她捂着嘴哧哧地笑："你知道吗蒯蕊？你要完蛋了。"

3

施冰冰个子最矮，坐第一小组第一个，正对教室的绿漆门。新春刚过，二年级下学期开始，每个孩子都穿着新衣裳，背着新书包，欢快地走进教室，场面像一场光彩照人的儿童时装秀。唯独施冰冰，还穿着她的破洞衣服，面前摆着掉漆的铁皮文具盒和断了半截的折尺，寒碜得像是故意招惹那些多事的男孩去笑话她。这是2005年了，孩子们的抽屉里藏着从南方运来的椰子糖和杧果干，只有施冰冰，饭都吃不饱似的，一副营养不良、面黄肌瘦的萎缩样子。七八岁的女孩们有了爱美之心，随身带着塑料小梳子和俄罗斯小镜子，把一头乌黑长发梳得油光水滑，拢成一束搁在胸前。施冰冰可做不到，她的头发又黄又稀，如同初生猫狗肮脏的胎毛，更糟的是，天气一变暖，那些黄毛就会挂满密密麻麻的虱卵，在阳光下透明刺眼。紧接着，黑压压的虱子将如温室孵化场的鸡崽，破壳而出，在主人提供的天然大粮仓里穿梭游玩，吸血繁殖。

施冰冰的头发惹过很多的麻烦。一个中午，同学们正趴在课桌上安静地午休，突然，施冰冰一声尖叫惊醒所有人。她的头发着火了！她顶着火苗在教室里抱头鼠窜，愤怒地大骂：

“啊我操你妈——操你妈——啊小逼崽子有种出来我操你妈——”

她爬课桌，踢文具，践课本，直到被人揪住，哗啦哗啦浇得透湿，局面才算稳定。这场不知轻重的恶作剧让她烧焦了头发，烧伤了一小块头皮。然而，她的父母并未来校过问此事，点火的男孩也就没有受到相应的处罚。他的处罚来自施冰冰本人。在放学回家必经的一段废弃铁轨上，她跟他抱打一团，疯狗似的对他的脸又啃又挠。后来，那男孩被他惊慌不已的父母领着，去卫生院注射了狂犬和破伤风疫苗。

施冰冰并非家贫，按理说家境比大多数同学都好。她的爸是外地人，被分配到鹿鸣镇一家驰名北方的酒厂当技术员，做的是有知识门槛的工作：操作仪器检测酒体骨架成分，以及原材料铅含量、重金属、农药残渣等安全指标。有些同学的父母也在酒厂上班，做薪资低廉的装卸工和包装工。施冰冰的妈也不完全是本地人，父辈是闯关东过来的。她之前在商贸楼租了个门面，卖肉食、茶叶和烟酒，肉是红肠、小肚，酒是玉米陈酿、小烧和原浆，茶叶和香烟却非本地便宜货，譬如茶叶有金骏眉、绿碧螺、版纳曲、黑美人、优香针和白毫。施冰冰的妈呢，除了对自家女儿脾气差了点，跟谁都笑意盈盈，仿佛出于生意人的眼光，看谁都像顾客，顾客就是上帝。她笑起来月牙眼，深酒窝，有点像热播剧《绝色双娇》中的落难公主芊芊。生意本来挺兴旺，后来，失业大潮来势汹汹，人们购买力下降，商贸楼租金却不降，接着，打工的外地人走了，本地人也卖房搬迁，一片萧索之中，施冰冰的妈关了门面。

这对夫妻不像镇上其他任何一对，他们从不互相动手，又养了两个小孩，且毫不掩饰自己重男轻女的思想。甚至可以说，如果没有这家人，鹿鸣镇这代小孩（比如蒯蕊）会以为“重男轻女”等同“裹小脚”“留长辫”“三妻四妾”，是只存在于古代封建社会的落后观念。

每天上学放学，沿着铁轨边走边聊，蒯蕊的双耳被施冰冰灌输了太多替弟弟背锅的怨怨。明明不是她偷的钱，不是她磕碎的暖瓶内胆，不是她把卫生纸弄得满地都是，弟弟擦破膝盖也不关她的事……妈妈从不相信她的辩解，只会厉声骂她。有一次，她当着一群在院子里跳皮筋的小伙伴的面，骂施冰冰“赔钱货”“做鸡都没人要”，把所有人听得一愣一愣。

施冰冰个性强，不像蒯蕊那么爱哭。她总是脸色阴沉，斜睨着她妈，脚底磨刀似的在地面来回滚碾。她越是平静，越是没有反应，她的妈骂得越凶，似乎非要把一块石头骂得开口和流泪。

刚刚过去的新年，施冰冰大哭大闹地求饶了一次，然而没起任何作用。陪伴她多年的狗“大黄”没了。起因是小琥尿床。冬天尿床，被褥难干，炕也有一股骚臭。当地的偏方是，狗肉萝卜火锅，专治小孩尿床。施冰冰的爸妈经常路过蒯蕊家楼下那家喷香的狗肉店，可是，他们把主意打到大黄这里。七八岁的狗，再不吃掉，肉就老了。冬天了，他们也怕它被别人盯上，肥水流了外人田。

大黄是一条非常聪明的拉布拉多犬，屠杀它让人费尽心思。最初，施冰冰的爸站在虚掩的门后，她的妈蹲在门口，手里拿着一根五香筒骨，逗它，抚弄它，引诱它抻长脖颈来舔，只等它吃得涎水直流，门后那双看不见的手将“嘭”一声，卡断它的脖子。可是，因为狗太机敏，或者人不够机敏，这个办法失败了。他们想来想去，最后从酱缸那里找到灵感，决定实施封闭式屠杀。他们用双层麻袋套住它，口子锁上死结，扔进酱缸，开始倒滚烫的沸水。酱缸边上，准备着几桶沸水。施冰冰从外面回来时，大黄正疯了似的狂吠。它在局促的酱缸里扭动，挣扎，搅得沸水哗哗作响，那水声像夏夜肆虐的瓢泼大雨，又像高空直线坠落的瀑布，绝望、持久，令人战栗。

4

暴雨过后，鹿鸣河水位猛涨，水流湍急，穿着齐胸防水皮裤的捕鱼者们也不敢下水了。这条河自东南向西北流，上游河床较窄，地势高差大，进入鹿鸣镇这一段，地势平缓，河床变宽，再往下游，蓄水库形成一个天然的墨绿色湖泊。河的北岸是梅花鹿养殖场、带围墙的红砖平房、一片树林，树林后面是机器轰鸣的采石场。南岸是平整辽阔的稻田，堆放废弃机械、建筑砂石的荒地，再远一点，是酒厂、胡同、菜地、平房与楼房混合的住宅。

蒯蕊的家在南岸。这天下午两点多钟，她才吃完午饭，因为她的妈最近情绪阴晴不定，又要独自料理两三个月大的婴儿，家里的日常生活非常紊乱。趁着妈妈和弟弟午睡，她提着一只塑料小桶，穿上雨靴，偷偷溜出了门。她喜欢去稻田里捡田螺，抓泥鳅，她并不爱吃这些东西，不过劳动的过程很有趣。天气极其闷热，没有风，空气黏稠，浓得像锅粥。正是上班和午睡时间，街上空无一人，酒厂大街飘来亲切的诱人酒香，混杂着煤渣燃烧的刺鼻气味，河水哗哗，河对岸食杂店的喇叭在隐约播报“每日特价蔬菜”。河岸之下，稻禾茂密挺拔，形成绿色海洋，严密地裹住这个闯入它的小孩。蒯蕊把双脚浸入水中，再慢慢深入柔软冰凉的泥巴，感觉这个寂静的午后真是放松而自在。她一只手环抱塑料桶，一只手拨开阻挡她视线的禾苗，双目在稻田里四下探寻着。

这时，蒯蕊看见前方不远处的河岸高地，有一对熟悉的背影：施冰冰和施小琥姐弟俩。弟弟离她更近一点。他穿着鹅黄色短袖，蹲在岸边，手里拿着一根木棍，在地上画着什么。施冰冰站在他身后的左侧方。她穿的浅蓝色牛仔背带裙，蒯蕊有件一模一样的，那是按学校运动会要求统一买的，很贵，花了一百多块。施冰冰很喜欢这条裙子，她常拿身上这件颜色很新的西瓜绿短袖搭配它，衬得她确实小巧可爱。

准确说，蒯蕊是透过叠垒在岸上、横在她和姐弟俩中间的空心水泥涵管，发现他俩的。为了方便与施冰冰打招呼，也方便对方一眼看见她，她往后退了几脚，直到视线完全避开那堆水泥涵管。她正要喊“冰冰——”，却看见施冰冰推了施小琥一把，旋即，“扑通”一声，格外沉重的落水声，施小琥瞬间消失。没有高高伸出水面的手臂，没有呼喊“救命”，没有水中扑腾或挣扎的声响，只有两声叹息似的呜咽转瞬即逝，也不确定是不是来自四岁的施小琥。

鹿鸣河迅疾地奔流而去，仿佛大海的召唤一刻也不能怠慢。河水之上，空气凝滞成琥珀，万物包裹其中，丧失生命的能动。蒯蕊惊恐地堵住自己的嘴，牙齿深深嵌进手背。施冰冰立在原处，面朝河水，如一棵枯死的树。过了不知多久，宛若一百年，施冰冰突然抽身向荒地尽头的胡同跑去，边跑边喊：

“我弟弟掉水里啦——快来人啊我弟弟掉水里啦——”

蒯蕊浑身汗得津湿，脑子里耳鸣般嗡嗡作响。她从泥里抽出脚丫，小腿一阵痉挛似的发麻，两条黑得发亮的水蛭一头倒栽进她的皮肤，却没令她感到什么疼痛。她绕远路跑进另一条与施冰冰平行的胡同，胡同中间隔着成片的低矮破旧的平房。在这闷热难耐的午后，施冰冰的呼喊如同一场滂沱大雨从天而降，正中蒯蕊的头顶，让她感受到某种无法承担、无处逃避的迫击力。她呼哧带喘地往家跑，眼眶里盈满了茫然恐惧的泪水。

天空忽然飘起小雨。蒯蕊先是顺路跑进了姥姥家，姥姥不在，舅舅吹着风扇在躺椅上睡觉。舅舅属于镇上那类无事可做、浑身带刺的年轻人。蒯蕊舀水洗干净身上的泥巴，什么也没说就走了。她忽然很想她的妈，很担心她的妈。她找出些事情来责备自己，又气又恼，稀里糊涂地哭了一路。

一进楼道，蒯蕊就听见弟弟的哭声，他的哭声和别的小孩不同，很不流畅，如果画出来，就是砧板上一段一段的狗尾巴的形状。因为他出生时携带一种叫“封喉”的疾病，喉咙里长了气泡，呛食或情绪激动时，气泡会阻隔呼吸道，引起咽痛甚至窒息。他才三个月大，就上过两次抢救台了。蒯蕊胆怯地取下脖子上的钥匙，一开门，妈妈劈头就问：“死哪去了？快给弟弟冲牛奶！”蒯蕊对很多育儿知识牢记于心，比如一勺奶粉兑 30 毫升温水，奶粉不能用开水直接冲泡，需要兑好水温再加奶粉。平素她轻巧地做着这些手头工作，但这次，她心慌意乱，把暖瓶里的开水一股脑儿淋在了自己的手背上。

施小琥被捞上岸时，已被河水推出鹿鸣镇的地界。他的头被水泡发得更大了，圆鼓鼓的眼球灰白，呆滞，大睁着往外凸出，如同天生没有眼睑的鱼类。因为一路在水中横冲直撞，他柔软稚嫩的肌肤被石块、树枝、水草划得伤痕累累，皮肉迸裂发白，惨不忍睹。按当地规矩，未成年、未婚、未育者不得土葬，上山火化后，骨灰撒进江河。施小琥就近撒入鹿鸣河。鹿鸣河注入阿什河，经松花江，黑龙江，鄂霍次克海，最终漂流至遥远浩渺的北太平洋。

5

2015年，高考完的一个午后，蒯蕊从汗透的凉席上醒来，趿着纸一样的拖鞋，去淋浴。因为又做了溺水的噩梦，她情绪十分恶劣。很多心事浮泛出来，这个澡洗了很久。开门时，她才发现弟弟蒯勇又带着几个男孩在暗中偷窥她洗澡。这不是他第一次这么干了。

蒯蕊愤怒极了。她揪起蒯勇的衣领，在地板上拖拽他，把他的头摁进那桶洗衣服的肥皂水里。蒯勇在她手下奋力挣扎。

“我他妈淹死你。”蒯蕊脑子里这么想，嘴上也正是这么说的。

十一岁的男孩已经很有反抗的本事，力气大得惊人，他憋着气，连一口水也没呛到就抖擞身子，安然无恙地挺立在对手面前。

“你淹不死我！”他不屑地说。

蒯蕊气急败坏，去抓他，可那瘦长的手臂湿滑得像条泥鳅，让她扑了空。她提起水桶泼他。这时，外面传来钥匙在锁孔里旋转的声音，蒯勇大叫：“妈，救命！姐想弄死我！”

他们的母亲无奈地直摇头：“冤家，你俩是结了八辈子的仇？”

蒯勇天性顽皮，加上“封喉”病相伴，成长路上为所欲为，像个得势的大将军。进入青春期后，他对女性身体产生好奇，研究对象就是自己的姐姐，研究方法也不断推陈出新，能把蒯蕊气炸。四年前，为了给上小学的蒯勇择校，蒯蕊一家搬离鹿鸣镇，在省会城郊买了套两居室的老单元房。房子不带厕所和浴室，需要方便时则步行七八分钟去菜市场的公厕和公共澡堂。有段时间，蒯蕊身体发育很快，胖了不少，对公共澡堂十分抵触，她父亲就在阳台上围了个帘子，供她淋浴。淋浴间和卧室共用一堵墙，在窗户另一面。蒯勇带着男孩们，就藏在窗帘后面。

蒯蕊找母亲主持公道，可是任何纠纷处理到最后，归结为一句话：“你是大的，应该让着小的。”

“要是没有小的呢？”蒯蕊委屈又气愤地反问道。

“有就是有啊。”

“有了也可以没有。”

“有病。”

“谁有病？”

“你。”母亲音量陡增，以一种习惯性的讥讽语气说：“我说你有病。你没病，咋往自个儿手腕动刀子？往自个儿大腿动刀子？我们不指望你考上大学，你别吓我们行不行？”

蒯蕊冷笑道：“是吗？你们被吓到过吗？”

这些年，蒯蕊自残自伤的历史都可以写一本书了。她的手腕上永远有一圈一圈的割伤，新旧交替，深浅不一。旧的结了瘤子，半新不旧的掉了痂，新的还似在渗血，手机拍出来是刺眼的猩红色。照片给母亲看，看多了她眉毛一挑，讽刺地说：“真好看，你为什么不往上画几朵桃花，做个手链？”

蒯蕊大腿上有刀片的划伤，肚皮上有烟蒂的烫伤，但她最常实施的，还是割腕。因为割腕最像下定决心去自杀，而且事后处理最麻烦，费时费力，最能分散人的精力，迫使人中止原先的思考：当刀子撕裂皮肤，割开肌肉，抵达动脉前，那种肉体上纯粹物理性的痛感层层深入，会调动起人全部的注意力。等痛苦超出承受能力，刀子丢到一边，可以坐在地上欣赏鲜血潺潺流出；与此同时，内疚、无能和罪恶感随之流走，人觉得放松而满足，精神上获取一种认可自己的充实感。然后，血液凝结同样需要时间，如果把伤口泡在水里，则需要花费更久的时间。最后，酒精消毒、包扎伤口、擦洗地板、清洗抹布、香熏除味、保存录制视频，一通劳累，人躺下就能睡着。睡到自然醒。醒来再决定去不去医院，如果去，又将开启搭车、挂号、问诊等一系列新程序。让大脑在现实中非常具体、非常明朗地忙碌，远远好过把它让渡给无底洞般幽暗而痛苦的回忆。

只有积攒足够多的割腕经验，熟练掌握这一技术，蒯蕊才得以在某些时刻，冷静自如地运用它自救。所以，割腕于她，一如烟酒对失意中年男人的抚慰，让人上瘾。蒯蕊的瘾很重。

后来，蒯蕊在反复审视自己的人生时，认为她的一生从目击施冰冰溺死胞弟施小琥这件充满偶然性的事件开始发生了彻底逆转。她像遭遇一场重大车祸，身心某一块遭到损伤，因为没有及时就医，伤口恶化，坏死，永久性切除，最后，她成了一个隐形的残障人士。她切除了对别人，对自己，对人性的信任，总是忍不住回想那天的场景，假想自己如何作为才能阻止一个孩子的死亡。年幼时，她因为害怕挨打而不敢坦陈真相，如今长大，让她顾虑重重不敢说出真相的，绝不只是挨一顿打那么简单了。

她在无数个失眠的黑夜想起施冰冰不幸的父母：如果他们知道真相是一个孩子谋杀了另一个孩子，事实上他们就失去了两个孩子。

蒯蕊没有向任何人说过她的秘密。她在人际关系上陷入幽闭，她寡言，沉闷，郁郁寡欢，没有一个朋友。她和弟弟处得不好，独处也一样糟糕。母亲把对她的关注都给了那个有病的儿子。父亲呢，蒯蕊不觉得他会插手家里除了经济问题之外的其他问题，尽管他是最爱她的。蒯蕊有次自残，被父亲破门而入，他看到房间地板上全是血，惊骇不已，一定要带她去市里看心理医生。对他而言，“心理医生”还是个很新奇的职业，他也从不信任那些西式时髦玩意儿。可这次，他像抓住救命稻草一样抓住这个医生。那几天，蒯蕊陪着心理医生打“童年”的擦边球，聊一些无关紧要的东西。她当然知道自己的症结在哪里，但没有打算跟任何人吐露它，以期让自己获得开导和安慰，诸如此类牛皮软糖一样廉价的东西。所有这一切，她认为，都是她事后必须承担的，惩罚、报应、酷刑，或者别的什么与之对应的东西。

夏天过去了，蒯蕊没有收到大学录取通知书，对所有人而言，这是意料之中的事。

6

鹿鸣镇中心小学在北山滑雪场脚下，学校仿滑雪场 20 世纪 30 年代修建的雪具大厅，将主教学楼修成俄式木屋风格，赭色锅盔状尖顶边上，五星红旗高高飘扬，让人想起历史不远的遗存，也提醒人们正身处新的时代。教学楼前是操场，东边打篮球，西边踢足球。操场外围是一段五百米长的废弃铁轨，笔直地伸向镇子内部，连接一条南北向的主路。从幼儿班开始，每天下午一放学，蒯蕊和施冰冰都会沿着铁轨一同回家，学校和家之间不到十五分钟路程，镇上没有哪家孩子需要家长接送。

然而，蒯蕊和施冰冰的友谊随着2005年暑假的结束戛然而止。进入三年级，蒯蕊再也没有和施冰冰同行。一是因为蒯蕊面对这位朋友时，心下非常别扭，老想躲着人家；同时，施冰冰也不再需要蒯蕊的陪伴了。如今，那位瘦削寡言的酒厂技术员每天都会骑着摩托车接送他的女儿。他帮她戴好粉色头盔，抱她坐在他身前的摩托车油箱盖上，仿佛她还不懂得如何抱紧大人的腰以保障自己的安全。在鹿鸣镇，只有两三岁的小孩才会坐在油箱盖上，也没有哪个小孩会多此一举地戴个头盔。

施冰冰的生活发生了很多变化。小伙伴们路过施家时，经常看见敞亮的太阳底下，施冰冰的小脑袋被她的妈搁在双腿上，用硫黄皂洗头发，拿烤生姜擦拭头皮。小琥死后，这个伤心欲绝的年轻女人变得不爱跟人来往，极少出门。人们怕沾染不祥的厄运，对这户人家避门不入。后来，施冰冰不仅清除掉虱子和虱卵，还最先实现了所有女孩都向往却因难度太大而成为空想的新疆姑娘的满头小辫子。她的头发依然稀黄，软塌塌地贴着脸颊，于是，她的妈在发辫中编织进五颜六色的绒线，发根用字母饼干小发卡垫高。有一天，施冰冰穿着白纱公主裙，搭配蕾丝长筒袜和蝴蝶结红皮鞋，一进教室，就吸引了所有人的目光。她如一只骄傲美丽的仙鹤掉进鸡群，令所有女生诧异和羞愧。日积月累，这些漂亮衣服在施冰冰身上发挥了除装饰以外的教导的作用，让她变得规矩，斯文，分外注意自己的举止言行。譬如，她会警惕地提起裙摆绕过水坑，而不再像以前那样，一跨或一跳，丝毫不在乎衣服溅上泥斑。

进入青春期后，施冰冰长成一个白天鹅般美丽出众的女孩，加上成绩优等、家庭的悲剧令人同情，老师和同学都比较关注她，友善地对待她。

念初二时，镇上调来一个年轻有为的音乐老师，姓周，打扮入时，教学严格，有种不怒自威的气场。周老师刚在北京舞蹈学院芭蕾舞专业读完本科，来鹿鸣镇奉献一年，再回京读研究生。施冰冰的父亲很有远见地找到周老师，请她一对一教施冰冰跳芭蕾。据说周老师收费昂贵，按小时计算，参考北京地区的规格。当然，她教得也十分尽心。施冰冰没有基础，训练要从树立开、绷、立、直的基本意识开始。但令周老师欣慰的是，这位学生既表现出天分，又展现出很能吃苦的意志，听不到她在旁人那里抱怨一句。她极其投入，班级大扫除时，大家看她连倒垃圾都昂首挺胸，不自觉地踮着脚尖。等到学校举行新年文艺会演，施冰冰表演了一段芭蕾独舞，台下掌声如潮。那时，鹿鸣镇包括学校老师在内的绝大多数人，都是第一次观看现场版的芭蕾舞表演，时隔多年，这个少女曼妙轻盈又不乏坚定的舞姿依然令他们印象深刻。

周老师离开鹿鸣镇时，受施冰冰父亲的委托，带上这对父女返回北京，专门找舞蹈学院的老师评估施冰冰的硬件条件：身高、身材比例、肌肉线条、臂展、腿型、弹跳力、软开，看看能不能一心走专业路线。

舞蹈学院的老师否定了施冰冰父亲的志愿。大意是说，他的女儿相比一般孩子，算是有天赋，但从专业角度来看，就很普通了。老师建议他们把舞蹈当业余爱好，这样，不仅省却很多辅导课时，还不用参加艺考集训，长远来看，经济压力也小得多。

于是，施冰冰的父亲改变培养路线，狠抓文化课。他自己就受过高等教育，应付女儿的功课算是轻车熟路。对施冰冰自己而言，相比学芭蕾遭受的肉体折磨，静坐桌前做题显然轻松许多。2012年，施冰冰考出了格外优秀的中考成绩，为了她能去一所升学率更高的高中，也因为她父亲所在的酒厂效益堪忧，他们举家迁至哈尔滨。三年后，施冰冰考上了北京一所重点大学。

7

2018 年 12 月中旬，蒯蕊从北京延庆赶回鹿鸣镇，去参加姥姥的葬礼。亲戚们陆续搬离鹿鸣镇，姥姥是唯一留在镇上的亲人，她的过世，意味着蒯蕊此后都没有回乡的必要了。蒯蕊在一家卖汗蒸服的网店做售后客服，回复衣服开线、材质有异味、减肥效果不明显、退货退款等诸多问题，每天忙到凌晨两三点，到手月薪三千八百块，还不交五险一金。临近年关，网店迎来一波销售高潮，蒯蕊好话说尽也没能跟老板讨得几天休假，加上她对这份工作早就积攒了许多不满，最后她干脆辞了职回来。

鹿鸣镇刚下过一场阵雪，大地白茫茫一片，气温降到零下二十七八摄氏度，空气异常干冷。人们还在等待一个漫长的雪季，哪知天气倏尔转晴，晴天绵延多日，徘徊不去，最终却等来了当地一个百年不遇的暖冬。积雪融化，房屋、街道和荒山在和煦的阳光下裸露出原来的色彩，试图制造大地回春的假象。唯独鹿鸣河，依然被厚厚的寒冰封锁，纹丝不动，寂静无声。姥姥的葬礼过后，蒯蕊留在镇上等堂妹放假，两人相约去北山滑雪。白天，她在冷清的街上闲逛，像个外地人一样举目四望，找到一家路段偏僻但很便宜的旅馆住下。每天早上八九点钟，她步行十分钟去小时候常去的那家包子铺吃早点，她最喜欢这家的茶叶蛋、酸菜包和牛肉包。长条桌上摆着各式酱菜，可以自取，老板娘抹桌子收碗筷，从不拿眼偷偷瞟你。有时，她提着一只绿色洒水壶，专心料理窗台上的天门冬和铁甲海棠。她应该特别爱花，才会把桃红色花朵床单剪成波浪状，悬挂在墙上。正是这些俗不可耐的花朵让顾客进门时对这间简陋又油腻的屋子感到眼前一亮。可惜，如果不是蒯蕊自己说起来，老板娘已经完全不认得她了。

这天早上，蒯蕊正坐在桌前喝粥，感觉身后袭来一阵冷风，弹簧门“吱呀”合上，两个女孩哈着白汽，说说笑笑点了单，就近在蒯蕊身旁落座。蒯蕊还是一眼认出了她。即使黑色羽绒服帽子的貂毛挡住了其中一个女孩的小半边脸，几乎同时，对方也认出了她。

“蒯蕊！”施冰冰惊喜地喊道，笑容满面。

蒯蕊迟缓而窘迫地报以微笑。

施冰冰坐近了些。蒯蕊看到她的妆容很好看，眼线流畅自然，衬得眼睛很亮，没有浮粉，皮肤比以前白了很多。她长得的确是很好看的，比自己好看太多了。

“咱俩有多少年没见啦？快十年了吧？我都不敢认你！”施冰冰唇红齿白，光彩照人。

蒯蕊感觉自己的笑有些僵硬，像鹿鸣河凝结的冰块。“七年。”说完，她忍不住摸摸脸颊，微微发烫。

“对，高中三年，大学四年。你在哪里读大学？”

“我没有读大学。”

“那你在哪里做事？”

“北京。”

“北京！你在北京哪里？”

“延庆。”

“延庆我知道的。你在做什么？你猜我在哪里？”

屋里暖气很热，施冰冰脱下羽绒服，搁在膝上，赤豆色羊绒衫衬托得她玲珑小巧，气色很好。说着她挽起袖口，从手腕上取下一个珍珠发圈，拢起栗色长发，绑了一个高高的马尾。蒯蕊注意到她的手腕净白如葱管，青色的静脉在皮肤下依稀可见。蒯蕊忽然觉得有点难过。她把手缩到桌子底下，抻长袖口，心想那些伤痕真是太令人难为情了。真讨厌自己的性格，为什么非要这么软弱、畏怯，不能忘却一切或者不顾一切大胆往前走呢？

如果他们知道真相是，一个孩子谋杀了另一个孩子，事实上他们就失去了两个孩子。（日记本上这行字被她用签字笔加黑加粗，以便在紧要时刻迅速浮出脑海，作为警示。）

蒯蕊迟疑地说：“唔，我知道你在哪，听说了，李雪还给我发过你跳舞的视频呢。”李雪是她俩共同的同学，蒯蕊的堂妹，也是施冰冰的朋友。

“是吗？”

“是啊。”

“跳什么舞的视频？芭蕾、拉丁，还是韩舞？我爸当初不让我学，我在大学加了社团，自己学，很多舞种都学会了，很好玩。”施冰冰一颦一笑都那么美，美得让蒯蕊卑怯、紧张。

“街舞。”

“你来找我玩呀，接下来三年，我都在北京读研。”

那位不相识的女孩跟着笑起来：“你去找她蹭饭，她呀，反正也要嫁在北京了。”

“什么话，早着呢。我请你吃饭呀。”

“好。”

蒯蕊应着，心下虚软，一股滚烫灼人的热流直捣小腹。她感到自己瞬间失去了折返北京的勇气。当初，她为了逃离父母，莽莽撞撞去当北漂。这一两年，父母开始养花、遛狗、跳广场舞，变得老态温和，看上去好相处了很多。哦，男朋友，短暂地有过一个吧。起初，她确实喜欢他，也认为又矮又穷的男孩会出于自知之明更疼人。没想到他居然反过来嫌她胖，事实如此，她甚至找不出一句话去反击他。他说，蕊蕊你疯了一样摇晃我的时候，我都看呆了，你浑身的肉都在抖啊沸腾啊真刺激呀，你知道吗我不得不闭上眼睛想点别的，蛆啦蟑螂啦呕吐物啦，才能再挺一会儿。他的南方口音听起来也阴阳怪气的。后来，蒯蕊看到施冰冰跳舞的视频，看了两遍，又羡慕又悲哀，这样的“女神”肯定不会有那种可笑的烦恼吧。

为了戒掉自残的瘾，治疗反复发作的抑郁，这些年吃下多少颗导致代谢失衡的胶囊，蒯蕊自己都数不清。

蒯蕊离开鹿鸣镇的火车是下午三点。早两年，政府拆除俄国人19世纪修建的老火车站，新建了一座英国古典庄园式的建筑，美丽大气，令人瞠目。它被破败低矮的平房簇拥在这里，如此突兀，如此孤独，像幻化失真的海市蜃楼，也像一个不经大脑的笑话。每天有13趟火车从此中转，开往虎林、绥化、香坊、嫩江和北京等地，火车进站，汽笛长鸣，车轮与铁轨错打，“哐哨哐哨”。热闹在五分钟内消失，镇子重又归于沉寂。

瞭望塔依然矗立在离火车站三十米远的铁轨旁。进候车室前，蒯蕊穿过一条隐蔽的胡同，左拐，直走，推开了那张虚掩的锈迹斑斑的塔门。冬天的塔内极其阴冷幽暗。蒯蕊打开手机的灯光，一步一步往上走。她想起小时候和施冰冰在台阶上打闹蹦跳，学各种动物的怪叫。她自己最喜欢学马鹿幼崽的叫声。这时，她忍不住在黑暗中卷起舌头，“呦，呦——”，回音依旧，动听悠长。她微微一笑，感到鼻子猛地一酸。她好像听见了小不点施冰冰咯咯直笑的声音。她心颤地想起施冰冰牵她一起爬楼梯时，那种汗涔涔、黏糊糊的亲密感。

施冰冰，施冰冰，再见吧施冰冰。不不，永别了，施冰冰，永别了，鹿鸣镇。蒯蕊站在塔顶，俯瞰着她年幼时热闹蓬勃的故乡，此刻正步入消亡。别处的人们不会知道，这片土地曾作为一个朝代的开国都城，繁华鼎盛，然而仅仅存活三十余年，一场大火卷走一切，人去城空。想到这里，蒯蕊感到惆怅，难过，又不免有点儿轻松。她伏在铁栏杆上，久久地凝视着永恒的大地。再过些日子，鹿鸣河会在暖阳下醒来，寒冰松动，水声潺潺，往西流去。

陈雾与象象

1

周一早晨，一场暴雨过后，教室外面的走廊上，到处都是蜗牛的尸迹。前一天晚上，数不清的蜗牛从杂草和灌木丛里爬出，来这宽敞干燥的走廊上避雨，呼吸新鲜空气，可是它们乐而忘返，在我们这群小孩跑来上学时，又来不及避让。孩子们毫不在意地踩碎蜗壳，脚下发出清脆的“咯嘣”一响，蜗牛湿滑软绵的肉和锋利破碎的壳，都黏在套鞋底下了。

等到晨读结束，我们来走廊上玩跳远游戏，地上全是泡发在黄泥积水里的死蜗牛，散发着腐烂落叶的腥味。但我们没有别的干净场地可选了，不过，我们也不怎么计较。我们一看就是耐脏的小孩，撑黑色的大伞，穿黑色橡胶套鞋，绝大多数小女孩都像小男孩一样着深色短裤，剪短发，乐意被人叫作“假小子”。孩子们像同一屉蒸笼蒸出来的馒头，里里外外都差不多。那是个生活以美丽为耻，以俭素为荣的时代，老师们常用“红漆马桶”讽刺那些爱美丽的女孩，教育她们要把心思全部用在追求真理和进步上。

陈雾就是那些爱美丽的女孩之一。她扎辫子，穿粉色的裙子和不知从哪里买来的粉色套鞋。她那做木匠、擅木刻的爸爸，用油漆在她的黑色伞面上，画了我们课文中的插图：一群小黄鸭，围绕着一只美丽的白天鹅。陈雾举着那把伞在路上走，我们远远就能认出她。你叫她，她常常受惊似的猛一抬头，然后用那双疑惑的大眼睛望着你，也不笑，等你先开口，有一句答一句。她的皮肤在一群做农活的小孩当中显得太白，有种不太正常的病恹恹的感觉，但是不曾听说她患有什么病。最古怪的是，她有洁癖——在 20 世纪 90 年代的农村，大家对生活的要求都不高，一个人有洁癖就像有三只耳朵一样不可思议。

陈雾爱竞技型运动，运动时话很少，只抿着嘴唇暗暗发力。她跳远跳高都很好，有先天优势，个子最高，腿长，敏捷轻盈。这一天的跳远比赛，我们又分成两队，男女混合，一对一比试，赢的加分输的减分，为集体荣誉而奋斗，谁也不敢掉以轻心。小学课本里有“田忌赛马”，大家活学活用，其中一环，是拿陈雾去挑战对方比较厉害的一个男孩。

顾虑到地面太脏，陈雾提起裙子，落地时，脚跟正对男孩的脚心，险胜，但胜得很明显，我们都看清了。可是男孩耍赖，不服，他很生气地说，明明他俩脚跟在一条线上，而且因为他的脚比陈雾长，按脚趾的位置算，他赢了。这么一来，这个男孩马上有了很多队友的支持，两边就吵起来了，有人骂娘，有人推搡，眼看就要干架。这时，陈雾小声说：“那我跟你再比一次吧。”陈雾的队友说不行，赢了就赢了，如果重来输了怎么办，难道甘心把我们的分数让给敌人吗，陈雾不能这么做，因为分已经是集体的分，大家的分。

男孩们骂惯了她，女孩们嫉妒她有那么多好东西，从来不会帮她开腔。

陈雾保证说她不会输的。其实所有人都知道，她是个很靠谱的队友，几乎从不让人失望。大家只是喜欢欺负她，他们从她身上收获了很多乐趣。

陈雾和男孩站到起始线，甩起胳膊，酝酿力量。这一次，不知是抱着必胜的决心，还是她彻底忘我了，她没有提起裙子，粉色裙摆的流苏就那么坠在她的小腿肚上，真是美极了。可是，等她漂亮地完胜，我们看见她的裙子上甩了大片的黄泥水，还沾着蜗牛的烂肉和碎壳。更糟糕的是，她的裙子湿漉漉地贴在大腿和臀部上，印出清晰的红色三角裤的形状。

大家哄笑起来，女孩们捂住嘴笑，男孩们吹起口哨，有几个男孩像突然遭受电击的猴子一样，深受刺激，兴奋至极，怪叫着，围着她疯跑起来。

接着，我们看着她伤心了一整天。对此我们都习惯了。很多个日子，她趴在课桌上，脸朝地，呜呜嘤嘤地哭，格外委屈又格外无助的样子。陈雾小时候实在太爱哭了，受一点欺负就哭，也只会哭。她从来不会回手，也不会骂人，几乎连反驳和辩解都不会，出奇的温和，出奇的文明。怎么会有这样一个人？她那样子实在太可怜了，又柔美又可怜，于是惹来更多的男孩挑衅她，刺激她，对她动手动脚。他们好像很爱看她哭，每次三五成群，高高地坐在课桌上观赏她哭，每个人脸上都挂着得意狡黠的笑，时不时地，突然爆发出一阵特别可怕的怪笑。

2

陈雾哭得特别厉害，而围观的男孩又多如蜂窝时——全班三十多个男孩，有时足以把她那块地方围得一只蜜蜂也钻不进去，象象会过来警告他们。象象总是那句话：“预备，我要发功啦，一,二,三——”这话像丢进一个炸雷，男孩们即刻作鸟兽散。

象象是班里一个弱智的男孩，块头很大，力气惊人，永远套一件深军绿色的长外套，看人时仰着脸，天生的斜视给人一种爱挑衅的很不友好的印象。象象应该是唐氏儿，神情痴傻，讲话含混不清，结结巴巴的，一开口就不停地流口水，流得胸前，鞋面上，课桌面上，作业本上，都是湿的，仿佛是上帝在造他时，忘了帮他关上身体里的某个水龙头，而他自己也不知道那个水龙头究竟在哪里。他只好不停地用衣袖擦一擦，小半天后，就把衣服脱下来拧干。不能用纸擦，太费纸了，供应全村卫生纸的造纸厂建起才两年，而有些农户家里，还是用竹片和树枝如厕呢。

象象的脑子不像外表看上去那么蠢笨，足够正常生活，也能识人辨物，当然，要说像别的孩子一样懂算术和作文，还是不行的。那些东西太复杂了。像自卑感、自尊心，等等，也相当复杂，所以象象也没有。象象绝大多数时候，脸上铺开圆满单纯的笑容，几道很深的皱纹交错着从眼角延伸出去，没有显出成熟却有点衰老，尽管他当时才八九岁。

象象实在太爱笑了，哪怕是他在说“预备，我要发功啦——”

这句最有威慑力的话时，他也还是满面笑容地看着所有人，神情总是那么滑稽和欢快。

那是象象第一次“发功”，大家都有点不明所以，没有做好准备，结果后果很严重。那次不知什么原因，陈雾又趴在课桌上哭，哭得小辫子和小胳膊都一耸一耸的，男孩们围着她，哄笑着，不时拿树枝杵杵她的头皮，希望她抬起头来，把满脸泪痕和红肿的双眼献给他们看。象象来了。象象笑意盈盈，口水直流地说：“预备，我要发功啦，一，二，三——”大家莫名其妙地等着他。说完，他像捋胡须那样，捋一把口水，挥手一甩，口水像雨点似的飞落到围观者们的头上，脸上，身上。然后，是第二把口水，第三把口水，像是有备而来，因为他的动作前所未有的敏捷，口腔分泌口水的效率特别高，待男孩们反应过来，一切都晚了，侮辱和灾难已经降临给每一个人。

“太恶心啦——傻子的口水——”

所有人骂骂咧咧地跑开。象象在他们边跑边骂的混乱局面中，发出相当雄浑的笑声，那种确实只有傻子才能发出的浑然天成的笑声。

虽然并不是陈雾一哭，象象都跑来发功，但是象象每次发功，基本是在陈雾哭的时候。事后他也少不了被男孩们群殴。不过考虑到象象做事缺乏思考能力，没有底线，男孩们也有所忌惮，不敢对他太过分。据说有个男孩放狗扑咬象象，象象在跟狗搏斗时，咬下狗腿上一块皮。象象满嘴狗毛狗血，凶恶地瞅着狗的主人时，他虎视眈眈的眼神吓得那男孩魂飞魄散，之后再也不敢靠近他。

3

2001 年，我们要从乡村小学去乡镇中学读初中，那是当地唯一一所初中。乡镇有十多个村子，村子里的人家像从遗忘的星球空降来的陨石，随机散落在山脚，山腰，田间，水边。我们村子有一个小学，配两名老师，一名女老师教语文、唱歌和思想品德，一名男老师教数学、体育和自然科学，升入三年级后，就只剩下语文和数学两门课，因为老师说，小升初只考语数，等你们到镇上读初中，可不能被其他村的野孩子看扁了。

陈雾和象象分配在同一个班，花名册按成绩排，陈雾第一，象象倒数第一。那天，陈雾去找班主任报名，发现自己运气实在不好。因为这级学生人数太多，学校只好腾出厕所边上放扫把、簸箕、垃圾桶的小仓库，给三个班作教室用。陈雾就分进了仓库班。陈雾找到自己的班级，站在门口不敢进去。一眼望去，整个教室黑魆魆的，还没有通电。讲台上点着蜡烛，班主任坐在跃动的黄色火光中招呼她。她一下子就哭了。班主任安慰她说，既来之则安之，你看，我们教室连窗户都没有，每周一大扫除会很轻松，可以比别的班早些放学。陈雾咬着胳膊只是哭，既听不进去，也不走进去。

她哭着哀求道："老师，我要转班，我没办法在这样的地方学习。"

老师不能接受，她可是班上分数最高的学生。

于是，陈雾自己去看教室，跟不同的班主任谈，她成绩好，想接收的班主任有，但是顾忌同事关系，对真的接收她表现出迟疑。

开学几天了，她不去仓库教室报到，闷闷不乐地赖在另一个班。仓库班主任没有办法，去跟同事谈，意思是，最好的给你，我亏大了，稍微公平一点，最差的也请收下。

这样，陈雾和象象一同来了我们班。

没有人愿意跟象象坐在一起，前后桌也不行，家长更不愿意，怕影响自家孩子学习。班主任来问陈雾——他尚且不清楚她的脾气是很好的，说了太多没必要的话，他说，毕竟一开始，你俩就是买一送一，捆绑营销，强制搭配。陈雾说，可以。于是，象象和陈雾搞特殊对待，不配同桌，象象坐靠墙第八小组第一个，陈雾坐第八小组第二个，这样，坐完初中三年。同学之中，象象只跟陈雾借纸笔，问作业，抄作业，陈雾对所有同学都是耐烦大方的，对象象也一样。

三年后，象象的九年义务教育结束。陈雾去县城读高中，成绩优异，后来考上广州的中山大学。

象象十四岁时，他的父母本着一种扭转生活局面的决心，生养了一个女孩。女孩很健康，可是支撑两年后，他们还是离婚了。象象的妈妈带着小女儿远嫁贵州，爸爸去广东打工，剩下象象一个人过。象象靠帮一户农家赶水鸭谋生，工作就是每天早上赶着一百多只鸭子去稻田水坝吃野食，捡鸭蛋，傍晚再把它们赶回来。雇主给象象每天十块钱，管他两顿饭。象象好像很喜欢这份工作，走到哪儿都笑呵呵的，他举着赶鸭的竹条，一边走，一边在空中甩圈圈。鸭子们在象象的指挥棒下活动，一会儿往东，一会儿往西，像河水一样自如快活。

陈雾家正对着一片水田，一个小水坝，象象经常把鸭子赶到这一带，下雨时来陈家避雨，坐一坐，聊聊天。陈家长辈都是善良周到的人，他们家也不筑围墙，不挂铁锁，门前不种老虎刺，进出都方便。有阵子陈家修房子，象象每天来帮忙挑砖头，抬预制板，帮着干各种累人的活儿，他力气大，完全能当一个建筑工。

象象跟陈雾爸爸说："你们家陈雾怎么那么好哟，只有她从来不笑话我——"

象象跟陈雾妈妈说："你们家陈雾怎么那么好哟——"

跟陈雾奶奶说："你们家陈雾怎么那么好哟——"

跟其他村里人说："他们家陈雾怎么那么好哟——"

象象见人说，天天说，这话口水似的总在他嘴边淌。大伙儿听腻了这话，笑话他，也眼红陈家，讲象象这是癞蛤蟆想吃天鹅肉，把自个儿当人家女婿，人家其实只把他当免费的苦力呢。

4

2011 年暑假，我去广州找陈雾玩，进了中大校门，一眼看见她从榕树密林大道中笑吟吟地走来。那几天正是台风过境，我们相见时，狂风暂时停了，校园里阴沉静谧，雨水从遮天蔽日的墨绿色树冠摇摇落下，有些枝叶密不透风的地方，奇异地飘浮着稀薄的层层白雾。陈雾撑着一把伞，踩着浅浅的积水走来。她穿米色蕾丝上衣，牛仔短裙，黑色绑带凉鞋，披着一头长而密的棕色鬈发，这打扮让她显得很成熟，也有种小巧玲珑的女人味。可是她那双像是始终含着泪的眼睛和羞怯温柔的笑容，都还像少女时代一样，让我倍感亲切。

学生穷。陈雾让我不要订酒店，就住在她租的房子里，那时我才知道她已经搬出学生宿舍，跟男朋友出去同居了。见面之前，她在电话里用一种开玩笑的口气说："同居需要学习，这两年，我花了很多时间在练习。"当时我并不明白这话。

他们租的房子就在大学北门外面，很旧的一排楼房，一楼开小饭馆和小超市，二楼以上住人，有的经营着旅馆。每个窗户的栏杆都锈得发了黑，上面胡乱地挂着五颜六色的衣服，胡乱地堆着植物枯萎的花盆。他们住在三楼，两室，他们租的是次卧，隔壁住的是一对正在考研的情侣。房间很小，被一张狭窄的床和一张长条桌填满。那床似乎不到 1.5 米宽，所以陈雾跟我面对面盘腿坐下时——她穿着一身淡紫色的睡衣，吊带和短裤空荡荡地挂在身上，头微仰，正在用毛巾擦干捋到一边的头发——她大腿内侧和乳房上方的疤痕裸露出来，黑褐色的，绛紫色的，赤红色的，交织，重叠，密集。都是烟蒂的烫伤。

我震惊于她男友的残忍，更加震惊于她的隐忍。我不能理解这样一种生活，这种茫然无力的"不能理解"分割了我们这个夜晚，让它变得可怕，难以忍受。她不经意地解释，就像不经意地袒露自己的疤痕，这些在别人看来是可耻是懦弱是不幸的疤痕。

> 你只看得到我的伤疤，我的痛苦，却不可能看到我的快乐，我的幸福。我为什么要忍受痛苦？为什么？当然是为了快乐，为了满足自己正在追逐的快乐和幸福。

我很怀疑，如果这里面有什么值得追逐的幸福。那时，我对男女之事充满困惑，在恋爱上也不太顺遂。半年多来，一个男孩对我热情关注，恰好我也很欣赏他。可是最后我搞砸了。他很恼怒地跟我拍桌子说，你不应该表白，你应该等着我来表白，女人负责诱导，男人才负责表白，现在好了，你把我对你的感觉全破坏了。

幸福，看来比我理解的要脆弱得多，也神秘得多。

陈雾认为自己是世界上最幸福的人。她相信自己在这个男孩身上找到了宝藏。她说这话时，眼睛像遥远的星辰一样发出奇异恒久的光，让我不能怀疑她在夸大或炫耀什么，本质上她也不是那种自卑又虚荣的人。她对比之前谈过的两个男孩，温暾的、温和的、彬彬有礼，连换个姿势也会体贴地征求她的意见，不仅显得毫无投入感，也给她一种迟疑、怯懦、偏于女性化的感觉——正好接近她本人的气质——实在是没有男性魅力。可是为了保护他们脆弱的男性自尊心，原本稀薄的男性气概，最好也不要去提改进的意见，不然他们会坐在床头唉声叹气，令人尴尬地抹起眼泪来。

然而这个男孩呢，他粗鲁，暴虐，独断，可是他也充满力量感，意志力，闻得到的男性气息。他令她泪目，也令她欣悦，肉体受苦，也带来身心的快慰。她自己也不明白，为什么她那么迷恋他，期待跟他发生任何互动和纠缠，以致期待他的吊打。她欣赏他的咆哮。他那股好像对生活无处释放的怨怒和能量，都通过性的方式，频繁、激烈地倾泻到她这里。而她呢，也从培育他的过程中获得种种很难定义、概括、形容的满足感，有点类似，一个母亲培育婴儿受苦受难的过程中产生出对自己身份的体认。据说女人在产子后哺乳，一开始痛极，身心消耗巨大，但后来，她会爱上哺乳，断奶时她往往比婴儿更加沮丧。

她像山谷间一汪湖水，而她的男孩截然不同。他好像活在一个个孤立的瞬间，温存与暴力，上一刻，冷若冰霜，下一刻，热情似火。这个人很像教堂里的彩色玻璃窗，每一块玻璃都会发出迥异的光，因此每一块都不能完全定义他，也不能拿这一块去否定和取代其他的玻璃。如此丰富，如此独特，世上还没有其他事物令她如此着迷。

她说得多好啊，有那么几个瞬间，我发现自己陷入对她的迷恋和羡慕之中。可是，这些诚实的话，如果不是配上她那萎靡疲倦的体态，还有忽然放空的眼神，应该更加令人动容吧？她对选择这样一个人毫无疑虑，让我想起我们小时候一起看过的《海的女儿》，小美人鱼对王子付出的代价巨大的深情。可是跟小美人鱼不同的是，陈雾对自己将要抵达的最坏的命运，没有提前收到一点预告。

5

2017年临近过年那段时间，村子里都在传木匠家的乖女儿，读书好的名牌大学生陈雾，瘫痪了，很可能没剩多少日子了。陈雾在广州的医院住了一段时间，转院到本省长沙治疗，月余，医生劝他们回家静养，节省费用，等待奇迹。兜来转去，花光了积蓄，又四处跟亲戚朋友借债，后来，陈雾的母亲出来“写数”。这是当地流传已久的传统，哪家遇上绝路，便由一位家庭成员提纸笔，挨家挨户去写数：哪年哪月哪天，某某收下某某多少钱，大恩大德，没齿难忘。人们明白写数的性质非同小可，都尽量解囊相助。这不是借钱，是不还的，双方都清楚这笔钱是出于仗义，同情，纯粹的支援。本质上也算讨钱了。但是因为白纸黑字地记下，不像乞丐领了就走转身就忘，这里面又保留着一份自尊、恩情和庄重。

陈雾的母亲十里八乡地走，一身寒气地在我家客厅坐下。不到五十岁的人，头发全白了，发黄的双目深凹进脸庞，颧骨从眼下凸起，脸颊因干燥而布满角质。她手里握着圆珠笔，膝上摊开的横线本写满姓名和数字，在我妈妈起身去卧室取钱时，她环视着我们墙上的全家照，再看看我，神情松弛下来，勉强笑道："你跟她一样大。可是你跟小时候相比，一点没变。"说完她往椅背轻轻一靠，叉开两条腿，在膝盖上捶打起来。我看见她牛仔裤大腿内侧磨出了破洞，露出里面的紫色内裤，十分打眼，我只好把眼光从她身上移开。

我不敢问起陈雾，尽管我心里一直在期待她能说一说陈雾的情况。我们不能打探别人的悲剧，除非她自己愿意倾诉。人们的说法是，陈雾是因为恋爱受了刺激，突然瘫痪的，也许同时引发了血液或神经方面的疾病。一位同学说，医学上这叫癔症性瘫痪，是因为精神刺激、自我暗示和不良环境压迫而发病，病患多是年轻女性，她们会丧失部分或全部活动能力，不能行走或站立，但是意识是清楚的。

大家都不能理解，现代社会一位受过大学教育的女性，怎么还会以这种态度去谈恋爱？

我不明白爱情会如魔鬼般摧毁人的健康、意志和希望。我感到既震惊又不能理解，一如五年前瞥见她身上被烟蒂烧伤的疤痕。然而与此相比，如今她的中枢神经，大脑与心灵，她无实体无边界的精神世界，到底经受了怎样的重创，才完全封闭起来。

陈雾的母亲叹了口气，擦着眼睛说：“这都是她的命，她的命太不幸了。”

我选了一个天气好的日子去看陈雾。一路上我做了很多心理准备，料想我们的见面会是沉重和悲哀的。陈雾坐在轮椅上，正在门前晒太阳。她剪了很短的头发，因为药物治疗和缺乏活动，她胖了很多，脸部和身躯显得很臃肿，像一个怀孕七八个月的农妇。我叫她，她面露惊讶，然后微笑着叫我的名字，从盖在腿上的棉被下抽出手来，握住我。温暖亲近的感觉。她的微笑中带着无欲无求的平静，似乎在这样的境遇里，幸福依然没有抛弃她，只是用另一种形态取代了之前的形态。我们说一些无关紧要的话，太阳、气温、饭量、睡眠时间。后来，过很久才说上两句。再后来，我们说到了她的前男友，她出事后，他从来没来看过她，那个她认为从他那里找到了幸福和宝藏的人。

我问她，你说的幸福到底是什么呢？

她轻叹了口气。过了好一会儿，她才说，就是对他的肉欲，还有因此而引发的奇异的美丽的身心感受。正是那些感受，让这份感情区别于其他任何一种感情。也正是因为他感受不到我拥有的那些感受，他才到处拈花惹草，浅尝辄止，像一头瞎眼的蠢驴在大笼子里乱撞。

后来，象象来了。象象看到我时一愣，高兴地咧着嘴笑，口水脱线似的掉落。陈雾说：“是卉卉呀，你不记得她了吗？”象象摇摇头，进屋去了，在里面叫婶子，叫大叔，说他给陈雾提咸鸭蛋来了。

我说：“象象一点都没变啊，孩子似的。”

陈雾看着象象从那扇光线幽暗的门背后走出来，笑了笑说：“是啊，傻人有傻福嘛。”

6

原来，象象每天都来看陈雾，雨天来烤火、煨红薯、煨鸭蛋；晴天推着轮椅出去走。他从集市买来一个红色的手摇铃铛，一个绿色的拨浪鼓，挂在轮椅两边，陈雾也随他去了。这两年除夕夜，陈家留他一块儿吃年夜饭，他反正一个人，父母多年不归，彻底忘了他，好像干干净净地忘了一个雷雨天的噩梦。象象也不提他们。多年来，象象凭赶鸭子自食其力，风里来雨里去，身体却健康壮实。陈雾的妈妈说，都是仰仗老天爷照顾，光凭这一点，象象的命就不差。

春夏秋冬，寒来暑往，陈雾每天在乡下生活，再不是当初在广州的样子，也不是刚从广州回来时的心态了。她对生活的概念不同了，她适应和习惯了自己的生活。虽然她还是瘫痪着，但是她的病况稳定下来，短期内死神已经忘记了她。她跟她的轮椅看上去很和谐，处得挺自如。她自己滑着轮椅在村子里走，笑着跟遇到的每个人打招呼，人们问她，脚有力气了吗，能自己扶着墙去上厕所吗，能玩手机吧，玩抖音还是斗地主呢，她也不改脸上一团和气，微笑着点头摇头，有，没有，能，不能，在变好，会好的，谢谢。

起初，是陈雾的母亲陪她散步，妈妈像料理婴儿般料理她，帮扶她上厕所，收拾秽物，换卫生巾，心情当然不像二十八年前那么寻常。那时她盼着小宝贝长大，现在她盼着她康复，康复渺茫，她盼着她的心情开朗一点。她把女儿推到哪里，就会跟人强调，我们家陈雾在变好哦。仿佛她这话不是为了说给别人听，而是说给自己听的。

她讲起，女儿刚出事，在广州住院，脾气格外古怪吓人。有次她推着女儿出去走走，刚下过雨，空气新鲜，地面被雨水洗刷得很干净，很多蜗牛从草丛和花坛爬出来，在人行道上漫无目的地爬着。当地终年湿热，蜗牛大得惊人，状如鸭蛋，而且数不胜数。医院里人来人往，很多蜗牛被踩成肉浆碎片，黏在人们的鞋底，被带到这里那里。

不知为什么，陈雾突然变得情绪激动，双臂撑着轮椅试图站起，却一头栽在地上。她表情疯狂，试图打翻轮椅却不得。她用指甲去抠橡胶轮胎上蜗牛的碎壳，肉浆，有些特别尖利的蜗壳嵌进橡胶里面，很久都弄不出来，她的指尖被划破，血渍斑斑却浑然不觉，只疯了似的抠那些东西，暴怒地大骂。

好在那样一个阶段已经过去了。如今，陈雾的情绪稳定很多，母亲也想去谋一份收入，不需寸步不离地照看她。象象成了伴在轮椅边的那个人。

后来，流言就起来了。在人们看来，陈雾和象象都是有明显缺陷的人，正好相配，又常在一处，也有感情基础。再往下说，话就很难听了。

村子里的生活包罗万象，总能找到前车之鉴。有个整天跟着混混老头晃荡的弱智姑娘大了肚子，乡政府来人，连哄带骗弄去医院打掉了，顺道给她做了结扎手术。他们说，这是为了她好，再生出一个弱智来，她可怎么办，村上也是负担。感谢结扎手术，尽管它残忍血腥，会引发经血淅淅沥沥，但是，这一代妇女终于不再像上一代那样，永远都在哺乳、怀孕和分娩了。这地方没有男性结扎的先例。

这些旁敲侧击让陈雾的父母相当难堪。

那一天，早上一场倾盆大雨后，一整天都在下小雨。我们无处可去，一些人聚集在陈家玩牌，陪同陈雾消磨时间。一个手气很坏的婶娘漫不经心地讲，让象象照顾陈雾蛮好，节省人工嘛，但是让陈雾做个结扎手术比较明智。

陈雾的母亲可能一时走神，不置可否，再接话时，开始打听村里刚做完这手术的女人们的情况。

陈雾听了大笑，眼泪都笑出来，笑着笑着就抿紧嘴苦涩地哭了。

陈雾的母亲慌了神，连忙说女儿误解了大家的意思，大家是担心象象万一对她做出出格的事情来。父母亲当然不会无端地伤害她的身体。

那位婶娘开玩笑说，要不象象替陈雾去做一个好了。那口气似乎是，象象替陈雾去跑跑腿买包糖吧。

象象说好，可以。但他并不明白别人在讲什么。

大家哄笑开来，好像听到一个特别逗的笑话，婶娘把这快乐的产生当作自己的智慧和功劳，很聪明地拿过话头，吓唬象象道，结扎就是割鸡鸡呀，你不怕吗？

象象一时蒙住。

陈雾生气了，脸色相当难看，却一句话也没说。她滑着轮椅走开，去了隔壁房间。过了一会儿，有人透过窗户看见她出了门。她已经滑出去一两百米。雨水不息，天色灰蒙，路上的泥水汇成溪流，不知奔向哪里。她没有撑伞，背向着我们。轮椅上方升起一个圆圆的脑袋，气球似的飘悬在空茫的天地之中，那孤独无依的样子让人内疚。她磕磕绊绊地经过一段乱石路，拐上水泥大路，汽车和卡车在她身边疾驰而过，掀起白色的水花。她的胳膊拼命滑动，一如从轮椅上长出来的一对灵活自由的臂膀，在那条弧度很大的下坡道上，她帮助轮椅迅疾地往前飞去。她的母亲和象象冒雨在后面追。母亲上了年纪，跑了一段，撑住膝盖立在原地喘气。象象拼命跑啊，拼命跑，像一条肩负使命的黑色猎狗，又像一只轻盈欢快的氢气球，我们眼见他离陈雾的母亲越来越远，离陈雾越来越近。

春　晓

向春晓离开上海那天，正好是6月28日。三年前的这一天，我们搭乘同一辆大巴，从济南来上海工作。这是我们告别校园后的第一份工作，去教育培训机构当老师。算是专业对口，她教高中物理，我教初中英语。清晨五点，经过太仓时，我一睁眼就望见车窗外热乎的朝阳，还有橙红的流线型云彩铺满东边的整块天空，如同迷人的油画。“春晓，醒醒，快看！”我弹坐起身，敲响铺架的铁管，朝下铺往里侧卧的向春晓喊道。她转头对我笑了笑，露出一口齐整的白牙：“我在常熟就醒了，直听见你打呼噜。南方果然好地方啊，难怪他那么不愿意回山西呢。”

只是没想到会这么快离开。傍晚六点，我们站在上海火车南站的二楼进站口，趴在栏杆上，俯瞰着灯光闪烁的环形候车室。眼皮底下，南来北往的火车从飞碟形建筑的架空部分呼啸而过。我们在等候一个小时后开往呼和浩特的火车。向春晓不断地重复这句话：“你一定要来看我啊。”我心里清楚天各一方，我们很难再见了。等她说到第四遍，我不忍心再应酬似的点点头，拐进便利店给她挑了些火腿、瓜子和压缩饼干，供她在车上消磨时间。我不时催促她早点进站，直到提起那只皮质磨损的深棕色背包过安检时，心里才真正舒缓一下。她终于要走了，终于远远地离开上海，发誓再也不回来。

1

一场友谊的开始往往都源于抉择和命运的重叠。六七年前，我和向春晓在北方同一所大学读书时，从未打过照面，毕业之际，却因一场校园招聘而相识。面试弄得有些声势，但最终好像所有人都拿到了月薪八千元的承诺。结束后，我和向春晓在食堂吃饭，摸清对方的过程中都有些惊诧。

“首先，我要去上海。”向春晓说话自信又直接，“其次，我再考虑做什么，入哪一行。”

“我也是。因为我男朋友在上海念书。”我说。

“和你一样。我跟男友是高中同学，谈了四年了。总之一到毕业，异地恋总得有个了断，了断‘异地’，或者了断‘恋’。”向春晓搁下筷子，眉心都没颤一下，“我差不多和父母决裂了。他们托关系，给我在大同找了个银行柜员的活儿，每天数钱，我可不想回去。”

我理解地笑笑：“他们帮我找的，是去电视台当编导，剪辑那种从中国台湾买来的政治新闻。在里面待上两个月，保证你翻墙都想逃出去。”

“所以还是去上海教小朋友吧。”

“对，有钱，还有爱——人。”

但向春晓的男友在她抵沪没多久就一声不吭地折回老家，留下的分手理由非常奇特：“你知道我最讨厌粉刺了。那天去接你，看你那一脸青的红的粉刺印，我真的连亲你一口都不想了。”向春晓翻出那条微信给我看，感慨男性思维的荒唐与不成熟，却从未怀疑过“粉刺”可能只是他假借的一个幌子。把他遗忘之前，她经常抱在怀里的，除了那个想不明白的分手缘由，还有治粉刺的陶瓷中药罐子。

我没有想到向春晓会继续留下来。入职培训的那个月，来自天南海北的应届大学生住在长宁区一条很深的弄堂里，宾馆在杂货店楼上，每个七八平方米的隔断间，上下铺住着八个人。没有窗户，一个白炽灯泡不分昼夜地亮着，房间里充斥着潮湿的霉味和混合的汗臭。工作压力胜过高三冲刺，我们从未在半夜两点前合眼。一个周六，向春晓创造的最高纪录是一天完成了教学主管布置的二十套高考模拟试卷。

“等入职培训结束，公司会在那些优异者的名字前加上‘沪上名师’，把你们特别交代给教学顾问，”主管在讲解那些花花绿绿的宣传册时，口头补充道，“凭着我们‘沪上中小学辅导龙头老大’的牌子，一堂课收学生一千块，只要你课时足，也不愁没肉吃。”

那些成摞的试卷和教案令我患上口腔溃疡，却成了抚慰向春晓失恋的良方。每当傍晚路过楼道口的窗户，她倚在那里看天，开始眼圈红红，就会扭身跑进嘈杂的宿舍，在床上摊开电脑桌，戴上耳塞，以一种自戕式的勤勉刷题刷到精疲力竭，与周围四起的鼾声共度深夜。

最终考核时，向春晓理所当然地赢得“最佳学员”的称号，其实质性奖赏是可以自由选择校区，而不必等候抽签决定。这家中外合资的教辅机构在上海有 37 个校区，因为地理位置、管理方式和生源数量的差异，每个校区教师收入也不同，高则几万，少则几千。处在繁华地段、业绩第一的杨浦五角场校区，即便教最冷门的语文也能拿月薪两万，更别提最令学生头疼的数理化了。所有人对此心知肚明，暗暗在心里烧着高香。有一次，我们被带去五角场听课学习，教数学的同事阿江抬头仰望着万达大楼，表情夸张又不失率真地感慨：“我多想被分配到这里啊！我已经闻到了人民币的芬芳。”

毫无疑问，五角场校区指派的唯一名额是向春晓的，但最后莫名其妙地落在我头上。我惶恐不安地去敲主管的门，主管隔着长条办公桌瞥了我一眼，又长长地吐出一个烟圈：

“小胡，培训结束了，我就坦诚点说话。你的表现我们是看在眼里的，我们是强迫你了？让你像头驴子一样拉磨？做几道题，考几场试，你每天累得喘不上气，哭丧个脸，你怎么考上的 985、211 院校？”

我强打精神，不一会儿又头脑昏沉，腰背酸痛。在这边一个月，我的身体好像老了十岁。我站在主管面前，觉得他说的都对，但我拿自己没办法。缺乏睡眠和过度用脑带来的疲累，快把我压垮了。

“要是不改变自己，你的职业生涯也谈不上什么发展，知道吗？小胡，你本来是分到浦东金桥，那边暂时不缺老师，缺个行政，你可以先去听课学习，等寒假高峰期来。”

“那我怎么又去五角场了？”我问他。

这个中年男子掐灭手头的香烟，不耐烦地提到向春晓，用上海话重复了两遍“小姑娘脑子坏掉了”。原来人事表格递交给总部之前，向春晓私自去找了主管。她像诉说自己的艰难不易那样，感叹我是奔着爱情来到这个陌生、庞大的城市，在此一没家人二没同学，只有一个尚未毕业的男友，而男人又是多么不靠谱的东西，你要是不待在他身边，指不定哪天他就像烟雾消散在空气之中，走得干干净净。接着，她提出把五角场校区的名额让给我，希望公司能够允许，因为这是一个最合乎人情的安排，我男友读书的学校离五角场只有几步之遥，繁忙的工作之余我也得以有丁点时间培育脆弱的爱情幼苗。我深受感动，来不及听主管把细枝末节说完就匆匆告别，直奔宿舍。

昏暗而逼仄的房间，七零八落地散落着即将打包的衣物鞋袜，向春晓就站在那盏冷灰色的白炽灯下，心灰意懒地拾掇她的行李。几近朽掉的床板椅凳、石灰爆皮的墙壁和穿着姜黄色宽松套头毛衣的向春晓，杂糅出一种湿漉而温热的酸味。我走过去帮她把捆扎棉被的尼龙绳绷紧扣牢，一不小心笨拙地打了个死结。我心里感激又歉疚，却找不出合适的话，只好在一旁默默地叠被套和打包鞋子。她的东西不多，活儿很快就做完了。我们紧挨着坐在床沿，伸长双腿，百无聊赖地垂头注视着自己的脚尖。午后不安的寂静中有车辆的鸣笛声、门店开张的鞭炮声、收废品的喇叭声和小孩时断时续的哭叫声，不知从多远的地方传来。过了许久，我才想起向春晓应该提前从主管那儿知道了自己的去向，便问她分配到了哪个区，如果是虹口或黄浦，那离我也挺近，相互有个照应。

“崇明岛。”她以一贯镇静自若的口吻说，“以后你可以坐船来看我。”

我惊叫了一声。我嚷嚷着说崇明县都不在市区了，连郊区都算不上，你这哪是分配，简直就是发配。我感到非常沮丧，因为如果是这样的话，我是怎样都不会接受五角场的。可是向春晓说，这是她自己要求的，崇明岛几乎没人想去（我甚至想过万一抽到崇明岛，我会毫不犹豫地放弃这份工作），她这个要求轻而易举地得到了批准。面对我困惑又失落的眼神，向春晓语气坚定地说，她渴望一种孤岛式的生存，她只想一个人去生活。她不会再对他人产生妄想和依赖，她不需要被爱，也不需要爱别人。她和我絮叨的口气像隔着距离的布道者，又像兀自活得完全形而上的人，比如宗教徒或哲学家。她说，人人生来孤独，每个个体都是一颗孤独的星球，她必须让自己学会享用、热爱孤独，生命只有如此才能适宜地存活。

“崇明岛那种地方，最适合单身狗。”向春晓最后哈哈一笑，宽慰我说，但我隐隐悲哀地看穿了她强力伪装的自信，并不能自控地从心底拉扯出一种不好的预感。我对眼前这个姑娘产生了某种深深的担忧和怜惜。她不像我这类女孩，表面上个性凌厉、执拗不羁，是个现代女性，但骨子里保守中庸、得过且过，做事从不过火，从不瞅见黑坑还往里跳，这种庸俗的随大流的行事方式虽然让人活得挺不尽兴，却提供了一种保护：我始终不偏不倚，把自己的人生轨迹圈定在安全的范围。而向春晓不顾忌什么范围。说实话，我打心底里佩服她，她身上有我倾心向往的率性和自由。不过，我也替她悬着心：她活得太用力了，也许哪一天就会把自身撕裂。

2

崇明岛是个贫穷的县城，海风吹过来，干干净净，不留几张钞票。晚上不到九点，店面通通关门，整条大街萧条得像冬天光秃秃的树干，嗅不到一缕烟火气，很难理解这里也属于上海。向春晓下了船，从码头叫了辆人力三轮车，把她送到公司所在的八一路商业街，一路上就感到些许错愕。她没有料到崇明岛会比老家山西的小县城更加破败冷清，似乎这块宝地唯一拿得出手的只是新鲜空气，所以到处打着“天然氧吧”的招牌吸引寥寥的外来游客。但她很快就释然了，她感到满意。这样孤寂的寺庙般的气质，崇明岛果然是与她贴合的。

向春晓在崇明岛过不上与世隔绝的生活，她顶多是一个独居的女孩。她还有工作。她很快发现岛上鲜有人家能够让孩子接受一堂课一千元的辅导，但这个公司凭借着难以想象的品牌影响力，让很多家长趋之若鹜，即便贷款也要把子女送来。尤其是缴费启动“分期付款”后，公司不得不租下楼下一层的海鲜火锅店，改装成了一间间两平方米的小教室。需要接待的家长一多，教学顾问的数量甚至一度赶上了授课老师，虽然流动性大，但仍保持在八十人左右。尽管生源充足，但凡事讲究先来后到，头一个月，物理老师向春晓没能分到一个学生，因而也没有课时费。她靠着两千块的底薪交了房租，勉强填饱了肚子。

接下来的境况依旧没有好转。同事之间为了争夺学生，费尽心思稳住与上司的私交，把经常的请客吃饭当成放长线钓大鱼的惯用手段，然而向春晓对此既不擅长也无力承担。第二个月，她还是没有一个学生。公司不会白养一个员工，向春晓不知不觉全盘接手了前台接电话、收快递、负责签到、引见家长等琐屑的工作。前途渺茫引发了她的焦虑。她开始思考另谋出路，没想到递交辞呈这一无奈举措反而为她赢得了两个学生。这是副校长为了留住人才免遭总部怪罪的安抚政策。副校长还保证说，等到寒假，一定还会给她更多学生的。副校长没有食言，两个月后，向春晓手里的学生册上就有了十三个名字，薪资也突破了五位数。

每个月八号，所有校区统一发薪水——发的是上个月的底薪和上上个月的课时费。那天，向春晓给我打来电话，听得出她很高兴。作为老师，学生多就意味着高薪，高薪就意味着衣食无忧。想到向春晓的生活从此有了保障，我那颗一直感到亏欠的心终于舒坦不少。我也不再有所顾忌，坦言明天去办离职手续，这份工作的虚假空洞已经令我无法忍受，我实在不愿再配合家长们以砸钱的方式转移他们教育孩子的责任。面对那些在学习过程中吃不了一丁点苦的孩子，我也无计可施。教学组长脾气急躁，逼得很紧，然而我委实无法满足家长们银行转账般快捷有效地提升分数的要求，况且，他们交的昂贵学费直接落入我的口袋的，还不到五分之一。

向春晓就是在我的满腹牢骚之中，攫取了最后一句，在她工作境况最好之际提出辞职。副校长清楚此时不单单是流失人才这么简单的事了，更可怕的是流失学生——假如向春晓跳槽到竞争对手的公司，或者，与人合伙成立教师工作室。他对向春晓百般耐心软语相劝，见她语气果决毫无商量的余地，又旁敲侧击地以扣押一个月课时费相要挟。副校长还说，做我们这一行，虽然不是在公立学校为人师表，但也不能随随便便对学生撒手不管，我们也有我们的职业道德。

“听你坐在这儿讲职业道德，”向春晓冷笑一声，内心做好了损失一万块课时费的准备，“就像听鸡鸭在床上谈爱情。”

3

向春晓没有随随便便对她的学生撒手不管。

她鼓动十三个学生的家长解除签了一年的合同，拿回剩下的学费，又以一种走南闯北历经世事的商人般的老练，与家长们一一面谈她的收费标准，与他们直接签订了合同。没有一个学生落单。家长们把其中的原委拿捏得一清二楚：教书的还是这位老师，一堂课还是两个小时，但课时费打了五折，从一千降为五百，无须贷款自个儿咬咬牙也吃得消。至于上课地点，也没什么可挑剔的，向春晓租的房子与八一商业街只隔了一条巷子，交通方便，又因为在小区内，环境幽静，更适合学习。一切都相当令人满意。她干劲十足，甚至在各类家教网和家长 QQ 群里挂出了“春晓教育工作室”的牌子。岛上的家长和学生口口相传，很快又为她带来了更多学生。

寒假结束后，向春晓来上海找我，背着一个牛仔蓝布鳄鱼皮包角的单肩包，上面是普拉达简洁明了、打磨得很亮的铜质 LOGO。我打趣地问从哪淘这么件做工如此考究的 A 货，她笑嘻嘻地说：“南京西路恒隆广场。”普拉达的专卖店在那里。

向春晓在我眼里是真的发迹了，如此迅速，让人怀疑她是不是搭上了财神爷的火箭。她试图把我也拉上去，说我精通汉语和英语，两门主课都能教，可以去崇明岛和她一起干，包吃包住，月薪不过万她倒贴填补，缺多少补多少。

“我一个人还是太寂寞了。亲爱的，你知道吗？我养了一只猫。英国短毛，七千入的。”向春晓动情地说。

但我没有被打动。她的寂寞相比我的迷茫、苦累，以及对上海这个城市的无所适从，轻渺得不值一提，更何况，这样的生活无论是好是坏，也是她自己当初执意选择的结果。我告诉她我不会再做那份工作，它已经让我损失太多。它抹杀了我对孩子的美好想象，让我发现他们愚笨又无趣，只是一台台生产单项选择、阅读理解、完形填空错误答案的机器，和生产面粉、卫生纸、塑料袋子的机器无二。整天面对这些机器，我感觉自己成了流水线上的一环。

向春晓连连点头，想必也是深有体会。但她还是忍不住怜悯我的处境，不无嘲讽地叹息我虽然同样累得像头畜生，但还是头穷畜生，人只有蠢到一定程度才会让自己两面狼狈。那时，我转了行，在一家做政经新闻的网站当英文编辑，拿三千元的实习薪资，拮据度日。但世道就是这样，有思想的地方没钱，有钱的地方没思想，我年轻又不谙世事，思想对我的诱惑力远大于钱。正是思想得多，道德感弱，我早早给父母交了底：你们别指望我发财，也别指望我奔上小康生活。好在他们善良体贴，沉默地克制了对我的人生指手画脚的冲动。

在对待父母上，向春晓就有良心得多。她甚至把母亲从山西接过来住了两个月。寒假过后，向春晓的工作时间只剩下周一至周五傍晚六点至晚上十点、周末早上八点至晚上十点。她有了大把闭门幽居的独处时间。坦白说，出身县城小镇的年轻人大多没什么兴趣爱好，琴棋书画、芭蕾吉他和她从诞生开始就毫不相干，这不知不觉为她的将来储蓄了一大笔无所事事的时光。最初，向春晓把精力都消耗在网购上，并迅速成为淘宝 V4 会员，选一支唇膏或一个菜碗也能耗上半天，仿佛纯粹出于打发时间而故意染上严重的选择焦虑症。渐渐地，这些批量生产的无用的物质在割去她大量时间后，又侵占了她的空间。它们堆积在她的屋子里，把她挤到角落里去生活。直到有一次，她追随时尚买来咖啡灌肠套装排毒养颜，没想到肠道产生依赖导致便秘，脸上粉刺加重，色斑接踵而来。她一怒之下给出差评。更糟糕的事情发生了。卖家给这个不肯通融的差评买家邮来了一只干尸般的死猫。向春晓吓得大病一场，好长时间都不敢点开淘宝网页，因为她再也不相信看不见的网页背后的人。

“亲爱的，不要网购，你永远都不知道和你做买卖的是人还是鬼。”

她事后给我打来电话，此后她常常在被噩梦惊醒的凌晨哭泣，受着恐惧和失眠的困扰，不得安宁。在她的家乡，猫死后是要挂在树上的。猫有九条命，它的尸体只能在树上酝酿轮回，时机成熟便会转世投胎，睁眼醒来。而她委实没有胆量再看那只猫一眼，就把它连同装它的纸箱匆匆扔进了垃圾桶。她神经质地想是她阻断了一只异乡流浪猫的轮回之路，神灵会让她承受这不可饶恕的罪恶。我难以相信一个被牛顿、爱因斯坦、麦克斯韦教育过多年的物理系毕业生会被“神灵”折磨得如此形销骨立，由此认定每个人最好的归宿便是打哪儿来回哪儿去。

向春晓不想回去。清明过后，她把母亲叫来做伴。父亲多年在呼和浩特蒙牛基地当挤奶工，妹妹在呼和浩特念寄宿高中，母亲一个人留在山西，帮衬姨妈打理一家面馆。父亲本是个有责任心的老实人，但母亲听说父亲在外有过不检点的行为后，就不再亲近父亲了。她有洁癖，在她看来，那个不忠的男人已使自己的婚姻溅上令人作呕的污秽，她沉默而决绝地抗拒沾染过别的女人、残留着别的女人的气味的东西闯进自己的身体，作无耻的逗留。仿佛正是与父亲的疏离，缺乏了爱的滋养的母亲，迫不及待地抵达她的更年期，面容倦怠，脾性古怪，即便出门买菜也邋里邋遢连乳罩都懒得穿，乳房和眼袋一齐自暴自弃地垂塌着。母亲住了些时日后，向春晓并没感受到多少陪伴的温暖和舒适。四十三岁的母亲身上有股老人的酸味，总是让人想起插在瓶子里忘了收拾的栀子花，枯萎发黄，看了令人皱眉头。她也确实像个老人似的，经常揉搓着受风湿病折磨的右腿膝盖骨，看着窗外的阴天唉声叹气："没完没了的痛。唉，春晓啊，暴风雨又要来了。"

母亲携带着一种衰败向下的力量，加重了向春晓的哀伤，这背阴的房子似乎也承载不了两个女人的沉寂和孤独，阴冷宛若幽深地穴，淡漠的空气如死水凝滞，以致向春晓常常忍不住一个人出门，在南门港长长的防波堤上迎风望着昏黄的茫茫江面，无聊又无望地等待着一艘艘轮船靠近，好像它们真的会载来某个熟人。母亲从不陪她来。母亲言简意赅地说，人越老越丑，越丑越不愿出门见人。向春晓怜悯地看着母亲，从那张没有血色的韭黄色脸上看到自己五官的轮廓。她酸楚而担忧地想，一个人为什么会越活越不堪呢？一个女人到底有什么活头呢？

4

六月中旬，母亲终于厌倦了南方无穷无尽的梅雨，决定回山西。向春晓没有挽留。订机票时，想起两年没有见面的父亲和妹妹，她最终犹疑着把到达城市“大同”改为了“呼和浩特”。母亲没有拒绝。

向春晓又成了孤身一人。但她似乎远远没有学会享受孤独。她频繁地给我打来电话，仿佛浑身的细胞都膨胀着倾诉的欲望，一说就是一个钟头。可我无心倾听那一地鸡毛。我的处境每况愈下，正考虑转入外贸行业做翻译。媒体行业不像我想的那么有头脑。我刚从那家左翼网站辞职，走得很不体面。我和原本非常尊敬的主编因一个拆迁选题大吵一架，他恼怒我对弱势者的同情充满了愚蠢的偏见，指责我看不清真相。

“我早就看出来了，你不适合传媒行业，”主编说，“你连‘配合’都学不会。小胡，趁早转行吧。”

我确实不懂他们的逻辑，对于失去这份转正不久的工作，我萦绕于心的困惑大于遗憾。那个暴雨天，我收拾好办公桌，心神不宁地离开编辑部，在食堂遗留下一只方形钢化玻璃饭盒。这是向春晓送给我的就职礼物，她希望我端稳一只饭碗，而我又让她失望了。

我灰头土脸，对向春晓不辞而别，受一位在和顺古镇开青年旅馆的朋友的邀请，在云南闲散地游荡到初秋才回来。我惦记着上海的男友，他是我和这城市的唯一联系。一旦抛开爱情，我就找寻不到这块土地于我有何意义。所以我常常又很不明白到底是什么让向春晓苦留异乡，而假若仅仅是出于钱，或是心高气傲——这二者能够产生的力量，也不足以撑起如此的勇气和执着。

我料想得没错。崇明岛西沙湿地芦苇飘花的时节，我去看过一次向春晓。彻夜卧谈到无话可说的时候，她终于在黑暗的静谧中按捺不住，侧身向我聊起她这几个月来隐秘而甜蜜的爱情。起初，她只是漫不经心地试问我能否接受个子比自己矮的男人，我打着哈欠告诉她世界上比我们高的男人遍地都是，何必费心假设这种没来由的蠢问题。她缩了缩肩胛骨，把被子往脖颈下压压紧，探头又问，秃顶男人会不会有点难看？我说废话，头顶一丛茂盛黑发的男人当然比头顶一面铜镜的男人更有魅力，秃顶男人属于大妈，魅力男人属于我们。突然，我觉察到空气中散发出一种古怪的情绪，就把方才的话往回收了收：不过，相比精神气质，男人的相貌是无关紧要的。向春晓不置可否，叹息了一声，继而迟疑地问道，如果他身体不太好，某些方面有功能性障碍……听她遮遮掩掩地探询，完全不是平素的利索劲儿，我眉头一皱，很有些莫名的烦躁。我一脚把被子蹬开，打断她说，没错，这是个阳痿的时代，但你总能遇到一个正常的男人，不是基佬也没任何障碍……啊？说吧，你到底找了一个多大的老头？

“才三十六岁，不是老头。中心医院的肛肠科医生。你知道的，我那阵子做咖啡灌肠，把肠道搞坏了，长了痔疮，手术就是他给我动的……”向春晓嗫嚅着说，语气拖拖沓沓，不像在告知一件令人欣喜的好事。我们面对面侧卧着，我的胳臂肘贴着她的胸口，几乎感知到她慌乱却故作平静的心跳，“但是——”向春晓扑闪着那双孩子般天真的眼睛，“他结婚了。”

“你还是个处女啊！你知不知道这对你以后会有怎样的影响？”

我几乎尖叫起来，心头一阵紧缩，弹坐起来，旋即又无力地蜷缩下去。我心里蓦地绞痛得厉害，很久都说不出话来。向春晓也沉默着，拉着我的手，过一会儿就轻捏一下，像是在犹豫着道歉，又像是在渴求理解。我侧过身去，背对着她，望着帘子拉到一半的窗口。窗幔的流苏轻柔地拂动，沉浸在牛奶般的月光中，如同被风吹开的条条波纹。万籁俱寂中只有冷风嗖嗖而过。“啪——”窗台上那盆珊瑚樱吹落下去了，失眠的月亮看见瓷片、泥土和花果枝叶四下飞溅。我茫然地想着，在我入睡的那些夜晚，向春晓的空间里，发生了多少我不知道的破裂？

天快要亮了。向春晓把我的身子扳过来，面向她。房间里不用开灯也能看清楚彼此的脸。向春晓的眼睫毛长长的，湿漉漉的，眨巴眨巴着，把我的眼睛也打湿了。我难过地看着她，仿佛面对自己的女儿，再也克制不住絮叨和数落。我说她不懂爱惜自己，这样不管不顾地对一个已婚男人倾注感情多么无望，最终什么都收获不了，还会不可避免地带来一身伤痛。向春晓苦笑着说一切都是天注定。他来得很是时候，在她差点被孤独吞噬的时候，是他给予的温存让生活有了起色。有好几次，她倚着门框观赏着那个在她的厨房里忙碌的男人，听着菜刀切在砧板上的砰砰声、蔬菜倒入油锅的嗞嗞声、油烟机轰隆隆的作业声，心里奔涌出一股前所未有的暖流，她认定那是幸福的潮水来袭，忍不住温柔地从身后抱住他，泪水涟涟洇湿了他的脊背。她说她从未想过要从他那里获取什么，她没让他花过哪怕一个苹果半棵白菜的钱，更没奢望他能给予一份婚姻。她不想破坏他的家庭，对他的妻子她内心充满愧疚和感激，是她的疏忽大意浑不知情让她得以分享一杯爱的汤羹。如今，这杯汤羹已让她枯寂的日常变得鲜美，她还有什么不知足的呢？

“有一次，我在游泳馆见到了他一家三口，他老婆就是那种很普通的三十来岁的女人，有点胖，爱笑，说话细声细气的。他介绍我说是他的病人。他老婆还和我聊了会儿，问了我的工作，还说了她女儿的身体状况。”向春晓缓慢地回忆，停顿了一下：“亲爱的，你不懂，对他，我真的挺感激的。”

我对向春晓动情描摹的美好幻象嗤之以鼻。我清楚这个肛肠科医生想从她这里得到什么，她这么纯真又这么懂事，是个最好不过的情人。她不会闹。这是他最幸运的一点。男人像个孩子一样爱玩游戏，但他绝不会像孩子那样完全不考虑游戏的危险性。他要在安全的范围内享用游戏的快乐。女人懂事他才安全，才可以放心地快乐，不担心出什么岔子。向春晓是很懂事的，这种懂事是有意识的，她知道她必须懂事，不然就连这一点温存都会失去。其实对于对方的需求，他们各自都掂量得很清楚，同时又不抱多余的期待。活到他这把年纪，必定知道试图仰仗一份感情以摆脱对人生的空虚感，简直就是做梦。他不过想从一个年轻人身上汲取一点回光返照般的年轻幻觉。的确如此。向春晓神色困惑地说，她很不能理解为什么一个受着早泄困扰的男人会如此热衷男女之事，一次次溃败又一次次尝试，即便让自己备受打击也无法坦然地接受衰老已提前降临的事实。而我所不能理解的是，像这样一个人，到底拥有着怎样非凡的勇气才得以走出家门，把自己难以启齿的无能袒露在一个朝气蓬勃的年轻姑娘面前，事实上，他最聪明的做法应该是关起门来与同龄的妻子惺惺相惜。

“你错了，”向春晓的口吻俨然是一个成熟的女人了，“男人最不愿亲近的，就是结婚超过十年的老婆。”沉寂了稍许，她以她全部的糟糕经历作出一个令人绝望的总结：“婚姻是世界上最坏的发明。我永远也不会结婚的。”

5

挨近年尾，向春晓与学生的合同到期后，有一半多家长没有来续费。倒不是她教得不好，而是因为那些学生升高三后，寒假被学校压缩到只剩一个星期，连这唯一一个星期也被漫天的试卷塞满，根本没有额外找老师上课的必要了。还有三四位家长认为孩子的成绩没有太大改观，怀疑缺乏公司的管理和考核，老师在教学上有所松懈，因而也没有再续约。一遇到这些状况，向春晓才记起，原来教辅机构养那么多教育顾问是很有必要的，他们巧舌如簧，既是销售，也是公关。向春晓感觉她单枪匹马，有点玩不转了，原本想着寒假旺季大赚一笔，回家过年可以在父母那里出手阔绰一点，而眼下守着出不了多少油水的五个学生，这份孝心也只能萎缩地大打折扣。

岛上的冬天十分清冷。向春晓有次在防波堤上待的时间长了一点，回来就感冒了。感冒又引发肺炎，咳嗽不止，她只好推掉学生们一个星期的课。医生没有来看她。他很少再来，只是隔阵子在微信上问一问她还在不在崇明。向春晓不知道这询问是出于惦念关心，还是出于恐惧不安，她隐约觉察出，他似乎在担心她的存在可能对他的声誉构成隐患。冬至那天，白天阴沉得就像夜晚，海风刮得很紧，呼呼的吼叫让人心里直发毛。向春晓把电视机的声音开到最大以期获得陪伴，但人们遥远的嬉笑喧闹更用力地刨开她内心无所依傍的荒芜。她想起医生和她上床时，总会打开电视，调高音量，他说这样有助于分散他的注意力，能让他持久一点。向春晓顺从地笑笑，后来每次他敲门时，她都为他打开了电视机。落雨让她想起医生很多特别的癖好，还有平素饭桌上的习惯。她犹豫了很久给医生打去电话，医生惊讶又焦躁地说他正在华山医院陪动完脑积水手术的女儿散步，便匆匆挂了电话。向春晓听着忙音，突然以顿悟般的清醒明白了她与医生之间永恒的距离——她那叶轻渺之爱的小舟永无摆渡靠岸的可能。

这里没什么可留恋的了。向春晓开始酝酿着回家。她退回学生剩余的课时费，又与房东结清了房租水电费，把屋子收拾成她来之前的那样子，墙上不留一个挂钩一朵贴花。她仿佛刻意为下一位房客清除了她故事的蛛丝马迹，就像她当初来时，对前一位住户发生在这里的悲喜无从窥探。

离开时，向春晓手头的行李依旧只是那个银白色拉杆箱，曾因网购上瘾从全国各地蜂拥而至的物件被她悉数打包送给了楼下的独居老太。这间朴素空荡的屋子却被她装在心里带走，连同从这里获得的启悟："一旦尝过男人的温情，就会知道屋里没有男人的生活不值一活。"我去送她，听她如此俏皮却不无深情地感慨，想起一年前那个认真地"渴望一种孤岛式生存"的女孩，不免酸楚地会心一笑。我想我理解了她。真正孤独过、挚爱过、怜悯过的人都会理解并包容春晓的溃败。我记起约翰·邓恩的一篇布道辞，它让我听见安宁的日常生活中人们内心的战地钟声：

没有人是一座孤岛

可以自全

每个人都是大陆的一片

整体的一部分

如果海水冲掉一块

欧洲就减小

如同一个海岬失掉一角

如同你的朋友或者你自己的领地失掉一块

任何人的死亡都是我的损失

因为我是人类的一员

因此

不要问丧钟为谁而鸣

它就为你敲响

春天在哪里

1

跟着校长助理上楼的时候，我就不太愿意来这所学校教书了。楼道很暗，头顶的灯还是那种农村都少见的黄灯泡，里面的钨丝闪烁不定地发出不安全的嘶鸣。雨从元旦前就在落，阴云笼罩，空气凝滞，小半月了，始终散不开。上海的冬天就是这么难过，据说可以带走很多不耐寒或不耐烦的老人。如果这是养老院的楼道，估计会更加鬼气阴森。我迟疑地踩上两级楼梯，又退下来张望。

“电梯被封了，跟我来吧。”穿西装套裙的校长助理机敏地说。

那会儿，我还预料不到，一个星期后，她就分别和外方校长、中方校长、副校长、学生办主任、食堂大厨、小卖部收银员、传达室保安，以及几个苍耳般浑身带刺的学生，通通大吵一架，离职了。她毕业于杭州一所二本院校。学校总是有那种微妙的氛围，直白地赞赏高学历、名校，以及教育背景背后的东西，因而，有的人明显能感受到某种残忍却无从改变的拒斥感，甚至是修饰过的如同等级的差异对待。

当然，此时我能感受到的，仅有这个幽暗的楼道。我要去三楼办公室见负责面试的学科组长。再过几个月，我就要硕士毕业了，拖拖拉拉，运气不佳，没找到什么好工作。即便是这么寒碜的学校，开出四位数的薪资，我也担心它不要我。我一面沮丧地摸黑上楼，一面在心里回想片刻前银副校长对学校的夸耀。她夸耀的是校长室川流不息的名校师资。普林斯顿、MIT、斯坦福、芝加哥大学、宾夕法尼亚大学，常春藤校徽如一枚枚邮票，齐集于石灰墙皮爆起的校长室，确实，很难想象。但银副校长精悍地一笑："外教的合同都是和宾州总校签的。"她没有提，他们只签了两年。

看我四下环顾，银副校长也镇静自若。她聊什么都给人一种如沐春风的亲切："中国的国际教育行业才刚起步，政府对低龄留学也谨慎，暂时批不到地或盖不成楼，是正常的。但我们的新校区用地，在批了。朝阳行业，鱼龙混杂，我们的中方领导，作为上海中学国际部的创始者之一，资历深厚，假以时日，自然是行业的领头羊。"我也不是有志于任何行业的人，琢磨着如果来这里，至少练练英语，也是可以的。

办公室八九十平方米，各学科沿"井"字划分，像个临时搭的大棚子。天花板很低，方形铝扣板仿佛随时会掉下来。老师们埋首于自己的隔断格子间，做着案头工作。学科组长见人就笑，一个苋红色的冒热气的保温杯，就像长在她手上，散发出茉莉和龙井的清香。她不年轻了，大约三十五岁，脸上却没有情欲的痕迹。两条眼纹随着笑容显山露水，张翅往鬓角飞去。她说她姓章，立早章。我也报了名字。

就在这时，覃蕾惊叫一声，从很多个头顶攒动的格子间，弹起身，目光怔怔，锁定我。几秒后，她尖叫着从窗户边奔过来，胸前上下起伏，大口喘气，高跟鞋蹭得地板发出令人不安的回响。

“啊——我一听声音就触了电，真是你，老天爷啊……真的是你！你怎么会来这里？”

真的是她。我上次见她，是我们本科毕业不久，她去了长宁区一家银行做大堂经理。我去玩，还在她的住处待过一晚。我一进门，发现阳台上晾着两条灰蓝色男士平角裤，以为她正在恋爱。后来一问，原来这是单身女子防身术。我听了，扑在她的床上笑得不能自已。这个小插曲一直留在记忆里。

后来，我们突然都联系不上她。但年轻人都忙着处理与这世界的紧张关系，一个朋友，谁也不会太在意。是这样，有的人隔几年就要消失一次，哪怕你们曾彼此珍视，互诉衷肠，后来不知怎的，就任由对方溺死在茫茫人海，或他自己的生活里。只有极少的朋友，会再次在意想不到的时空，浮出水面。我盯着覃蕾，确定她存在的事实后，更惊愕于短短三年，一个人就像完全变成了另一个人，连说话的腔调和声音都可以彻底改变。

2

覃蕾剪了个齐肩童花头。读大学时，她的头发从未变过，又长又多，散下来，长至臀部，盘起来，像一面钟。她拒绝做任何染烫，去理发店，总是修修刘海，还有分叉的半寸发梢。她爱长发搭长裙。长裙呢，裙摆都大得像舞台演出服，要么是黑白灰的纯色雪纺，要么是波西米亚风，颜色醒目的花叶随机分布在靛青棉布上，完全地罩住双腿，只露出脚背。上身倒穿得很贴，也恒定，一般是抹腰的白短袖，鸡心领或荷叶边。

覃蕾在我们寝室说，这打扮，她可是花了心思的，扬长避短。因为她颈长，腰细，胯宽，腿粗，汗毛重。优势是天生的，短处是后来的。她在河北唐山滦县的一个村庄长大，能考上“985”大学，日均十小时的冷板凳要坐得下，胯就坐宽了。中学离得远，每日沿沙丘沟谷，徒步二十余里（没有听过热身或拉伸的体育知识）。每逢暑假，小麦收割，高强度的体力劳动反复巩固她久经锻炼的腓肠肌和比目鱼肌，腿部自然而然，壮硕成巴掌大的凸块。

“余生，我都不可能穿露小腿的裙子。找个小腿比我粗，腿毛比我多的男孩，都有些难。”

以前，覃蕾常这么叹气，她的遗憾和焦虑，在初入大学女性美受到前所未有的关注与强调的时期，我们感同身受。上政治公共课时，我们同情地窥探覃蕾半侧着身子，一只手摸到课桌下的小腿，不停地揉捏，捶打，希望它能紧致一点，秀气一点。

多年以后，我才在这里，看到成果。覃蕾的小腿瘦了些，但依然比一般女性要粗，不过没什么打紧，因为你很难特别注意到这点。她穿着米白色贴身羊绒衫，浅蓝色包臀牛仔短裙，肉色丝袜，酒红色方根磨砂短靴。她的脸一直白皙红润，不沾细纹，橘色口红让她气色更好。眼镜换成了与之前金属黑边酒瓶底相反的绛色，方形、大框、板材。也许长期戴眼镜的缘故，眼球突出，眼眶陷得有点儿深。镜片背后，那双细长的丹凤眼画了眼线，更亮，看什么都更坚定。覃蕾说不上多么漂亮，但肯定是那种不会让自己走颓势的女人。她二十七岁了，我想说，七十二岁的覃蕾也会是个不错的干净可亲的老太太。

我对朋友的需求一贯比学习和工作更甚，当天就签了合同。我高兴地搬到覃蕾对面的格子间，就像初进大学那间和经济学院混搭的寝室，我的下铺正对覃蕾的下铺，抬眼就能看见对方。那时，覃蕾性格安静，和人相处有种心事沉沉的钝感，没有多少倾诉的欲望。不过她一开口，话里总有些信息量。她喜欢看书和跑步，二者都让她深思过多。她从不和我们一起逛街、看电影、吃日料，但每次来月经歪在床头，她都会虚弱而诚恳地咨询某些在我们看来无关紧要却令她困扰不已的问题。比如，她喜欢询问意义。我记得她有过一次浅尝辄止的恋爱，影响不大，事后便不再提及。

我后来才慢慢感受到，这个被老师们调侃为"牛棚"（连不懂中文的外国人都学会了这个词的发音）的公共办公区，比女生宿舍更加喜欢评头论足。而不知怎的，覃蕾正中评论的旋涡。除了单身，她看来看去，都不是当初的样子了。她经常为了一点小事一惊一乍。和外国男老师聊天时，她表情夸张，双臂抱肩，笑得花枝乱颤。她喜欢甩头发，头发不吹干就出门。她爱穿玫瑰红或黑白斜纹的紧身连衣裙。她的恨天高蹬得整层楼都听得见。她走路时，腰臀的动作幅度，像故意扭那么大。所有这些，被章老师挑着眉提炼为："招摇过市，能撩到一个男人，是一个男人。"

3

我像个质量可靠的传声筒，复述章老师的话给覃蕾听。覃蕾先是冷笑一声，刻薄地定义了章老师作为老处女不值一活的人生，又发誓自己绝不会步她的后尘。最后，像是为了给老朋友一个交代，又像是为我们彼此的不理解气急败坏，她激动地朝我嚷嚷道："我难道不清楚自己变化很大？光说与人相处，我从冷若冰霜，到热情似火，从一个极端，跳到另一个极端。为什么？因为我不自知。我还没有认清自己，没能找到自己的定位。我不是你，不是你们任何一个人。你们都固化了，既幸运又悲哀。我？我在把自己豁出去，去尝试，我无所畏惧。"

虽然大家都觉得覃蕾有点可笑，但同时所有人都清楚，覃蕾心地不坏，备课勤苦，她教的微观经济学，耐心找来各种道具和游戏，化抽象为形象，深受学生喜爱。而且，她很爱学生。比如，有学生参加街头露天演出或为在建的上海迪士尼农民工义演，需要攒人头鼓鼓掌，无论多远多忙，覃蕾总是一口答应。事实上，谁都知道，她是一个特别吝惜时间的人。一得空，她总在背单词、读英文小说，朋友圈日常打卡，完成定额任务。

四月初，春寒已过，梅雨未到，上海有了一段晴朗清爽的好日子。校园乐队在微信公众号刊登演出的售票通知，覃蕾即刻转发到教师群，吆喝大家一道去。她展示自己二百五十元的支付截图，又发了三首歌单曲目（五月天的《温柔》《倔强》，还有一首英文老歌"*Hotel California*"），说每一首都太好听，岂能错过。她得到的唯一回应是一个美国小伙翻白眼的表情。大家心里都觉得规格与票价不符，即便包含酒水和人情，也未免不近人情。章老师反问道，二百五十块？侬晓得伐？上海大剧院请德国、法国、意大利、俄罗斯的国家级剧团，在侬面前演一场世界级水准的交响、歌剧、芭蕾，多少钞票？——八十块，八年不涨，八十块。

这支叫 SWITCH 的校园乐队由化学老师许小河带队，也是由他领着几个有点幼功同时热爱音乐的学生一同创建的。学校给予了精神支持。至于吉他、钢琴、键盘、鼓手、提琴，包括音箱和话筒，都是师生从各自家里背载而来。乐队一开始像个笑话，后来以强大而刻苦的纪律性受到尊重，最终成为艺术节和招生宣传册的一块王牌。这场演出定在杨浦区国顺东路一个剧场，剧场里有个颇有年代感的酒吧。乐队成员凑钱包了场（小河作为“灵魂导师”，自然掏得最多）。很多老师都没有去，但几乎全校学生都去了，连同他们得空的兴致勃勃的家长。酒吧里非常热闹。每个高脚凳都被两个学生分享。摆放饮料和甜品的长条桌被扫空，学生们如长条锁链般手挽手挨挨挤挤坐在一起。墙上发黄的格瓦拉头像、《英国病人》的电影海报，还有一幅像仙人掌又像竖起三根指头表达爱的手势的绿色油画，都被人群蹭得铆钉松掉。有些观众干脆被挤出了门外，却再无挤进来的可能。

我到的时候，乐队正在演唱《温柔》。学生礼貌，纷纷让出一条道，还有人伸手递来一杯冰可乐。覃蕾坐在舞台下方第一排正中央，我猜想她起码得提前半小时来，才能占据全场最佳位置。

一曲终了，主唱许小河拍了拍话筒，示意全场安静，他有话要说。覃蕾转过身来，面向我们，食指放在嘴唇上：“嘘——”她画了粉紫色的眼影，烫了深栗色的鬈发，斜刘海编了一条小小的鱼骨辫，发卡上固定着几颗珍珠。一位陌生、优雅、动人的女子。

许小河腼腆地笑笑，目光短暂地落在话筒支架，轻咳了一声。他说："我要感谢我的学生。在 IC（帝国理工学院）读大学的四年间，我一直想把这首改编的高难度歌曲，完整呈现出来。直到今天，学生帮我实现了这个心愿。他们每个人都很在状态，没有砸我的场子。"

欢笑之中，有人鼓掌，有人吹起了口哨。

覃蕾抱着一大捧鲜花，起身上台。兴许受气氛的感染，她飞红了脸，好像有很多感慨，欲言又止。我这才发现，她穿了一身礼服。礼服是很别致的渐变风格，从藕荷色的无袖上身到杏白色的公主裙摆，纱质的轻盈被一根纤细的水钻腰带握住。一切都恰到好处，委实美丽温柔。只是……有点儿太郑重其事了。

覃蕾先把小束的玫瑰、百合、黄绣球、勿忘我、满天星送给各个乐手，最后送给许小河的，是向日葵。

"好大一棵花！"许小河道了谢，狡黠地一笑："学校安排的？校长委派的代表？"

"去你的，我自己掏钱买的！"覃蕾假装嗔怒道。

"谢谢覃老师！"

"谢谢！"

"Thank you, Cathy!"

4

六月底，一个学年即将结束。等到九月开学，有些学生我就见不到了。他们有的随父母移民，有的只身转去国外的中学，以提前适应语言、文化、气候、饮食和孤独。我总能从这些孩子的周记里读到一些共同的东西：向往先进而新鲜的西方，留恋熟悉舒适的上海。审时度势的反诘，举棋不定的恐惧。我选择那条人迹罕至的林中路，因为它充满荆棘，需要开拓。人往高处走，水往低处流。爱，亲情，责任感。永别了，朋友。一切结束都意味着开始。

念九年级的 Aimee（一个沉默而骄傲的苏州女孩）就是其中之一。全家移民加拿大的手续办妥后，她的周记变成日记，开始打包回忆。随着回忆的深入与清晰，每篇日记也越写越长。最后一次作业，她写下了一年前对一位老师的暗恋，还有这场暗恋给家人带来的痛苦。

他带我们一起看《爆裂鼓手》。他每天都在强调持久的热情、大量的基本功和必须完成的挑战。他帮我成为一个出色的吉他手，可是，就像帮助其他所有乐手那样。他开跑车带我，我们，兜遍上海的风。他父母给他在浦东金桥置的别墅，又大又空，周末随时欢迎我们敲门。他会做饭，不做饭时，会点很好吃的外卖。如果我们恰好赶上晚餐，他家厨师做的本帮菜也一级棒。他讲英语，伦敦腔比那些英国乡下、苏格兰、爱尔兰的老师，好听得多，我总是私下模仿。他身上积淀着遥远异国的时空。他和十六岁学长一致的稚嫩的外貌，使他洋溢出春日青草般的气息。他教完这两年，就要去接管家族的苹果电脑配件公司了。他和我们说过，他想过如何突破——如何突破富贵子弟既定的无聊命运。

我和许小河教不同学科，素日的交集仅限一周一次的全校教师例会。例会要求所有人出席，老师们拿笔记本或平板电脑，记录学校的新制度和领导们灵感般降临的指令。许小河有时不来，有时迟到。迟到了，向大家微微一笑，拖椅子坐下。他总是头发杂乱，穿条白色的脏牛仔裤，套件皱巴巴的明显大很多的T恤。个子不高，一米七不到。五官也不怎么好看，大概是眼袋耷拉，颧骨上的雀斑密密麻麻。可是，我不止一次在学生周记中，读到对他的关注。她们喜欢他课堂上具备速冻效果的冷幽默，他轻盈而松弛的自由感，还有一身无处安放的无用的才华。

对此，同事眼中并不全是欣赏。有次，学术主任，一位严谨严肃的美国人，故意提出一个令人棘手的教育案例，想为难迟到的许小河。后者一脸茫然，大拇指揉搓着自己的太阳穴，用一种玩世不恭的语气说："啊，我今天头痛。"

美国人对他一通冷嘲热讽，扶正教育，最终，场面弄得很难看。

完会后，银副校长半开玩笑地对我们指指点点，提醒美国人："你可以骂这个，骂那个，作死地骂，都问题不大。但你不能这样骂小河老师，他会马上辞职的。以我们学校这么低的薪水，再去找一个背景这么好的化学老师，同时接管乐队，不计较器材费和辅导费……可能吗？你能做到吗？”

5

停课备考那个星期，我、覃蕾、章老师和另外四个女老师，约好一起去学校附近奥克莱斯新开的一家日料店聚餐。店很大，客寥寥。店员都戴着口罩，专注地做寿司，切鱼片，倒生抽，挤芥末。偶尔有玻璃瓶子轻碰的声音。我们被领着，在远离两对情侣的窗边坐下。暗色的皮质沙发像流沙一样，深陷下去，包裹住我们不安的身心。桌子上方，球形藤编灯罩里，一颗橘色小灯正发出柔和温暖的光。我们感到从未这样亲近，甚至乐意永久地互相陪伴下去。每个人都笑嘻嘻的。每个人心情都很好。

菜品新鲜，做得也精致，但上菜很慢。这正好。我们都希望，能吃得慢点，再慢点，这样我们就能好好聊聊天。虽然每天见面，但我们并不真正地相互了解。平素，我们按捺不住好奇心，又都烦腻了通过表象的蛛丝马迹去猜测，去揣度，去总结对方。我们珍惜这样的机会。我们彼此心知肚明。我们要玩“真心话大冒险”。

覃蕾的运气很差，儿歌停的时候，毛绒小象总是落到她手里。她提不出什么吊人胃口的好问题，自己却不得不吞吞吐吐，回答种种难以启齿的提问。游戏过程中，同事们反复强调，如实相告是游戏的基本原则，是游戏的灵魂。回答要快，要直接，不经大脑，不加修饰，这样才刺激好玩。玩了一会儿，大家便察觉出什么，主动向章老师转让了提问的机会。

“覃蕾，”章老师抿嘴一笑，“你的初夜是什么时候？”

“念大二。”

“多大？”

“21 岁。我读书晚，高考又复读了一年。”

“覃蕾，你现在有喜欢的人吗？”

“没有。”

“覃蕾，你喜欢许小河吗？”

“瞎说什么。”

“哎哎，别忘了，真心话，真心话啊。”

“覃蕾，你存款有多少？”

“六万。”

“哇。我们这么点工资，你还能存下六万。以后肯定很贤惠，持家，谁娶到你，真是福气。”

果然，整个晚上，大家既像狗仔，又像明星，里里外外，筋骨皮肉，花式玩法，把每个人都翻耙一遍，自己也被翻耙了一遍。我们又兴奋，又无聊，又委屈，又安慰。十点一刻，离席前，我们约定最后一局。手机里卓依婷嗲声欢快地唱起《蜗牛与黄鹂鸟》来：

阿门阿前一棵葡萄树
阿嫩阿嫩绿得刚发芽
蜗牛背着那重重的壳呀
一步一步地往上爬
阿树阿上两只黄鹂鸟
阿嘻阿嘻哈哈在笑它

葡萄成熟还早得很哪

现在上来干什么……

毛绒小象在空中激烈地跳跃。一圈又一圈。覃蕾眉心慌乱，双臂像落水者那样扑腾，想赶紧送走这个瘟神。停。

“覃蕾，”章老师笑着缩回想拍拍覃蕾的手，意味深长地环视了在座的各位，“有学生说，你给许小河发过自拍照，裸照，是真的吗？”

覃蕾惊愕地瞪大眼睛。她眼眶充血，死死地盯着章老师。她像输红了眼的赌徒，目光中有种令人忧惧的义无反顾。她的嘴巴动了动，过了好一会儿，才磕磕绊绊地说：“你，你，你这是中伤！”她提起包，头也不回地离开。

我一动不动地坐着，羞愧得抬不起头来。

章老师放下夹起的三文鱼，生气地说：“一个游戏而已嘛，她这么当真干吗。”

另一个教托福的女老师笑道：“你也真是，开什么国际玩笑。她跟许小河？哪跟哪嘛。”

6

那天下午，我在教学楼监考完最后一科，抱着试卷回办公室，刚落座，一个11年级的女孩尾随而至。她是我教过的学生，也是朋友，有时我们会约了看看话剧展览什么的。她的神情游离不定，像消化不良似的有种轻微不适。她邀我去散散步，一出门，就压低声音说：“我必须要找人讲讲这个事了。真不敢相信。今早我在音乐室练习，许小河说，昨天晚上，他十二点多到家，发现覃蕾躺在他床上，睡着了，只穿了一条吊带睡裙。床头灯开着，饼干盒开着，冰箱开着，窗户也开着，是爬窗进来的。她肯定先考察过了，知道没装防盗窗什么的。许小河在浦东碧云的别墅，我去过，那个小区，好处是临水，建在湖面上，有竹林、花圃和果园。但是，房子都不新了，安保做得不好，保安也不行，你只要气定神闲地说是去见朋友，就让进了。”

我摸不着头脑：“等等，你是想告诉我，覃蕾和许小河在一起了？”

“哪里！”女孩打断我，“是覃蕾——想——和许小河在一起。发发裸照就算了，还搞到家里了。许小河很恼怒，叫她赶紧走，再不走他报警了。你知道覃蕾什么反应？我真的为她感到羞耻。”

我感到脑壳里有耳鸣的嗡嗡声，好像飞进了一只昆虫。昆虫拨弄着关于覃蕾的一切记忆。我记不起她和我说过有关许小河的任何只言片语。入职初，她向我提示每个同事身上的人性，引导我找到志同道合的朋友，也避免触碰那些不该触碰的边界和底线。至于许小河，长久以来，如同一个被不小心遗忘的礼貌随和的同事，她连提都没提起他。

“‘小河，小河，你要了我。你要了我，我就走……我爱你，我向往你，你就那么讨厌我？你不能抱抱我？’她说了很多话，说着说着，衣服脱掉了。许小河说，有句话最令他反感。”

女孩停顿了一下，咽了口口水：“她说，‘小河你不明白吗？抛开那些标签，我们其实是一种人。我们其实是一种人，你是我未来的自己。’”

我问女孩：“许小河还跟其他人说过这件事吗？”

“他告到校长室了。他没告到派出所，算很仁慈了。”女孩摇摇头，“这女人，太可怕了。”

我觉得胸口很闷。

“别的同学，知道这事吗？”

“乐队有五六个人知道了，估计，现在，更多的人已经听说了。”

我回到办公室，覃蕾不在。一位中教正用一口漂亮的英语向围拢来的七八个外教讲述覃蕾“私闯民宅，按我国《治安管理处罚法》，应处十日以上十五日以下拘留，并处五百至一千元罚款”。她的口气，仿佛指责覃蕾是她引以为耻的女儿，丢了她的颜面。外教们露出比平日更为夸张的演动画片似的表情，最后，平淡地一笑：“疯狂的爱情。”

我收到银副校长的微信语音：“请来校长室一趟。”

银副校长正焦躁地满屋走来走去，嘴里念念有词，噼里啪啦地说完“师德败坏”“影响恶劣”“立刻开除”，又以女性之间难免的同情口吻，向其他在场的男性领导询问此事的逻辑、线索和征兆。

她猛地拉住我，劈脸问道：“你怎么不提前和学校说？纵容犯罪，可不是维护自己的朋友。”

“我什么都不知道。”我说。

“不可能。你可是她在学校走得最近的朋友。你们可算故交，大学朝夕相处四年，什么交情？再说，你俩命里什么缘分？上海人口两千四百万，算一算，重逢概率有多大？”

银副校长咬定我在撒谎。

我觉得自己既无能，又无话可说，累得整个人快要虚脱了一样。

“唉，真的，她什么都没和我说啊。”

7

我记得那天是6月21日。

覃蕾抱着收纳箱，在办公桌上拣了几样想留下的东西，和同事们点点头：“我走啦，大家再见。”她微微一笑（不是久成习惯的一连串吓飞鸽群的大笑），脸上只有一点仿若敲门打搅到他人的歉疚，没有别的情绪。是我追出门，主动提出晚上一起吃饭。但覃蕾似乎决心使自己成为一个谜。她不咸不淡地说，她还要办离职，打包教师宿舍的物件，找酒店，等等。吃饭这事，来日方长啊。

我们至今没能一起吃顿饭。三年又要过去了，那所学校果然搬迁了新校区，占地规模和内外装修均适配名校毕业的师资、国际化课程、上层家庭的学生和每年二十万元的学费。

今年立春那天，覃蕾在朋友圈发了一条状态：“三十而立。”坐标是帝国理工学院富丽堂皇的中央图书馆。与此同时，许小河在当年乐队演出的国顺东路剧场酒吧求婚成功：“Finally, she said yes!”

他们彼此都看不到对方。

木兰结婚

1

庞木兰相中了一套房子，要我伪装成看房客，去见中介，和房东谈判。方法是挑刺、压价，辩才要凌厉，言语要刻薄，既冷酷无情，又注意分寸，全线击溃房东老太的心态。几天后，庞木兰再笑容满面地出场，以偏高的报价和偏低的姿态，和房东老太做最后的商榷。

这天，庞木兰开车来载我，吆喝我上车时，笑得眼睛眯成一条缝："乐观估计，你能帮我压下六七万呢。"

"那不错。"我说。

"是呀。"庞木兰的手掌轻轻摩挲着我的背："你要相信自己。"

我告诉过她，我既无看房的经验，也没有修过表演系的课程，很可能穿帮。此举也不一定有效。但我答应去试试，作为多年好友，我深知庞木兰对买房的执念和付出。

庞木兰来深圳六年了。当年，她从武汉拖一只行李箱南下时，还刚从财经院校毕业，一贫如洗，生气勃勃。后来，小她两岁的男友银舸也从体育学院毕业了。庞木兰在一家研发集成电路的半导体企业做财务，也接私活，给想要节省开支的初创公司做账。深圳创业公司极多，你往星巴克一坐，耳边听到的都是当老板的酸甜苦辣。庞木兰心思缜密，容貌可观，人也亲切好说话，这几年一直不缺活儿。银舸在一家早教机构当游泳教练，帮三五岁的孩子矫正游泳姿势。刚来时，他们挤在庞木兰的员工宿舍，开始了愉快的同居生活。生活简素，也没什么费钱的爱好，慢慢就有了积蓄。等积蓄突破一定数额，他们开始在看房上投注时间精力。工作日兢兢业业地工作，休息日也不休息，跑来跑去，关里关外地看房子。面积、朝向、格局、地理位置、周边环境，房子总是这里或那里有一点不如意，为了填补这点或那点不如意，庞木兰算来算去，预算总显得少了那么一点。

虽然不甘心，庞木兰试着变换观念，买不起好房子，就买一个性价比好的房子。她不想再拖了。她在筹划结婚。和很多女孩的想法一样，她想买好房子再结婚。但和很多女孩的处境不一样，庞木兰几近单枪匹马去完成这份雄心。在我们看来，这很有些悲壮、孤勇的意味。

庞木兰决定要买的这套房子，位于福田区，近莲花山北部，是深圳比较中心的地带。等我们在弯弯绕绕的小区停车场找到车位，庞木兰就已经把房子的优劣给我拎清楚了，和中介约好的时间也到了。我打起精神拉开车门，庞木兰笑着拍拍我的背："去吧去吧，加油加油。"我便像驯马师手下一匹机灵兴奋的小马，身负她的使命和希望，去见对手了。

两个小时后，我坐回车里，浑身枯燥而疲累，对城市生活灰了心。庞木兰正被手机里的综艺节目逗得哈哈大笑，一面剥着橘子。她分出几瓣递给我，按下暂停键，笑嘻嘻地问我战况如何。我瞥了眼她憔悴发黄的脸庞，又扫了眼她发黄分叉的长发，很是心疼。我对庞木兰的头脑也灰了心。我认为她处在局中，没能看清大局。大局就是一个骗局。

我说："450 万哦？"

"是呀。"

"我的意思是，450 万，这么个小破屋子吗？"

"是呀，均价八九万嘛。"庞木兰的嘴里塞满了橘子，黄色的橘子水快要从她的嘴角溢出来。

我长长地叹息道："不值哇。以后你在厨房炒菜，在客厅看电视，在卧室亲热，你孩子做作业时听得一清二楚。也就是说，你在日常生活里，做什么都束手束脚。"我眼前闪现那狭窄的次卧里靠墙安置的书桌，小得放了课本就容不下胳膊，放了胳膊就容不下课本。

"一线城市，是这样呀，没办法呀。"庞木兰觉得好笑，以一种完全认可自己的语气补充道，"这可是这小区最大的户型了，我们还得交豪宅税，你晓得吧？"

"晓得。买完你就成穷光蛋了，一分不剩，还绑上一身债务。你为什么非要买呢？每月花一半房贷，9000 元，可以租两个这么大的……"

庞木兰打断我："那性质完全不一样。"

2

我们沉默地在车里剥着橘子。等橘子吃完，庞木兰把塑料袋揉成一团，塞进座椅中间的储物箱，沉默地发动了车子。汽车载着我们飞驰在开阔的皇岗公路上。

庞木兰忽然嘟哝了一句："每个人的想法不一样，人和人是没法达成理解的。"

我沉默地看向窗外。深圳真是一座漂亮的城市，明明初冬了，好像在步入春天。路边的榕树万古长青，老根处不见一片落叶。波罗蜜树还在结今年的第三次新果。杧果树随风摇晃着墨绿的密叶。低矮的一串红、秋海棠和三色堇，形成花的河流。远处笔架山的十余座小山峰绵延起伏，山顶之上蓝天澄澈，没有一丝流云。天高而路远，路的尽头有一望无垠的大海。深圳有多美，就有多少人不想辜负它的美。

庞木兰一打方向盘，把车停在路边，熄了火。她冷峻地盯着我，脸上的神情紧绷着，一点笑容也没有。我的心跟着虚软下去。她说："不是我做不到。你晓得吧？早两天，我爸提出来，愿意拿一百万帮我付首付。只要我同意，我就能买个更大的房子。"不久前，我们县升级为市，筹建的职教大学城选址在风景秀丽、离市中心和省会长沙都不远的夏铎铺镇，引发了大片区拆迁。庞木兰家的老房子被征收，拿到 140 万元拆迁费。她是家中独女，母亲早逝，父亲也没有再娶。之前，我们都觉得在支持女儿成家这件事上，那做父亲的实在不够爽快。因为我们普遍这么干，拿父母的钱，成自己的家，基因繁衍，生生不息。

“那当然同意啊。”我没头没脑地说。

“他有他的条件。他要银舸上门，孩子随他老庞姓。”庞木兰的语气轻描淡写，并非表示这是小事，而是她早就想过很多遍了，新事在她脑子里来回碾成了旧闻。

我想说，都什么年代啦，好古板，好荒唐啊。但我并未完全忘记家乡的传统观念，以及人们世世代代维护它的决心。我们这一代人，年少时远离家乡，长大后又定期折返，从不忘以启蒙的姿态，去挑战父辈内心固若金汤的认知。我们是最先出现的逆子，异己，且因受了城市教育，变得口齿伶俐。后来，等再长大一点，我们像从身上发现跳蚤似的，吃惊地发现那些观念并没有从自己的脑子里彻底清除。对某些荒诞可笑的东西，我们还保留着鸡零狗碎的认同感。而且，嘴巴上辩驳得越大声，心里的防线失守得越快，左右权衡时行动的力量就越弱。我们是最不幸的纠结体，身上矛盾地组合了传统和现代，乡土和城市，东方和西方。假使旁观一个上门女婿，我们绝不会像旁观非洲祖鲁族少女赤裸上身以示贞洁时那样惊愕和窃笑。相反，我们很熟悉，因为熟悉而容易理解，在理解的基础上，也便于接受。

这些想法在我脑子里快进，闪退，一片混沌。

庞木兰继续说道，父亲给她讲了好多血缘、家族和姓氏的东西。他还翻出了保存完好的家谱。他是五代单传，到庞木兰这里就断了。庞木兰两岁时，母亲没了。父亲那年 25 岁，之后一直没再婚。现在人老了，更爱抿酒，也更爱在抿酒时细细琢磨后代啊，子嗣啊，如何如何。哪想晚年时来运转，手上转出这么大一笔款子，心思也跟着转活络了。醴陵的亲戚介绍了一个寡妇，三十岁出头，带个儿子，愿意跟他结婚，也愿意再跟他生孩子。

说到这一点，庞木兰高屋建瓴地点评道："他不急着应承这门事，先来问我，想让银舸上门，站在他的角度想，也是让了步的。他也掐准了银舸家底薄，又有两个兄弟。"

"可人家是辽宁人，北方男人这方面只怕更不好通融吧？"

庞木兰没有回答，而是若有所思地问道："为人子女的，在父母面前，顺从比逆反要容易得多，对吧？"

我点点头。

后来不知怎的，她讲起她收集的资料。某市委书记随母姓，其父是上门女婿。某大企业总裁当过九年的上门女婿。香港一个大老板从上门女婿做到千亿富豪。至于中下层家庭的上门女婿，制造了更多的新闻。北京上门女婿酒后刀扎岳父母。甘肃上门女婿手起刀落，砍断妻子手臂。云南上门女婿杀妻弑三子，曾哭诉日子太憋屈。婚内凶杀案大盘点：作案者多是上门女婿，且手段凶残。

3

关于庞木兰和银舸的爱情，请允许庞木兰本人来讲述：

我 21 岁和银舸在一起，自那以后，我不再认为自己是野草，是贱命一条了。我两岁，母亲自杀，12 岁读寄宿学校，半年见一次父亲，成年后只身去了更远的地方，家的概念很淡，对人对事，心里始终嵌着一块冰。直到遇上银舸，我的人生奇妙地重启了。十年过去，我依然感到惊讶，也感到困惑：像我这样一个不为人知、毫无个性的小市民，竟然拥有那么好的爱情。而且这爱情安静和隐秘地存在，不被任何人知晓。谁会知道十年来，我们一直是手牵手、脚碰脚睡觉的呢？

我是在大学游泳课上遇到银舸的。他的自由泳姿态优美，动作矫健，正在40米的泳道中，做着勤苦的重复训练。我对他一见钟情。我摸清他训练的时间，机巧地制造偶遇，制造他能帮我解决的小困难，时机一成熟，我就引导他向我表白，然后顺理成章地做了更多更亲密的事情。这些事情像一盏盏点燃的灯，不仅扼死了我暗夜般不值一提的过往，还让我的人生从此熠熠生辉。这是后话。我从小就知道自己要什么，而且非常果敢地采取行动。我从不守株待兔地等人来追，从来都是主动追求自己喜欢的人。有些追求失败了，扑了一脸灰。那些男孩还以为他们的拒绝伤害了我，事后又心怀歉意，想要回头，不，说真的，我并不在意他们，我也绝不给他们第二次机会。

我是银舸的初恋。回想起刚在一起的日子，天啊，心头那种幸福，言语难以形容。反正我每天走在路上，看什么都会笑个不停。

吵架？那也是不可避免的事。我们吵架很少为了什么具体的原因。上一次，起码隔了两年了，还住在竹子林，是个冬天的晚上。什么原因我完全不记得了。大概是我一时情绪崩溃，犯了歇斯底里症。这类问题在女性身上并不少见吧，为了证明爱情的激烈，体验分手的痛苦，为了折腾掉精力，好好睡一觉，或者什么也不为，只是体内暴虐疯狂的基因作怪。总之，我疯了似的，咆哮到自己嗓子都嘶哑了，最后只能不停地干呕。我跳脚咆哮时，银舸的胳膊就像一把大铁钳，牢牢地将我钳制在他的胸前，试图让我冷静下来。他力气很大，产生了强烈的压迫感。我又吼又叫，扑上去在他脸上挠了几条血印子。他一松手，我就甩门跑了出去。我逃命似的跑啊跑，不看红绿灯，身后引发一片急刹车的悲鸣，那种状况下，甚至还变态地希望自己被哪个倒霉蛋撞死呢。银舸气急败坏地追我。我知道他放心不下我。我们沿着深南大道、侨城东路、白石路、滨海大道，往深圳湾的海边跑去。

海风清凉，一寸一寸地舔舐人的皮肤。潮来潮往，海浪拍打着防波堤下的礁石，水声哗啦哗啦。红树林静立在海水中，树冠的阴影仿若平原上的云团。海湾的风物退烧般冷却了我的躁郁。耳鸣消停了，我听见银舸在持之以恒地唠唠叨叨。

“木兰，我浑身汗湿了，我穿了绒裤和毛衣来跑步！

“木兰，那儿有个摊儿呢，烤地瓜好香啊，你想不想吃？

“木兰，早几年，你看过一个恐怖片，里面有个被车撞死的小女孩，她的鬼魂老是趴在公交车窗上直勾勾地看人。后来，你夜晚看见公交车就瘆得慌，是吧？ 49 路刚过去，有个小女孩真的在看你。”

我一声不吭，跑得更快，想穷尽体能，排除那份不知从何而来的狂躁和孤愤。庞大的黑暗之中，深圳湾大桥的一线灯光悬置半空，如星星般眨眼闪烁。更远处是香港岛上建在半山腰的住宅群，灯光稀薄，楼宇透明，鬼魅又虚幻。我初来深圳，隔着海湾遥望香港，对那陌生的土地充满了新鲜美好的想象。然而，当我踏上香港，瞬间就对它的拥挤、破败和聒噪心生厌恶。别处、远方，果然什么都没有，甚至更糟。我开始思考在深圳、在柴米油盐的生活中，踏踏实实地建立日常之美。

银舸的声音听上去变得悦耳可爱。我牵过他的手慢跑着，他的手掌热乎乎，汗涔涔的，掌中的纹路我多么熟悉。我想起很多我们之间的事，多年以来，我都是如此被珍视着，被这世间仅有的一人。我知道，在他心中，这座城市余下的几千万人抵不过一个我，这个世界余下的几十亿人也抵不过一个我。他在我心里也一样。我们依赖对方，就像双脚依赖大地。

4

庞木兰珍藏着一张相片，是她和母亲的合影。母女站立在一株繁花如雪的山茶树下。那会儿她才几个月大，戴一顶绒线虎头帽，眼睛鼓鼓的，很黑，很亮，什么也不怕的样子。母亲才 21 岁，可是怀里已经抱着一个胖娃娃了。母亲穿着灰黄的格子大衣和牛仔喇叭裤，烫了头发，菱形脸微仰，细长的眼睛觑视远处。她嘴角那抹局促羞涩的微笑，很像如今庞木兰某个朴实天真的乡下表妹。父亲说，那天镇上来了个照相的，跟着货郎走街串巷地吆喝，吸引了许多姑娘媳妇，母亲穿上自己最喜欢的衣裳，给孩子打扮一番，欢欢喜喜地就去了。

这是庞木兰和母亲的唯一一张合影。年代久远，又没有塑封，到她手里时，被水渍、虫噬毁坏了，幸好母亲的脸还完整。庞木兰发现自己除了眼神，完全复制了母亲的相貌。

母亲 17 岁恋爱，父亲和她同龄，都是对方的初恋，又在 20 世纪 80 年代的乡镇，注定一恋定终身。那时，年轻人都爱看露天电影，只要听说哪个地方放电影，就成群结队骑着单车奔去，把露天电影场所变成爱情的派对。那天，母亲去看电影《尤三姐》，挽着的女伴，正是父亲姨娘家的表妹。父亲请她们喝橘子汽水、吃牛奶雪糕。表妹说了表哥很多好话，连带着也交代了他的家庭，他作为军医退休的父亲，美丽和气的母亲，还有一个在南京读大专的弟弟。熟人牵线搭桥，这对年轻人热烈地恋爱了。爱情甜甜美美地走过五年，海誓山盟，如胶似漆，不在话下。等到领结婚证的年龄一到，他们就征得父母的同意，拿着户口本去了民政局。

领证是三月，婚礼定在十月，在这期间，他们孕育了一个孩子。本来双喜临门，哪知最后却弄得十分难堪，成为这对年轻人一生中极不痛快的一件事。

婚礼前一天，按当地规矩，新郎携亲戚去新娘家抬嫁妆。嫁妆兴“抬”，八抬，十抬，十六抬，物件之多，相当于搬家。去者三四十人众，场面也相当威武。不像现在一站式采购这么快捷，那时的嫁妆，都是新娘父母携礼登门，请匠人一件一件置备的。请棉花匠弹四床喜被，按春夏秋冬，分不同斤两。请木匠打制盆、桶、洗脸架、床铺、高低柜、组合柜。请篾匠编织筷筒、菜篮、扫帚、簸箕、凉席。一对新人即将开始共同生活的大小用具，都由新娘的父母悉心准备。有的要准备几年，比方喜被的棉花内芯，从她十五六岁开始种植和采摘，年复一年地积攒。有的准备几个月，比方木制品和竹制品，找原料、看款式、完工、涂抹防腐的桐油，一道道细枝末节的工序日复一日展开，融入为人父母的喜悦和忧愁，期盼与祝福。一个女儿的出嫁，不是婚礼那天一脚跨出家门，而是细水长流似的，一点一滴流进别的人家。在那悠长的时节，家庭氛围随之流变，坐在窗前缝制着红嫁衣的新娘，低头捻针，抬头看天，天亮又天黑，心情也和往年大不相同。

庞木兰的母亲家中姐妹四个，兄弟两个，父母都务农，是当地最典型的家庭结构。家虽贫，但父母有心，为筹备幼女的嫁妆，不惜欠下了许多工匠的债务。匠人眼明心亮，新娘婆家家底殷实，等到嫁妆取走，丰厚的礼金一送到，自然不会亏欠他什么。深秋十月，天气微寒，来抬嫁妆的男人们进门落座，讪笑着接烟喝茶，新郎一言不发地夹在他们中间。他的胳臂肘撑住大腿，头几乎低到双腿间最让人脸红的地方。从进门，他递了一个红纸包封给未来的岳父，那躲躲闪闪的眼神就避开所有人。

包封里只有24块钱，相当于一对脚盆的价格。镇上最穷的人家娶亲，镇上有史以来最小的提亲包封，也有240块。奇耻大辱，飞来横祸。新娘的父亲仰天长啸，母亲和姊妹哭作一团。新娘的心破碎了，婚礼如丧葬般悲伤。此后，镇上的每一场婚礼都将引发她不堪的记忆，令她对公婆和丈夫心存怨恨。她反复质问丈夫，你怎么不自己往包封里贴点钱？他闷不作声，他哪有余钱，光是承担喜宴的食材就掏空了他。

等她嫁入军医家，有次问那喝多了的公公："为什么要那样做？"

"我就是要别人看看，我老庞家不花钱也娶得上媳妇，抱得上孙子。"

公婆的自视甚高，冷酷无情，那是她第一次领略到。她也第一次领略到，爱人牵连而来的血缘关系，那些似爱非爱、似亲非亲的人，如何往他们两人的爱情里不断地添加干扰和危险的成分。

5

婚后没多久，公婆就划给他们两间房，一只锅，几个碗，话说得很明白："树大分枝，崽大分家。"孩子两岁时，他们盖好了自己的房子，全凭四只手起早贪黑，一张嘴八方借债。公婆既不出钱也不出力，择菜烧水的帮衬也是妄想。不管怎样异常的艰辛酸苦，两人还是凭着一口气，把家庭建立起来了。

1989 年，庞木兰的小舅，母亲兄弟姊妹中最小的一个，也要办婚礼了。四个姐姐提前几天回了娘家，跑上跑下帮忙张罗。她们负责帮厨、清洁、装饰，也负责新娘的金戒指、金项链、金耳环。她们像优美的陀螺一样屋里屋外地转动，等四个人转到一块儿，就开始商量礼金的数额。这场婚礼，万众瞩目的除了新娘的容貌，还有姐姐们的礼金。弟弟结婚，是姐姐报效家庭、表现自我的象征。婚礼伊始，姐姐的礼金早早写在人情簿上第一行，被所有宾客过目。过目不忘。因为这将成为当地风俗史上被谈论和比量的对象。有些姐姐几乎以献祭的心态，英勇地往礼金后面加一个"0"，再加一个"0"。

自从小弟的婚礼定下日子，随礼就被提上议程，迟迟得不到解决，全因庞木兰的母亲。说白了，她不想随那么大的礼。她们三个嫁得好，出手阔，但这 120 块，远远超出了她的承受能力。再说，家里男人也不会同意的。这个小家庭还背着那么多债务，夫妻两个从早忙到晚，晚上一等孩子睡着，就背着电动捕鱼器去水库打泥鳅和黄鳝，打一斤卖一斤，一斤两块钱。他们自己是从来不舍得吃的。

姐姐们笑着宽慰她，明面上这么写，事实上不会真花费120块，弟弟弟媳私下会退返一半的。因为很多人家都是这么做的。

回到家，她也是这么跟丈夫解释，才勉强取得了同意。

可是等到晚席结束，每位亲朋，不分亲疏，都是打发了八颗糖、一包烟和两尺印花布回去。四个姐姐也一样。新婚夫妇进了洞房就没再出来，看来根本没有退返礼金的意思。做父母的也没有插手，无疑默认了这个做法。姐姐们心存疑虑，又忙着收拾桌椅碗碟，清扫纸屑瓜果壳，做完了每一项扫尾的工作，最终也没有等到退返的礼金。尽管有些不悦，相互挤眉弄眼，可也不好说什么，只能思量着总归是自家人得手，那就算了。唯独一个人，离开娘家时，怄得双目通红。很多人都看见了。她们最后一次看见她，就是她杵在铁门边，怄得双目通红、茫然失措的样子。

因为此事，庞木兰的父母产生了罕见的激烈的争吵。当天夜晚，做丈夫的质问妻子，到底是出于头脑蠢笨上了当，还是窝藏私心，有意偏袒娘家人。他也咒骂岳父母和小舅子太厉害，是吸血的水蛭，也不管这女儿身上还剩几滴血，先抽干她再说。她起先只是抱着双膝抽泣，后来放声大哭。她也诅咒，诅咒他的无能，诅咒他的父母冷漠无情，诅咒他像条野狗，和她一样，都是不被父母所爱的子女。

庞木兰长大后问起别人关于她母亲的一切，很多人对这个夜晚记忆犹新。他们说她的号叫格外凄厉、绝望，像来自幽不可测的冥界。你以为她哭完了，仔细听，却是低沉疲惫的呜咽和悲泣。稍作休息，又陷入疯狂的呼叫。循环往复，吵得生者无法入眠，死者不得安宁。直到天快亮了，四点钟左右，那哭声才止息。

第三天傍晚，人们在三山环抱的水库发现了她。她卡在狭窄的涵洞里，还穿着弟弟婚礼上那身大红色衣裙，在青山绿水之中，分外打眼。水声訇訇，让打捞者胆寒，如果赶上落雨，大水一来，她将会被冲向不知所终的地方。

6

庞木兰对一切家庭伦理的东西保持警惕。爱情多么美好，如冬日壁炉中温暖的火苗，而爱情导向的婚姻和家庭，如果不小心掌控，将会导致一场火灾。母亲就是前车之鉴，葬身在这样的火海中。

好在时代、地域和机会都在改变。庞木兰热爱种种改变。比如，她宣称她热爱漂泊、热爱异乡，只有这样，她才能独立自主地创建自己的家庭，而不必嫁入、融入一个完全陌生的家庭（只有女人才能明白其中的艰难）。她看重家庭价值，但并不想承担家族间的粘连、牵扯。她也从不本着理所当然的心态，从家族中接受财物。（公婆铆足劲拿出七万块钱帮忙置房，被庞木兰硬邦邦地回绝了。她说，她不取，给的人并不会太难过，也许还会暗中松口气。）她主动选择了孤绝。在这条道上，别人计较的苦处她不计较，但她也有她格外计较的东西。

此前，庞木兰应对婆家一方，改革般地施行她的章法和原则。没想到娘家这面，父亲倒是蛮会出题。庞木兰想到了很多东西，有的东西是实的，有的东西是虚的，她在心的天平上掂量，虚的往往比实的更有分量，让她更不能掉以轻心。虚如银舸的情义和自尊，实如房子的面积大小。虚如父亲晚年对儿子和后裔的向往（她并不打算去纠正他），实如账上突然增加的一百万元，等等。在细细的权衡比量之中，她发现，真正构成她生活堡垒的，不将是房子，也不再是父女、婆媳之间的关系联盟，而只局限于她与银舸之间，两个人的凝结深切到何种程度。如果说婚姻是围城，她便要把自己的城池修建得异常稳固，造一方独立的王国，安顿自己的身心。

在银舸毫不知情的状况下，庞木兰兀自做出了决定。这世上罕有一箭双雕、周全圆满的美事，而她是一个警觉的风险规避者。她突然很想成为银舸的保护者。

她请父亲对银舸保密，从此不提“上门女婿”的想法，她也对父亲的第二段婚姻给予了支持和祝福。

又是一个十月。庞木兰和银舸的婚礼在莲花山北的新房里举行。窗外，小区中央有一个巨大的废弃的环形喷泉，已沦为五颜六色生活垃圾的堆放地。沉闷凝滞的空气中，偶尔有食物腐烂的气味潜入，我们只好把窗户关上。封闭狭窄的婚房里挤满了人，欢声笑语闹翻了天。

婚礼是中式的，喜字、剪纸、对联、灯笼、鲜花、床单、被套，都是红色，还有满面红光、来来往往的宾客。庞木兰穿着一身红底金丝的凤褂，脚蹬鸳鸯绣花鞋，微笑着坐在床尾，美丽光辉。

婚房的门紧闭着，外面不时传来鼓掌和哄笑的声音。终于，到时间了。门打开一道缝，银舸挤进半边身子，朝我们挥挥手，脸上的笑容相当灿烂。他穿着酒红色龙褂，头发向上梳起，露出宽阔的脑门，是个格外精神和阳光的小伙子。他卡在门口，半边身子被几个伴郎拖住了。伴郎们穿着统一的黑色中山装，本是大哥的陪衬和保镖，眼下却说好了似的背叛他。他们一齐高喊：“红包！红包！喜烟！喜烟！”他们的身后还跟着一群大大小小的孩子：“红包！红包！喜糖！喜糖！”声音重重叠叠，合唱团似的，把音响里温柔浪漫的婚礼进行曲都淹没了。

银舸散了红包，唱起戏腔：“娘子——相公来了——”可身子依然动弹不得。他发嗲，求饶，反抗，讨好。众人乐不可支，但绝不会轻易放过他。男宾们准备了一连串捉弄新郎的谜语、荤段子和歇后语，好戏轮番上演。

“‘新婚之夜’，打一城市。”

“开封？早开封了呀！”

“一个男人，比如银舸，银舸光屁股坐在石头上，打一歇后语。”

“以卵击石。”

“不行不行，说完整。”

“银舸光屁股坐在石头上——以卵击石。”

“哎呀，对对！”

还有颇具情色意味的游戏。他们变魔术似的，抖撒出各样道具来，令人心跳脸红。新人越窘迫，众人越坚决。新人越羞涩，众人越高兴。我们拥挤在十多平方米的婚房里，摩肩接踵，激动如潮，一起度过了一个放肆而快乐的好日子。

婚礼完美收官，新人感谢又感谢，说了许多不必多说的客气话。我们笑了又笑，双手拍得又麻又肿。最后，庞木兰动容地说，她的婚礼和别人的婚礼不一样的地方，是缺了流泪的人。她参加过许多婚礼，每个人都笑啊笑，公婆自然笑，父亲也笑，只有新娘的母亲会偷偷抹眼泪，不知是出于不舍，还是担忧。这一天，她心底最想念的人，是她的母亲。如果母亲还在，女儿的这场婚礼肯定能覆盖她对于自己婚礼的痛苦回忆。对于结婚这件事，她也从此有了可以笑着聊聊的东西。

瓜熟蒂落

1

我们围着火炉坐着，偶尔聊两句，绝大多数时候，什么也不说。在雪片翻飞的隆冬，等待家族里一个孩子出世，既让人幸福，又令人空虚。我们的目光在彼此的脸上停留，对着这世界，内心空茫。电烤炉因电压不稳发出嘶鸣。墙上的钟在一秒一秒地响。北风很猛，树枝断落。穿套鞋的人踩着冰冻的泥路从屋檐下经过。窗户没关紧，有腥冷的空气钻进鼻孔。表妹喻晴撑着桌面站起身，手掌托住大肚子，生怕孩子掉出来似的。

姑妈急忙问：“干吗去？妈帮你。”

喻晴说：“我要上厕所。”可她身子没动，像在酝酿主意或准备体力。

田丰搀起她：“我扶你去吧。”

“不用。你烤你的火。”

她口气平淡却坚决。于是，我们看着她两个脚掌始终不离地，脚尖和脚跟轮流画直角，以 37 码接 37 码的步距，去上厕所。我们十秒能走完的距离，她细细碎碎挪移了十来分钟。耻骨分离症贯穿了整个孕九月，髋骨韧带受损，骨盆裂隙加宽，薄弱的纤维软骨组织却依然不得不兜住十多斤的胎儿、胎盘和羊水。如同一场节制而缓慢的受刑。“男子割势，女子幽闭，次死之刑。”“幽闭”即损伤耻骨。

但没人敢去搀扶她。喻晴性格虽隐忍，但她决定的事情，她自己的事情（哪怕小到小便），一贯讨厌别人插手。我们心里都有点不舒服。姑妈只好故作轻松地笑起来，讲起她怀喻晴时，梦见一条大狼狗，半边脸白半边脸黑，黑白极其对称。等到喻晴出生，屁股半边白半边黑，一整块浑圆的胎记，逗得人人乐不可支。多么快，25 年一晃而过，喻晴也要当妈妈了。至于孕晚期的耻骨分离，姑妈大度地说，完全小问题，相比做试管婴儿，相比宫颈机能不全，全程卧床保胎，这点痛苦，可以忽略不计，将会很快忘记。

这是湘北 2015 年的冬季。返乡待产之前，喻晴在广州的八个月孕期一路轻松顺利，属于有资格去“知乎”答题传授经验的那种人，既有知识理论，又有自律知行合一。我们总能见她从建筑师事务所下班后，在朋友圈打卡，勤练高强度的孕妇操。满月似的脸庞汗珠如豆，烟灰色速干服下，身形高挑而清晰。吃呢，精细得像在“胃”这个实验室做生物学研究，煲不重样的杂粮饭，搭配各类蔬果、牛肉和鱼虾。节假日照常出行深圳、惠州、香港、厦门，看各类建筑方面的展览。一个对生活有把握的女人，像一台各零部件崭新锃亮的永动机，寂静而精准地运行，骄傲、高效，即使被扔到荒岛上，也有胆把自己照料得很好。

等到预产期逼近，喻晴到了一个必须被照顾的阶段，来自母亲催促回乡的电话变得频繁。母亲用开水浸洗了婴儿衣服，在冬日苍白而珍贵的阳光下，晒了又晒。衣帽、睡袋、推车、摇床、消毒柜、吸奶器、分段奶嘴，每收到一件，她都拍给喻晴："快回来看呀，多可爱。"喻晴对回乡磨磨蹭蹭，直至田丰在新闻"孕妇紧急产子，列车加速进站就医"的刺激下，买了两张回家的高铁票。喻晴知道她的建筑师很忙，自嘲"熬夜画图狗"，她擅自退掉一张，再快递了电脑和相机，轻装几件衣物，就独自回到了我们的故乡。母亲、继父、公婆、叔婶和姐妹都欢迎她。

2

同样欢迎她的，还有感冒。湘北山陵小镇，冬天阴冷如冰窖。她在回乡第二天，冻病了。感冒从鼻塞，转变成支气管炎，又引发了肺部感染。人一躺下，唾液倒流，咳嗽不止。她试着塞三个枕头，终于在反复的睡着和咳醒之间，累积了片刻小憩。她默默忍耐，最忧心的是腹中胎儿是否会受到连累和侵扰。

事实上，喻晴的体质体能并不柔弱。尚在闭塞蒙昧的少女时期，她便跟着 VCD 修习瑜伽，认同艾扬格《光耀生命》的理念："健康的身体需要辛苦的付出才能获得。"应该是多年香港求学、广州工作的热带经验，重塑了故乡地理对她的作用。十年前，香港刚开始录取内地高考生，在我们见识有限、思想保守的县城高中，指导填志愿的老师一律给高分学生和家长的建议是，国家有那么多大学够你挑，何必去香港？港片看过吧，资本主义社会，乱吧？可喻晴闷声不响，拿到了香港中文大学的奖学金。去之前，她摸不准情况，没敢声张。待了半年，一身时髦地回来过年，别人问起，她大笑着像中了彩票，直言自己命好，南海观世音保佑，踩上资本主义的风火轮，又快又稳，必定前途无量。老实说，我们都在喻晴兴高采烈的衬托下，显得有点沮丧。

当然，这点久远的沮丧也并不妨碍我在她预产期这一天，接到电话后即刻赶到，担当她的司机。我们围着火炉等待，吃完了一盘橘子和两个柚子，眼见天光黯淡，夜幕降临，可母体除了一如既往的耻骨痛，胎儿并没给出发动的迹象。等到喻晴从厕所挪移回来，半小时过去了。她眼眶红红的，用宣布的口吻说："我决定去打催产素。"

"现在吗？"我问的同时，姑妈眉头一皱："不行。生孩子就是瓜熟蒂落，孩子有自己的节奏，你等着就行了，打什么催产素。"

喻晴看着我："现在，你去发车吧。"

一刻钟后，我们抵达镇上的医院。这所乡镇卫生院经过 20 年的发展，已在省道十字路口拥有一栋气派如镇政府的独立大楼，更名县级"第三人民医院"。我在门诊大楼前的空旷地带停好车，这里离通往妇产科的电梯还有 30 米左右，喻晴目测了一下，微微笑，犯了难。田丰说："小晴，我去给你找个轮椅。"田丰清瘦偏黑，宽额头，小眼睛，戴银边眼镜，神色文雅而不爱言笑，看上去总在想什么严肃的问题。他似乎整个冬天都穿着那件藏青色的羊毛大衣，里面露出不同配色的细格子衬衫。他是喻晴的高中同学，大学期间去香港交流，两个人水到渠成无风无浪地走到了一起。

姑妈姑父哧哧地笑起来。姑妈说："才三脚远，找什么轮椅，也不怕人看见笑话。"

田丰果然借了个轮椅来。他小心把喻晴抱上去，俯身在她头顶上轻而快地亲了一口："小晴第一次坐轮椅，新鲜的体验，是不是？"

喻晴笑得露出两颗兔牙。

"小晴抓稳喽！"

"抓稳啦。"

眼前的水泥路又直又平，微黄的路灯下，暂且空无一人。田丰推起轮椅，飞快地加速，不顾姑妈心惊胆战的厉声责备，他们加速，加速，最后在挂号和取药的一楼大厅，花样滑冰似的，旋转起来。喻晴哈哈大笑。守在药房里打盹的伙计清醒了，跟着笑得眼睛眯成缝。喻晴笑得整栋楼都听得见。那模样让我想起电影《触不可及》中，下肢瘫痪的绅士菲利普和黑人护理工德瑞斯每每做点突破边界的小事，那种轮椅之上的喜悦，都让菲利普浑然忘记了他的不幸和悲哀。

3

"跟我来，先看下宫颈成熟度，再决定要不要打催产素吧。因为有的人打了几轮，也催不下来。"妇产科张医生边说边往帘子后面走。几秒钟后，我们听到一声撕布般短促的惨叫。

张医生走出来，扯下指尖沾血的一次性手套，扔进垃圾桶，笑着说："宫颈条件很好，软，薄。我刚帮你把胎头拨正了，孩子兴许能快点儿出来。你去做个B超，查下羊水情况吧。”

喻晴的B超单显示羊水偏少，且因胎脂、毛发脱落，胎粪污染，羊水混浊不清。张医生说，这种情况，胎儿容易缺氧，如果因胎儿头骨太大、产妇体能不足，导致产程延长，就更加危险。她建议办住院，明天剖腹产。这是所有人始料不及的。

姑妈像是没听懂，绷紧脸，盯住张医生。

张医生解释道：“假设一个鱼缸里，鱼很大，水很少，刚盖过鱼背，又有泥沙，不清亮，你想想，鱼会不会容易死掉？”

姑妈的嘴张成一个越来越大的“O”形，剜了张医生一眼，把喻晴拉出了诊室：“千万，千万不能剖腹产啊！你堂婶子就是剖腹产，如今孩子都上大学了，一到阴雨天，那伤口还是瘙痒得要命。你回去看她的肚皮，像长了足癣，抠得稀烂。剖腹产，你晓得你剖了，会引发什么？试想一下，你的肉要划开多长多深，你的血管经络要切断多少根，才能把一个50厘米长、六七斤重的人，搬出来？还有，剖腹产后，伤口刚缝合，麻药刚消退，为了把子宫里的瘀血排出去，护士会像在搓衣板上搓衣服那样，搓揉你的伤口，那比生产本身还要痛苦。还有，还有……”

姑妈不停用手背抹着泪花。

喻晴宽慰了她妈妈几句，问田丰：“你说怎么办？”

“我尊重你的选择。”

“我想确保孩子是安全的。”

“我们再仔细问下医生，多问几个医生。”

“好。你要不要给你爸妈打个电话？就说今天来住院了。”

喻晴的公婆一听要剖腹产，就责骂儿子怎么不往县城中心人民医院送，这所乡镇医院，农村妇女做产检都嫌它低级，你们倒好，因为不想和别人共用病房不想睡走廊这样不打紧的小事，拿人命开玩笑，书往屁眼里读进去的吗？读进去的都是煤炭吗？公婆心急如焚，要马上过来。

六点，值夜班的医生到岗。她们的头发和羽绒服上还留着风雪的残渍，双眼因从暗夜与寒冷中走来，锐利有神。她们哈着白汽，搓着手打招呼："好冷啊。好冷啊。"

"让他们明天再来吧，这么冷，反正也帮不上什么忙。"喻晴压低声音，指指田丰正在通话的手机。

护士领着喻晴去病房做胎心监护时，田丰开始考虑转院，县城医院，开车一小时可达。接手喻晴的夜班医生，姓李，年轻而急躁，说什么都不像张医生那么镇静寻常。她拿出一沓写清种种风险的知情书，请家属签字，每一条都让我们紧张，不能答应。姑妈姑父干脆出了门，把自己堆积在门口的椅子上。姑妈悲戚地和姑父说，她委实不想让喻晴剖腹产，剖腹产就是"剖腹惨"。又说到喻晴六岁丧父，母亲改嫁出门，剩她在祖父母跟前长大。祖父母又先后过世。云云。

田丰没有签字。他问李医生："如果出现最坏的情况，你们至少可以保住大人吗？"

李医生怔住："你说这个，要我怎么回答你呢？"她尴尬地笑笑，又看了看我，似要寻求支持，"你说是吧？他说这个话，要我怎么回答呢？"

喻晴的胎心监护正常。她自嘲地笑起来，说医院楼是好楼，就是里面落后。不像广州的医疗器械那么先进，也不像广州的医生那么忙碌马虎，她曾站着十秒做完的胎心监护，躺在这里做了二十多分钟。

田丰的建议被驳回。喻晴不同意转院。她说她选择这里，是出于对自身身体条件的自信（虽然现在听起来并非完全乐观）。她躺在病房，听着孩子的心跳，仔细回顾了自己极其努力的孕期——每一天都那么科学而用心，就是为了此时此刻，不必惶恐忧惧，不必全然被动地接受摆布与宰割。在此基础上，她要争取有尊严地生产。她直觉，她相信，她保证，她和孩子，都不会有性命之忧。

她也不同意明天剖腹产。她说："我等苗苗两天，如果她还没有发动，再剖。"

4

田丰去办住院，我和姑妈姑父把后备厢里的待产包、婴儿衣物、脸盆、保温瓶等物件搬到病房。条件最好的独立病房 128 元一晚，配备洗浴间、大沙发、婴儿床，有空调和热水。但当天，除了喻晴，其他几位孕产妇都住在 30 块的四人间病房，共用走廊尽头的公厕，找护士借壶烧热水，当着其他男家属的面，医生把手掏进待产妇的阴道，检查开指情况。那时，我尚且不知性命和尊严相比，意味着什么，开车送姑妈姑父回家的路上，脑子里都是那些待产妇黑而粗糙的脸。

七点到家，我收到喻晴的微信："见红了，发动了，哈哈哈。"还有一张脏内裤的照片，上面有一块与月经血无异的绛红，是她宣告胜利的旗帜。

我马上打电话给她。她很兴奋，直感叹母子连心。肚子疼了两三回了，温温吞吞的疼，不严重。医生来看过了，预计要疼一晚呢，明天下午才有得生。田丰下载了一个记录宫缩频率和时长的App，开始观察起来了。我提出过去陪她，被拒绝了。她还嘱咐道："别告诉我妈，让她休息一晚吧。明天有场大战斗呢。"

冬天的清晨天寒地冻，我和姑妈姑父到医院时，喻晴的公公婆婆已经到了。喻晴躺在病床上，咬着嘴唇，来回翻侧、扭动着身体。她轻抬手臂和我们打招呼，手臂上汗液涔涔。她微弱地喊了声"妈妈"，声线颤抖开去，又克制而无法克制地发出痛苦的"啊啊"的叫叹。

田丰伏在床头，手掌穿过她湿漉漉的头发，不停地小声呼喊她的名字。他不安地告诉我们："开三指了，可以打无痛了。可是，麻醉师要八点上班，也就是说，我们至少要等到八点。"

阵痛在递加，挑战着喻晴的承受力。渐渐地，她痛得连话都说不出，想催田丰去护士台问问麻醉师来了没有，就在他的手掌中动动指头。姑妈完全止不住眼泪，在病房里走来走去，语无伦次地向我和田丰问各种根本不必回答的常识性问题。

八点，麻醉师来了。麻醉师指导田丰说："你和这两个护士一起，摁住她。麻醉往脊椎打，打进的地方不是通常的肌肉或血管，而是腰椎骨缝，会酸胀。但是要持续地打，她身体不能动，我之后还要往里面导入管子，后续供给麻药。清楚了吗？"

田丰说："清楚了。"

麻醉师竖起针管，推出空气时，我感到眼睛一热。我从没见过那么长那么粗的针头，如若一根建筑用钢钉。

喻晴趴伏在床，身体因阵痛扭成虾状。田丰抓住她两边肩胛骨，在她耳边说：“小晴，你听见我说的了吗？你不要动。”

麻醉针刚钉上，喻晴就哀号着扭动了一下，导致针头直接从她身体里脱离出来。麻醉师气急，骂了一句。

只能重新来过。我和另外一个护士也被叫上，固定喻晴。

田丰的眼圈红了：“小晴啊，千万不要动。就这一会儿，小晴打完就不痛了。忍一忍，千万不要动啊。”

喻晴悲苦地点点头。

针头再次钉进脊椎。这对年轻的夫妇，一个眼神如弥留般绝望，眼角流下痛苦而顺从的泪水，一个在意志的力量下，保持绝对的冷静和专注。他们始终用力凝视住对方，宛如到此才得以真正建立起关系。

打完麻醉，过了一会儿，喻晴感到不怎么痛了。姑妈把她弄脏的被子翻过来，白色朝上，她还迟钝地笑一笑：“啊呀，我还以为这摊血是医院的被子没洗干净呢。”

医生提醒田丰，趁她不痛了，赶紧去买些热饭菜来吃了，储备体力。田丰快步出去。护士们用赞赏又艳羡的口气，说喻晴嫁了个好老公，你看看那排病房，生个把孩子嘛，哪个瞎鸡巴男人舍得拿600块出来打麻醉啊。

喻晴和我相视一笑。后来她提起，还在感慨：“600块，也就是我在香港或广州，买双皮鞋。”

5

喻晴正端着一碗酱油蛋炒饭，大口扒着，笑着责备她妈妈，教育做得不到位，从没提过“生孩子有多痛”这个知识点。母女正争辩呢，喻晴捂着肚子大叫起来：“痛，痛，我要痛死了哇。”碗没端稳，酱色的饭粒泼洒得满床都是。她瞬间痛得满头大汗，眼球充满了来路不明的茫然惊恐的血色。她倒在床上剧烈翻滚，弹簧挤压出极其尖锐的声响。

她凄厉地叫喊，场面第一次失控了。

“我不行了，我要死了，田丰，田丰，我真的要死了。”

田丰跑了出去：“医生！医生！ 1号床……”

张医生来了，瞥了眼墙上的挂钟，九点三十五分。她端起保温杯吹了吹，喝了一口热水，摆摆手：“不要这么激动，你还有得痛呢。刚开到五指吧？我探一下宫口。”

“才五指？！不行，受不住了！”喻晴绝望了，“我要剖……”

医生掀开被子，五指探进她的阴道，有一点吃惊：“头胎居然开这么快，十指了，送产房。你们去推个轮椅来。”

姑妈、田丰和我在产房外等待。喻晴每一下声嘶力竭的哀号，都让我们紧张得盗汗。田丰的额头焊在了产房门上，往门缝里张望。他双臂撑住门框，脚尖来回碾着地上其他丈夫留下的烟头，意志完全失效了，他如同被恐惧击溃，被扔进了残酷的冻库，整个身体都抖动不止。

产程相当顺利。十点半，医生开了门，把婴儿抱到我们面前：

“是个千金哦，六斤二两。妈妈也安全了。她这身体，好能生，二胎会生得更快。”我们都笑了。

医生说：“去护士台要两根美容线来，她生那么快，撕伤严重。”

婴儿小脸通红，透明的胎毛看上去柔弱得令人心颤。脸上有几道褶皱，可能是通过阴道时受到挤压的缘故。头发上沾着血和黏液，看不出她像谁。我们也没来得及细看，她就被爸爸送到病房，交给等待的奶奶。这期间，医生再招呼我去要了一根缝合的线来。

喻晴被推出来时，充血的猪肝色脸庞还未复原。她很平静，医生和家人说什么，她都应着，并无多话。没有像大多数顺产妇，需要动剪刀，会阴侧切。胎儿体重和头围都正好，不必借助吸盘器。姑妈说，至于撕伤，不可避免，没有人不会撕伤，那是整个自然现象的一部分。可是看着田丰给婴儿清理完大便，摆放在床上，喻晴流了眼泪。她指着婴儿绯红的臀部，和丈夫说：“就是这一段，从阴道到肛门，全部撕裂。我能听见线在肉里拉扯。缝了好久啊。现在麻药在消退，除了痛，下身连存在感都没有了，像是被截掉了。几个线头嵌在肉里，很硌。我的女儿，以后也要这样吗？”

我们无言以对，但是来不及感伤。医院专业地对付肉体，哪有包含情感的空间。护士进进出出，挂消炎和止痛的各种瓶子，往喻晴的手背扎针，量体温，定时揉搓她的肚子。她的阴道就像下水管道似的，冲出瘀血废物，把产褥垫浸得殷红。每排空一次，她就要去厕所清洗下身。这项工作由丈夫代劳。婆婆妈妈都围着婴儿，紧张运转。

喻晴孕期的努力在婴儿身上显示出成果。婴儿非常健康，生命力旺盛，种种测试过关斩将，连很难逃脱的黄疸都没沾染。也正因如此，她很能吃，吮吸过重，还有其他说不清道不明的原因，总之，喻晴的乳头破损、皲裂、出血了。

喻晴先是和护士说：“我没有奶，真的，我试过了，就是没有，暂时给她喂牛奶吧。”

护士二话没说，用力摁压她的乳房，乳汁喷射出来。她痛得大叫，却不能再逃避。

护士强调母乳喂养的重要性，也提醒喻晴如果不加快喂奶，乳腺堵塞，引发脓肿，将不得不切开引流。

姑妈劝慰她的女儿忍一忍：“人世最难，‘生养’二字。生啊，养啊，本就是拿一寸命，换一寸命。”

第一天仅是喂奶，喻晴眼泪都不知流了多少。

产后第三天出院。上午九点，我到医院接人，把喻晴、田丰、新生儿和喻晴的母亲，送到田丰的父母家。

6

产褥期在婆家过，母亲住过去照料产妇，婆婆照顾婴儿，这是通俗的安排，更是小镇的传统。小镇有很多传统，祖辈父辈传下来，希望你统下去。你最好不要违逆，做个顺水人情，因为违逆所需的精力、情感、时间和经济成本，往往比顺从要高得多。

关于去哪里坐月子，喻晴考虑过很多实际情况：婆家和娘家属一个乡镇，笼统说，去哪家坐月子，差不多。但是呢，娘家离镇上超市近，婆家却很远，买什么都不方便。娘家有热水器等设施，可给母婴24小时供热水，婆家则全靠烧柴。娘家邻里多，常有阿姨婶子走动聊天，婆家呢，则是一座孤零零的房子，背靠山陵，面朝原野，方圆十里，只有公婆二人和一条斑点狗。况且，田丰的十天陪产假已用光，明天就得回广州上班。喻晴设想了一下："可能会有点无聊啊。"

喻晴决定在娘家坐月子。继父表示尊重，但母亲很不情愿。等到母女各执一词无法妥协，最后，母亲说："我跟你直说吧，老人言，产妇恶露不尽，身子不洁，在娘家坐月子，会给娘家带来背运。"她说有个邻里婶子就是这样。月子期间与婆婆不和，大吵一架，回了娘家。没多久，娘家哥哥出车祸，侄子溺毙，嫂嫂改嫁，母亲患肠癌，娘家只余下她老父亲。母亲话里的意思喻晴听明白了。

母亲还反问道，你常年在外，从没在婆家住过，现在添了人都不去，田丰父母会怎么想？人要顾全大局，不要搞得大家都不舒服。还有，去了婆家，有事多忍让，不要跟婆婆闹矛盾。

娘家娘定夺，婆家婆做主。这个道理喻晴懂，再说，故乡，回都回来了。

喻晴后来告诉我，她本想问问母亲，那些悲剧怎么会勾连到产妇身上。但整个说辞都让她十分难过，觉得没有问的必要了。

当车还在坑坑洼洼的山路下坡时，我们望见了田家的房屋和等待的两位老人。他们也望见了车子。迎接新生儿的鞭炮响了起来。有了下一代，大家都很高兴："升级啦，升级啦。"个个像升官，相互道喜。田丰抱着婴儿，小心地用斗篷遮挡风雪。我搀扶着喻晴，她的手软如面团凉如铁。我们在年轻夫妇的卧室安顿下来。这是他们一年前的婚房，窗户上的酒红色“囍”褪成了灰粉色，一个“喜”脱落了。似乎忘了开窗通风，空气中有股潮湿的霉味，还有棉絮和纤维堆积的微粒粉尘。婴儿敏感地打了几个喷嚏。搀扶喻晴去厕所时，她请我帮忙上网买了一个除螨仪，看样子还会置备别的物件，等送到镇上快递站后，还请我送过来。

产妇面临种种连她自己也难以想象的极其具体的困境。其中一种，就是便秘。哪怕她提前了解并准备充足。分娩前一天，喻晴开始吃一位台湾中医配备的月子餐，不重样的杂粮煮粥，再用竹荪、玉竹、云苓、牛蒡、地参，搭配新鲜的土鸡、鱼类和蔬菜，炖或焗，既确保营养，又有助消化。产后第三天，她的心情与肠道都变得烦躁，决心对付一下大便。因为她双腿无力蹲坑，又拒绝他人入内，我们只好给她搬了个椅子，让她撑伏在上面。凛冽的冷风由露天化粪池而来，从蹲坑的排泄口灌入，接着灌入她的阴道和子宫。她不能在厕所待太久，必须集中突破。我们听到一声惨叫。还没问，她就抽噎着说：“没事，不要进来。只是肛门缝合的地方，撕开了。”

她下身缝合的伤口，白天和夜晚生长愈合，清早排便再撕开。如此反复，好像每天都在产出一条细小的婴孩。但总的来说，愈合的速度比撕开的速度略快，所以未来才有修复的可能。她向我推荐这套2000元的月子餐。她说产后三天就能凭自己解决排便，真是厉害。

“你知道吗？我有一个朋友，每次排便，都号啕大哭。老公前面托着，妈妈在后面拿筷子一点点挖。”

我听得汗毛竖起：“人啊，为什么一定要生孩子？”

“别人，我可说不好。”

“那你呢？”我问喻晴，“你为什么要生孩子？我知道你——你不是那种参考别人过生活的人。”

7

喻晴要生孩子，是她自己要，不是为了爱情或田丰，也不是起于一次避孕事故。她有点奇怪，从小就认为自己不孕。长得又高又瘦，乳房始终像颗小核桃，初潮迟迟不来，来了又不规律，全凭运气去迎接它。有次运气不好，正做着全校课间操，她身下一股热流，两腿之间，浅蓝的牛仔裤上，现出一大块经血，在没精打采的稀疏的人群中，一下子聚焦了注意力。

不孕的潜意识伴随着漫长的压力和不明的忧愁。我们一起看泰勒版电影《埃及艳后》，艳后讲究计谋又不乏真心地说：“不孕的女人，犹如干涸的河流。女人负有使枯木结果、荒地开花的责任，就像尼罗河滋养大地。”喻晴若有所思地叹气：“哪条河，是自己不想水草丰茂鱼虾嬉戏呢？”

等到怀孕，谜底揭晓，她感到一种轻盈、自由而空灵的快乐。

此外，她说，下一代的存在，会让她老了也依然对这世界保持兴趣。反之，如果自身离死亡越来越近，又没有孩子可以关心，人真的不会散淡与世界的关系，虚空自己的世界观吗？

喻晴边想边说，深沉而认真的眼睛来来回回地转。她的语速很慢：“我要一个孩子，是我自己想要。再就是，我想与这个男人一起要。他的意志与柔情，内质与外在，是我所爱。不过，在养育孩子的将来，我的认知会修补，会更新，那是完全有可能的。”

田丰明早的动车回广州，今天就得去长沙住一晚。告别很难，所以他特地选了喻晴睡着的时候走。

走之前，田丰像个领导一样，安排了很多事情。他希望母亲和岳母各司其职，一切井井有条。首先，为了确保喻晴得到足够的休养，母婴分房睡。其次，冬夜寒冷，起夜冲牛奶五六次，排便清洗也频繁，以致夜间最为辛苦。所以，田丰再三嘱托，夜间实行两位老人换班制。此外，他还说，产妇尤其要看着点。喻晴那性格我们知道，情愿自己费力踢倒暖瓶倒杯水喝，搞得腰酸腿疼气喘吁吁，也不想动下嘴皮支使别人。这样不好，每天总有那么多琐事，怕她落下什么病根。

可是，白天光是烧开水和煮粥炖菜就离不开人。晚间也有别的什么原因。总之，田丰走后第三天始，母婴两人的照料，日日夜夜，都归到了喻晴的母亲那里。

8

喻晴心疼自己的母亲。她应邀在亲戚群里晒女儿，有时憔悴许多、眼袋青黑的母亲也跟着入了镜。她通过给母亲、继父和妹妹买羽绒服等物质补偿，减轻自己的内疚。她想找田丰说说，让他去找婆婆协调。但母亲坚决不让提。母亲自己从没抱怨过。她说，这种不合理是合理，不正常也是正常。

“一直以来，坐月子，是一代又一代的女儿，而不是一代又一代的儿媳，被照料。”

喻晴不认同："那是以前。现在的婆婆，很会做人。"

母亲想了想，也不反对。她只是向喻晴讲起，她产后是如何受到自己母亲体贴耐烦的照料：她因受凉腹泻，体虚卧床，端便盆、擦洗下身的工作都由母亲完成。母亲从无一点埋怨，嘘寒问暖，像爱护一个婴孩。有次母亲有事回自己家一趟，她只好请婆婆帮忙。婆婆来了，蹙眉站在门口，捂着口鼻，迟迟不接她递过去的便盆。

"至于你婆婆，"喻晴的母亲言简意赅地说，"她不是不愿做，她可能是……没我这么能干。"

喻晴开始设想，未来怎样长久地争取公婆的支持，以求让这个三口小家顺利过渡，不受分离之苦。尤为重要的是，她自己能够继续去实现她的自我——如同航班允许延误，但不能彻底永远地取消——她正在由一名建筑设计师转型为一名出色的独立策展人。

她和婆婆说，去广州前，要记得带上身份证，去县里办好港澳通行证。趁着身体康健，婆婆应该多出去看看世界。她和田丰会带她到处走走的。因为公公不接受城市，所以每隔个把月，他们也会把公公接来小住。

将来的勤苦不成问题，眼下的忍耐也并非难事。比如，腊八过后，大雪封路，多日吃不到蔬菜瓜果，喻晴轮着吃了六天冷冻猪蹄和排骨。她通过之前网购的柠檬果和百香果补充维生素。直到公公决定一早出山，来回步行五十多里，提回豆腐、红白萝卜和绿叶菜。公公极其沉默，几乎没和喻晴搭过话，也无问候身体之类的关怀或客套。他从不进儿媳的卧室，想看婴儿了，就让喻晴的婆婆抱出去。喻晴说，那种沉默，不会引起她的不适，因为她感觉得到，那不是冷酷或拒斥，而是一种敬畏，一种对受了高等教育的、比他见识深远的陌生女子的远观，没有恶意的。

小年那天，我去看望喻晴，帮她在镇上取了快递，提了两条据说补血的大黑鱼。中午，产妇的饭菜端到卧室，我发现煮熟的黑鱼，连鳞片都没有剔除。喻晴用筷子慢慢清理了，似乎一点也不介意。她笑着向我解释："你别见怪，我婆婆应该没做过这种鱼。她会嫌太贵。"可是也忘了放盐，吃上去像嚼餐巾纸。可她差不多都吃完了。等到老人来收碗筷，鳞片和盐，她提都没提。

"你回来生孩子做什么？"

我其实不用问，知道她是顾及家人，还有不必租大一点的房子、不必请住家保姆等经济上的考虑。但我还是为她感到委屈，难过。

喻晴说："你知道吗？对我来说，那些你介意的，都很容易。"她突然眼泪啪嗒，扑在床上，哭得身子一抽一抽的："每天最难忍受的，是我很想他。我分分秒秒挨时间，盼他回家。每天晚上，我听着山上的风，想起屋后茶山上的荒坟，想到那个几天前新入葬的年轻女人。我有多想他啊。我想啊，想啊，我觉得自己都快疯了。"

我看着她哭了好久。不知道为什么，我也跟着哭了起来。

9

三天后，田丰回来了。她欣喜地等他到凌晨四点。听到车响，迅速钻进被窝，假装睡着。她好奇丈夫见到她后会如何作为。她也想在他轻手轻脚去亲吻她时，猛地弹起身，吓他一跳。为了健康考虑，她决心摁住虚弱的身体里开始涌动的情欲。恶露拖得有些长，褐色的黏液，斑斑点点，淅淅沥沥，可是见到他，便什么都不顾了。他们做爱后，被一股突如其来的鲜血吓到，以致六点，天还没亮，给我电话要车去医院查看是否感染，两个人都像闯了祸的孩子，语气中满是后悔不迭的羞惭和忧虑。

我山路上的车开得又累又迷糊。有一段路，沿干涸的渠道开了很久都不见人家，目之所及，是天边绵延的群山飘忽不定的暗影。松鸦、斑鸫和红喉鹨像突然想起来似的叫几声，提醒我们正身处熟悉的故乡。

我恍惚记起喻晴的出院单上，医生好像特意用笔圈出强调：阿莫西林和益母草胶囊一日三次；注意营养和休息；42 天严禁性生活。

我向他们确认了一下记忆力。

田丰叹了口气："是啊。都是她，我哪拗得过她啊。当然喽，也要怪我。"

"是我。怪我，你们怪我。"喻晴笑嘻嘻地安抚我们两个。她后来说，产后她感受到，她的爱情已在情欲之上，是一种比情欲更深沉、比快乐更深刻的东西了。

因为丈夫回来了，母亲回家筹备过年。一切职责都转移到丈夫这里。田丰虽初为人父，但从不说哪样事情不会做，做不好。他不认为给婴儿剃胎发、剪指甲、洗头洗澡、穿衣换裤，需要祖母辈的经验。他也不认为每天给自己女人洗脏内裤，有失身段。过了好些天，喻晴希望婆婆能接管婴儿一夜，这样她能从从容容地和田丰聊聊天，睡个久违的整觉。

可是婆婆像听了一个不可思议的笑话，问她儿子："咦，你怎么不自己带？”

她想都没想的拒绝让田丰很恼火。但直到他准备带着妻女和母亲去广州，再次被拒，他才把心里那句话说出来：“妈妈，我知道我不能指望你。我九岁就知道，我永远不能指望你，你和爸爸。”

他的母亲听了这话，也有点难过：“我担心我的身体适应不了城市。你知道的，我一辈子没出过省。到时病了，反而拖累你们。”

“你答应我了，小晴刚怀孕，你就答应我了。你想过我在外这些年吗？你们了解过吗？”

“我记性也不好。城里路多，我不记路，把小孩丢了怎么办？——如果你们非要我去，我就去吧。”

喻晴心下一凉：“你要去就欢欢喜喜去，要不就不去。我们不会非要你去。”

“对。我们不会非要你去。”

“那我，不去吧。”

喻晴的母亲更不可能去。问都不必问。她还有个小女儿在镇上读高中，走读，成绩像当年的姐姐一样优秀。她的丈夫做着伙食自理的捞沙石的辛苦活。她的父母和公婆都已年迈。这个嫁出去的大女儿，是她的心头肉，也是她众多亲人中的一个。

眼下有三种方案：一、喻晴留守老家带娃；二、喻晴带娃去广州，做全职妈妈；三、喻晴出去上班，换租个两居室，请个住家保姆。

首先，出于无法与外人建立完全的信任感，第三方案马上被田丰否定了。它的不合适还有，每月硬性开支将由一万五千元起。田丰月入两万元，喻晴薪水一万五千元，长此以往，盈余很少，这将意味着一贯意气风发的两个人，未来无法在更加开阔自在的层面发展。直接说，如果你不拼命工作，同时机遇很好，你将处处受限，不必设想未来。

剩下的两种选择更不行。喻晴拒绝做全职妈妈，这挑战了她的底线。她不容置疑地说："没错，有人很享受做全职妈妈，但可惜，那不是我。相比做全职妈妈，我还有最后一种选择：离婚，不要抚养权。"

最终，他们还是找了住家保姆。生活多么辛苦，又多么幸福，多么不安，又多么扎实，我们外人一概不知。他们的朋友圈也不再更新，像两艘悄然沉没海底的邮轮。第二个新年过去了，他们没有回来（其间喻晴的母亲和妹妹去过一次广州）。有一天，我发现他们退出了家族微信群。我们这些人，连同我们的故乡，像一截没用又发炎的阑尾，被割除、丢弃了。他们的女儿苗苗，照片上眉目清朗，视频里能唱会跳，内外都像热带植物般正茁壮成长。她不再像父母当年，如候鸟两地迁徙。她将是一棵没有记忆的树，在异地扎根下去。

成为单身母亲

1

沈涓说，他来到她的身边，是天意；他成为她的前夫，看似是她的意思，其实是两个人共同把这段感情推向了分离。

六年前，沈涓 27 岁，在义乌一家公立医院当护士，业务熟练，同事和睦，困扰的只有个人生活。她还没谈过恋爱，一次也没有，心下不免疑虑，对自己犯嘀咕。沈涓个子高挑，骨肉匀停，眉清目秀，定定地看人时不住点头，好像天性就很容易相信别人。鼻头圆润，嘴唇小巧，都有点往上翘，这给她增添了一种天真淘气的小女孩气质。

护士们说，对象不好找，问题出在打扮上。她身高一米七，爱穿七厘米以上的高跟鞋，这容易给男性的自尊造成压力。但她不愿意割舍。她觉得穿高跟鞋是女人的特权，能带来神奇的魔力，一穿上高跟鞋，她含胸驼背的毛病就好了，走路带风，精神振奋。护士们说，沈涓看上去不像一个小护士，倒像是院长夫人。不过她们也说，沈涓你要想嫁出去，一是不要穿高跟鞋，二是不要涂那么艳的口红。

某种程度上，她们说对了。沈涓遇见他，是在泳池里，既没穿高跟鞋，也没有涂口红。

那是 2014 年的初夏，天气转暖，只是下水还有点冷。三月份生日，沈涓送了自己一张酒店的游泳年卡做礼物，4000 元，差不多花了一个月的工资。她小时候在温岭海边的一个镇子长大，特别喜欢在大海里游泳。这家酒店的泳池只有三百多平方米，每条泳道却接近 40 米长，即便是淡季，也无法保证每个人都有一条独立泳道，你蹬腿时会踹到一张陌生的脸，你的脸也会被陌生人踹到，这种情况不可避免。对新手来说，出水道歉容易打乱身体的节奏，引起呛水，所以即使被冒犯，大家也习惯把头埋进水里，当作什么也没发生。

那天，沈涓游到泳池中间，听见身后传来劈波斩浪的水声，扑通，扑通，大得吓人。与此同时，无数白色的小气泡从水底翻滚起来，弄得她的双腿有点痒。她怕挡了人家的道，只好加快速度游到尽头，等回头一看，却看到了非常好笑的情景。那人虽然摆出过江龙的阵仗，想把整个泳池的水都翻搅起来，然而，那水却像固凝胶一样黏住了他。他前行的速度慢得可怜。换气没问题，压胸扑水时发力不对，划手和打腿的配合没有掌握要领。沈涓饶有兴致地观赏着这个蝶泳初学者。他肩宽腰窄，双臂相当粗硕，手掌插入水中时，溅起白花如浪，头部出水时，带动胸脯跃出水面，展现了出色的力量感，光凭这一点，她就感到赏心悦目。

折返时，她用娴熟的自由泳挑逗他笨拙的蝶泳，与他保持着不远不近的距离。她听着他在身后张开臂膀扑上来，把水声搅得像瀑布声，感受到一种震怒的野兽追逐小猎物的气氛。这是特别的调情，刺激而美妙，皮肤的神经仿佛在水下苏醒，四肢如此轻盈流畅，她甚至想从高空俯瞰一下自己的泳姿，一定优雅而美丽。

他们就这样一言不发地追了几个来回，终于停下来，伏身在池边休息。两人被两条浮标线划在一条狭窄的泳道里，哪怕看向别处，眼角的余光也无法规避对方。她忍不住一再瞥向他。在医院工作时，她不得不靠近很多男性赤裸的身体，隔着手套拨弄他们的私密部位，那些被疾病或横祸摧毁了的身体，除了引发她的不适和怜悯，没有别的感觉。她还从来没有靠近过这么健康的男性的身体。她感到自己的紧张。

“你在学蝶泳？”她主动搭讪他。

“是啊，学起来可累了。”他像她一样摘下泳帽和泳镜。她一见钟情，浑身涌起一种全新的感觉。她小心应对着，给他指出问题的关键：“你别那么依靠臂力，用腰部发力试试。”

当天下午，他学会了七八成，为了感谢她，要请她吃饭。于是她知道了他单身，大她三岁，余姚人，是做健身器械行业的，与朋友合开了一家小小的外贸公司。过去一年半，他们把哑铃、拉力器和俯卧撑支架这些小玩意儿卖给中东的阿拉伯人，虽然还没能赚回前期的成本，但也开始扭亏为盈。这会儿，他满脑子想的是怎样把跑步机、动感单车、坐姿推胸机那些大家伙也卖出去，以及开拓除了沙特和埃及外的更多客源。至于结婚生子，他说，在遇到她之前，他压根还没考虑过这事。

2

她初恋来得晚，像老来得子一样心花怒放。他呢，为了让她尝到情欲的甜头，很是动了些心思。交往两个月后，她让他搬来同居。过了一个月，她怀孕了。

婚礼办得很朴素，连对戒也没去买，婚纱照没有拍，因为正值初秋，天气炎热，她不想在烈日下被人像牵线木偶似的摆来弄去。这些事情，他都听她的。他父母下彩礼十六万八千元，她父母陪嫁九万八千元，都打进她的银行卡。婚宴只邀请了双方的近亲好友参加，人情礼金却不少，加上婚礼上长辈给的大大小小的红包，一共有现金五万多块，婚礼当天都被她锁进贴着“喜”的衣柜抽屉里。过了几天，她想把这笔钱存进银行卡，却发现钱不翼而飞。问他，他说借给他的母亲了。他父母是果农，在余姚乡下承包了一座小山种杨梅，今年夏天杨梅收成很好，售价也高，他们想把村里的另一座小山也承包下来，种上白杨梅，租期三年起签，正缺这租金五万块。

她听了，表面上没说啥，但是心里对婆婆背着儿媳跟儿子拿钱的做法很不满。碍于新婚，她没有找婆婆说，只是警告丈夫，以后每一次大的支出都要告诉她，因为这个家由她来管经济。他生了一会儿闷气，同意了。

婚后第一件不愉快的事便到此为止。因为怀着身孕，她注意让自己保持心情愉快。事实上，怀孕前期，她大体延续了热恋时的甜蜜满足。每次孕检都正常，连呕吐厌食也没有，反而因为雌激素的激增，她气色红润，像一颗饱满动人的浆果，身心充满了对他的依恋，跟着嘴上也说了很多甜得发腻的废话。她看台湾女星胡因梦的传记，胡因梦讲她在孕期离了婚，受蓬勃的无处安放的情欲鼓动，整个人无比焦躁，站在窗边看外边，很想从街上随便抓个男人进来——可怜的孕妇，多像一头笼中雌兽啊。她庆幸自己有他在身边。

过了小半年，他们要回余姚父母家过年。这是她第一次去他家，也是唯一的一次。两层楼房背靠一座小山，山上种满杨梅树，墨绿的枝叶挨挨挤挤，倒映在山下水库的碧波中，清幽恬静。水库三面环山，另一面筑起高高的堤坝，可以俯瞰乡村的农田和房屋。她每天都去堤坝散步，有时跟丈夫，有时跟婆婆，心情都很好。她还期盼着来年夏天，她要跟他下到水库里游野泳。

一天散步时，她问起婆婆承包的两座小山，婆婆笑她不懂行情，杨梅 20 元一斤，这里家家户户种杨梅，哪家会把自家的山林租给别人哟。什么意思？她心里一紧，提起婆婆跟他借钱的事，没想到婆婆吃惊地瞪着她，像遭到污蔑一样高声道："我没有跟他借钱！"说完她恍然大悟，感到左右不是，最终忍不住指责了这个经验不足的儿媳妇："钱的事，你要管好他呀！男人是抓钱的筢子，女人是装钱的匣子，钱没管好，你也有责任的呀。"

她找他对质，他支支吾吾说，其实钱是借给他初恋了，初恋儿子生了大病，急得天天哭，实在太可怜了。她气得发昏，却一句话也说不出来。他"扑通"一跪，认错，赌咒，说他们之间没有发生什么，钱很快会还，她不要气坏了身子。说着他流了好多眼泪，又是抽自己嘴巴又是亲她的肚皮。他情绪上对她表现得如此强烈、在乎，也是很少见的，连她自己都感到诧异和心疼。看在肚子里孩子的份儿上，她骂了他一通，然后相信了他。

3

2015 年 5 月，女儿梅子出生。住在产后病房那几天，她常有恍如隔世之感。一夜之间，身心巨变，瞬间坍塌下去的，除了高耸的腹部，还有很多难以言说的东西。她虽然没有因此而抑郁，却也告别了高涨的甜蜜状态，变得平静下来。她对他的情欲消失了，看待他的眼光变得理性而多维，对他的要求也随之多样化了。一年前初次相见时，他仅凭外貌带给她的纯粹的好感和完美的印象，永久地失落了。她有点怀疑，这是不是因为大自然的诡计至此已经完成，它懒得再抖落那些甜美的幻象来哄骗你。

人在日常生活中所产生的情绪、精神和灵魂层面的东西，既复杂多样，又层出不穷，如果不注意观察，总结规律和经验，将会很难对付。对此，他不能像满足情欲那样轻易满足她。而她认为，她的要求都是作为丈夫和父亲的基本要求，并没有超纲。她像当初学蝶泳那样指点他，可他不愿意学。他说，工作已经很累了，回到家里，他只想躺在沙发上玩玩手机，放松一下。她问他工作的情况，公司虽然处于初建阶段，可迟迟没给家庭带来收入，真让人心焦。他反倒鄙薄起她来，讥笑她整日打交道的不过一个头脑混沌的婴儿，相比而言，他打交道的阿拉伯人头脑可太精明了，为了挣钱养家，他每天得死多少脑细胞哩。

有一天，他跟她说，他从朋友那里知道了一个很不错的投资机会。一个饭店的老板要在商贸城里开一家分店，急需资金，如果他把家里的30万元存款借给他，利息可达12%，每月返还3000元，半年后归还本金。利润好，又是朋友的熟人，不担风险。他说了一大堆，她同意了。出于谨慎，打款那天，她去见了对方，三个人一起去的银行。对方的欠条和银行的流水单都交给她保管。他后来告诉她，每个月的利息都如期转到了他的账上。

那时，她正在休产假，独自照料女儿，忙得不可开交。她在乡镇卫生院上班的母亲答应提前办退休，在她产假结束后过来帮忙。近身照顾母亲也是父亲的遗愿，她太需要一个帮手，也太需要一份社会生活。她想，到了那时候，即便他不能在家务和育儿中搭把手，她也不会跟他吵了。即便他不能帮她应对情绪的波折和精神的苦闷，也不必计较，因为她还有充实的工作和朝夕相处的同事。她设想，如果她不指望他那么多，她的日子会好过得多。

她曾经多么天真啊，做出一些激动的样子来给他看，试探他的反应，恢复自己的信心。有一次，梅子被传染手足口病，高烧，手脚和喉咙里全是水疱，喝水都痛。她吃不下东西，睡不安稳，白天黑夜只是哭。这病要一周左右才好，对孩子和大人来说，都是度日如年。半夜，小梅子哭个不停，她抱着她在房间里走来走去，他在床上鼾声如雷，偶尔翻个身，嘟囔一句："好吵，去客厅哄吧。"她考虑这一家之主白天辛苦，晚上的睡眠尽量留给他。但那个晚上不知怎么，她就是不想强撑了。孩子哭，她也哭，比孩子哭得更大声。她心里期待着床上睡觉的人爬起来，接过孩子，说几句安慰的话，那么，她一定会擦干眼泪安静下来。

可他醒了，四下扫了一眼，不耐烦地说："还要不要过日子了！要不一起死了算了……”他用男人的吼声去覆盖女人和孩子产生的哭声。没有奏效。他一跃起身，踢飞凳子，试图产生足够的威慑力镇压她们。可是孩子反倒受了惊吓，哭岔了气，吃进去的一点东西全吐掉了，乳白的黏液糊了一脸。

她从他扭曲的神情里捕捉到什么。她感到害怕。他从她怀里抢下孩子，打开窗户。这是十七楼，风从漆黑的夜空呼啸而过，远处几点微弱的车灯在移动。他抓住孩子的手臂，把自己的手臂连同孩子全伸到窗子外面，不停地摇晃她："再哭试试，再哭我摔死你！"不满百日的孩子，明明没到能感知危险的年龄，却听懂了似的，马上噤了声，双眼俯视着大地，小身子在空中抖。

这件事过后，她再也没有在他面前示弱。他竟然可以那么凶恶，使她对他有了一种既不屑又畏怯的情感。以前她会设想自己的处境：人生漫长，如果伴侣不能协助她处理精神上的问题，当她遇到精神危机怎么办，难道只好成为那种失常的女人吗？

她觉得自己的要求很可笑，很做作。她感觉到原来那颗对他火热的心在冷却。

产假快结束时，她所在医院的一位同事要换房子，想把原先的那套三居室连同家具电器都卖掉，可以直接入住，价钱给得也很实惠。她考虑到母亲要过来，孩子会长大，而她手上这套四年前买的二居室已经容纳不下这么多人口了。上门看过后，她心动了。

那天晚上，丈夫一到家，她就跟他商量这事，要他跟饭店老板打电话，把30万元本金取出来，利息不要了；还要他给他初恋打电话，要回那五万块欠款。她还说，不要不好意思，已经借了大半年，又不收她利息，你算是仁至义尽了。

他支支吾吾地说，实际上，他初恋早就跟他断绝联系了，那五万块没有借给谁，是拿去还了他以前欠下的债。什么债？他无论如何不肯说。她被某种可怕的直觉击中，急切地询问投资的 30 万元，他盯着地面不看她，沉默地拖延时间，急得她掴他的头皮，打他的嘴巴子，他恼火起来，说那钱一开始就打进了债主的户头，她本人在银行亲自操作的。

她不相信，想不明白一切究竟是怎么回事。她震惊，愤怒，伤心，死心。共同生活的力量是巨大的，他已经长成她体内的一块骨，要把他跟她剥离，她可谓尝到了断臂求生的滋味。拖到梅子 11 个月大时，她离了婚。走到最后一步，他也不讲到底是什么原因让他欠下那么多的债。她什么方法都试了，也表示愿意跟他一起还债，他还是不讲真话。这个她原本最爱最亲的人，却背着她有一个幽暗不明的世界是她看不透的，这让她感到相当的无助和恐惧。

离婚后一年多，她的心情平复多了，还是会偶尔琢磨这件事。她没听他抱怨过生意上遇到资金的麻烦。他傍晚按时回家，周末也多数在家，喜欢躺在沙发上玩手机，她检查过他的手机通讯录和社交软件，不像外面有人。后来，她了解到网络赌博，想起在他手机屏幕上偶尔瞥见过的骰子和扑克牌，心痛不已。

4

离婚时，没有什么财产要分割。他主动放弃了抚养权。她性子刚烈，又实在不想跟他有什么往来，放弃了抚养费。梅子改随母姓，从此成了她一个人的女儿。

在她真正起意离婚的阶段，她心里觉得非常憋闷，强烈的挫败感和深深的悔意围困了她。她责骂自己愚蠢，结婚是个错误，让她受了骗，受了害。最难受的是，她觉得对不起女儿，也对不起母亲，因为她没能让母亲的女儿有一个美满幸福的家庭。她最怕悔恨和不甘的心态将延续到未来。她警告自己决绝一点，要振作精神，活得漂亮，可是有时连她自己也无法把握自己。从民政局出来时，她和他站在公交站牌等车，她的车先来了。上车前，她忽然把口袋里的四百多元现金全掏出来，塞给他，什么也没说就走了。

一回到家，她大搞卫生，把他遗漏的打火机、剃须刀片和手机充电线全扔了，把床铺、沙发和饭桌的布局挪换了方位。她不想留下他的痕迹。她想起女儿，好在梅子的长相完全随她，只有一种看不见的易发烧的体质来自他。正是从离婚这天起，她开始给梅子讲睡前故事，更加用心地对待孩子。咿呀学语的梅子可以跟人互动了。妈妈问，小老虎在哪里呀？梅子的手指在书上一点，稚嫩的童音像春天的花骨朵儿绽开，在这里呀，在这里呀。母女看完小画，关了灯，在被窝里回顾刚才的故事，梅子总要搂着妈妈猛亲几下，奶声奶气地示爱，她的示爱随着年龄的增长日益完整：

“妈妈，爱。”

“妈妈，爱你。”

“妈妈，我爱你，你爱不爱我？”

“爱，当然爱！宝贝，我的宝贝！”

对她来说，没有什么比女儿的小身子更柔软的了，也没有什么比贴着女儿睡觉更甜蜜的了。

工作之余，她沉醉于当妈妈的幸福中。奇怪的是，明明孩子将近一岁，她却像刚刚品味到这份幸福，大概是当初花了太多的注意力在他身上吧？那时，她不仅操心他如何做他的事业，也操心他如何做父亲。她曾以为自己在家务上对他心存依赖，现在才明白那不是依赖，而是驯服——因为她叫他帮忙泡牛奶啦，倒好洗澡水啦，这些事情她自己胯上挂着孩子也能做。身体的辛苦没什么，她只是不甘心活儿都给她做了。当她教孩子叫爸爸、拿勺子、拉拉链的同时，她还在思虑着怎样教一个男人履行做父亲的责任。他可不是她的孩子，有成人的自尊心，教起来比孩子费力多了。然而她固执地想驯服他，期盼他做一个有担当的父亲，不然，她会觉得太不公平。那会儿她初涉婚姻，天真地想从婚姻中得到公平的对待。道理往往是事后才明白的。

离婚后，他和他家族那一边的东西都不必考虑了。连她自己也感到惊奇的是，生活中有一种充满新鲜气息的自由慢慢渗入进来。很多人受不了自由，不过她欣然拥抱了它。

有一次，梅子夜里发烧，吃退烧药也不管用，她请了假陪护，晚上每隔20分钟更换冷敷的毛巾。到凌晨四点，母亲来替她，母亲说："你看，一个人带孩子，辛苦吧？"

"两个人就一定不辛苦了？"她笑着反问母亲，"有那种猪队友，你忙你的他不管，他径直在边上睡大觉。"

母亲说："也有好男人的。"

"等我碰到了再说吧。"

"你请朋友介绍，让人家先把把关。"

"不要，我觉得现在这样很好。以后呢，梅子的事也都我一个人说了算，免得为了读哪所学校、要不要报兴趣班、谁去接送她，跟人吵。”

母亲比她多活了很多个年头，当然预料得到她即将面临的难处。母亲说：“关键是收入。挣钱养家，双职工家庭当然比你一个单职工要好得多。”

5

成为单亲妈妈以来，她越来越感受到，经济是家庭的命脉，而她是一家之主。从血缘上说，这个三口之家，她处在一个承上启下的位置。她为母亲和女儿思虑很多。2017 年春节过后，朋友给她介绍了一个深圳的工作机会，去一家整形美容医院当护士长。她面试通过后，在深圳短暂停留，找中介租好房子，回义乌辞掉公立医院的职位，把义乌的房子委托出租。一个月后，她带上母亲和女儿到了深圳。一切都快得不可思议。

护士长的工作很忙，事无巨细都要操心，不过待遇好，月薪两万元，比在义乌时翻了四倍不止。相应地，深圳的生活成本也高得多。她工作的医院在福田，租的两室一厅离医院不远，为了方便母亲带孩子，她租了一个治安和环境比较放心的小区，于是光是房租，每月开支就 9300 元。

经济压力大，她对工作抱着很高的期待。熟悉深圳的医美行业后，她跳槽到另一家医院，薪水涨幅不算大，但也够支付一家人的菜钱。她做事细致，能站在别人的角度考虑问题，很注意维护人际关系，很多病人回头找她。隆过鼻的咨询开眼角，开眼角的问垫下巴，下巴垫好了问磨颧骨。在这不能穷尽的怪圈里，她们追求着短暂的自我认可。这样做女人背负着多余的苦痛，然而大环境为她们的选择提供了鼓励和便捷手段。深圳地铁站的墙壁、过道、车厢乃至车厢玻璃门上，整容整形、在职教育、信用卡的广告图文铺天盖地，刺激人对自己的外貌、学历和存款产生自卑和焦虑：

为什么他在女士车厢也不给你让座？

——当你变好看的时候，发现身边好人都变多了！

和他在一起为什么总是吵架？

——也许你们三观不合，毕竟他是名校毕业生。

学习努力点，将来考个好大学。

——妈妈，以前你读的是哪个大学呢？

她读的是专科，21 岁毕业，来深圳时已 30 岁，她很少再想到自己的学历。她希望梅子将来考个好大学，但她不希望母女展开这么一场酸涩的对话。她不希望梅子在地铁里受这样的启示，接受这种城市文化的熏陶。这么想时，她觉得委屈极了，因为她为梅子的教育付出了昂贵的价格（可以料想未来价格更高），然而他们所能提供的教育却不一定能让她满意，甚至是，放心。

2018 年 9 月，梅子上幼儿园了。因为她们没有深圳户籍，也没有在深圳购房，梅子没能申请到公立幼儿园。私立幼儿园考察过多家。她也曾考虑省钱，把梅子放进一所设施老旧、师资较弱的幼儿园，但很快就发现了问题。梅子在这里没有学到什么。上课期间，老师按学校要求，不停地往家长群里发孩子们的短视频，怎么还会专心教学？老师只是做做样子，孩子们也一个个蔫头耷脑。梅子去了一周后，人变得闷闷的，无论怎样都不肯去了。她担心孩子的适应能力，想起当初好些妈妈劝她送孩子去早教班过渡一下，她们说，幼儿园里小朋友多，老师管不过来的，不能独立可不行。早教班很贵，她舍不得，又觉得妈妈们讲得有道理，于是劝母亲带梅子去各家试免费的课。

她要换一家幼儿园，那段时间，她一有空就带梅子去双语幼儿园体验。梅子第一次上外教的英文课，她在门外观察，担心孩子紧张，没想到梅子被表情夸张的外国人逗得咯咯直笑，还学回家五个英文单词。

回去的路上，梅子很开心地说："妈妈，这里好棒。"她哭笑不得，哪舍得跟孩子说，这家每月一万多块的学费是她供不起的。所以后来，当她终于问到一家学费 6500 元的双语幼儿园时，她像赚到了似的忙把孩子送了进去。

她想方设法开源。有深圳的熟人需要打水光针和瘦脸针，她冒一点风险从供药商那里拿药，上门服务。有老家的朋友需要买奶粉、玩具、化妆品和品牌衣饰，她周末跑一趟香港做代购，赚份汇率差。朋友又介绍了朋友，她干脆拉了微信群，做起微商。支持她生意的，很多都是全职妈妈和二胎妈妈。

工作日她早出晚归，休息日也从不休息。周六早上拖一只行李箱过海关，晚上八九点满载而归，周日打包和快递，剩下不多的时间就陪孩子。她们都知道她这单亲妈妈当得很不容易。她呢，虽然痛恨别人用同情和怜悯的眼光看自己，却也希望她们的同情心给她带来更多的生意。事实上，除了那一点点虚无的本能的自尊心，如今她很少想到自己。

这两年，她瘦了十多斤，胸部和屁股塌了，眼角的笑纹越来越深，港粤人喜欢说的“粉嫩嫩”是很难说得上了。母亲忧戚地看着她，说时间过得很快的，你这么下去，是要把自己耽误了。

6

刚离婚那会儿，她倒是急于摆脱单亲妈妈的身份，如今，她好像在故意不作为地让自己单身下去。不能说她麻木了，习以为常了，而是因为她经历了一些事，走过了幽明起伏的心境，想法已经发生了彻变。

三年前，刚来深圳不久，有同事给她介绍了一个男人。男人比她大挺多，四十来岁，南山区公立医院的副主任医师，妻子病逝，留下一个读初中的儿子，父子俩住在塘朗山下早年买的一套公寓里。她去见真人之前，听同事分析了这个人，然后母亲又给她分析了一番。母亲很中意，说她如今的工作在体制外，不稳定，那找对象得找一个体制内的，万一她哪天失业了也不怕；以后要养老，体制内的单位退休金也高得多。母亲的忧虑在，不知对方的儿子性格教养怎样，尊不尊重这后妈。她想到自己一转身，要给人当后妈了，不禁感到恍惚和哑然。

这是她第二段恋爱，感觉与第一段完全不同。见他时，她觉得他腰围和头围太大了一点，显老，仿佛再过几年，他就是小区里那种遛孙儿的和蔼可亲的老头儿了。表面上，他与她前夫是完全不同的一种男人，内里也完全不同。他居然会跟菜场小贩讨价还价，爱做家务，做饭菜很讲究营养。明明工作很忙，却对煲一锅靓汤不乏耐心，所以即使做清淡温润的粤菜也能做得非常可口。这位医生不像前夫那样一下子吸引她，没有让她心花怒放地坠入情网，却润物细无声似的，慢慢引发出一种让她心疼、心软的情感。她和他都是当爸又当妈的人，强劲和温柔是必备的品质。知己的人懂得珍惜。也许真的能重组一个完整幸福的家庭。

怀着这样的期待，她工作之余尽量跑去见他，为了多些时间陪陪女儿，她也经常带女儿过去。他和她女儿相处融洽，她和他儿子关系也友好，每个人都待在自己的安全范围内，连孩子也从没讲过什么过火的话。这样，她和他顺利地谈了四五个月。这得益于她的包容。事实上，没多久她就发现他在性爱上不能给她带来愉悦，哪怕是在月经来临前的个把星期，她身体本身因为激素和欲望高涨而容易取悦。看来有的人天生对这些事没有热情。要命的是，和他亲热过后，她会克制不住地想念前夫。有的感觉你就是终生不忘。

不过就在她决定对此事多磨合时，发生了另一件事。有次散步闲聊，她问他对未来有什么长远的打算。他年龄大了，她希望他葆有对事业和生活的热望，因为这不仅能为梅子提供更好的物质条件，也能营造积极向上的家庭氛围。在她眼中，那种充满干劲的男人也更有魅力。

他想了想，笑着说，如果能实现的话，那此后人生最大的追求，就是给儿子买一套房子。

她愣了一下，觉得这话有说不出的怪味，不过还是开玩笑地问，不是应该买两套吗？给梅子也买一套。

他说，深圳房价这么高，买一套都不容易呢。好在你那边是女孩，女孩结婚，不用给她买房的。

她母亲听说她分手，感到很遗憾。她逗母亲，因为人家想找个跟他一起买房的。母亲狐疑道，那不正好吗？她苦笑，给他儿子买婚房咧。母亲不说话了。

她领略了重婚之路对单亲妈妈是严苛的，于是索性先不考虑。慢慢地，时间成为她的伴侣。护士长的工作得到认可，代购微信群里的客户越来越多，她觉得自己当初可算小瞧了自己。向另一个人寻求庇护的想法淡了。后来听多了她们的苦恼，比对自己，试想要给她换成别人那种全职太太、全职妈妈的角色，她可不愿意干。她要过自己的更加真实丰富的生活，哪怕它包含了真实的辛劳和丰富的痛苦。

她如今能比较泰然，背后有一个思考方式的转变。二十多岁时，她听了很多的教导：女人要为自己而活。不要像妈妈辈那样一生为了别人。爱自己，买买买。女孩被鼓励释放自我的欲望，张扬自我的个性。在如今的她看来，那时的她，本质上是一个并没有什么个性的自私冷漠的女孩。

等她成为母亲，又成为单身母亲，一切为了孩子，她不再为自己着想，不去计较自己大好的青春是不是被浪费，也不去怜惜自己是不是一辈子荒废了。她隐约感受到，当她完全忽视自己，她的心情变得开朗多了，日子过得可爱多了。也许幸福的秘诀是，世界上最幸福的人，不是那些为自己追求幸福的人，而是为了别人的幸福而浑然忘我的人。她把这当作实用的经验每天使用，以期让生活变得容易一些。

消失的女友

1

2018年11月的一天晚上，岑琴的母亲突然收到一条短信：“岑琴病了，要去冶病，请把尸口本寄来。”

这么简单的一句话，却有几个别字，但意思让人明白了。话也可疑，治病怎么要户口本呢？又不是办结婚证。莫非是传销？这号是江西的，岑琴难道从佛山去了江西？可是岑母一时顾不上这么多，两年来，包括派出所报案的回执在内，这条短信是关于岑琴的唯一音信，必须牢牢抓住。

岑琴的户口原在出生地湖南宁乡，因第一次婚姻转到了邵阳的婆家，后来一直没去办理迁移，她母亲的手上什么也没有，但还是先答应对方：“好，户口本太重要了，邮寄怕弄丢，我亲自送来。你告诉我详细地址吧。”

跟岑母同去江西寻乌县的，还有她四个走南闯北见多识广的侄子。怕起事端，他们先去派出所请了两位民警同行。地广人稀，山重水复，他们曲曲折折地跋涉了两天才找到那户大山里的人家。出发时是11月18日，岑琴28岁生日前一天，相见时已是20日早上。广袤巍然的群山之中，两间破小的黄土屋，门前一块杂草丛生的土坪，几只母鸡跑来跑去，屋里屋外地拉屎。岑琴戴着一顶高高的鲜红的毛线帽，从土坪这头走到那头，从那头走到这头。她穿一身老太太的红底黑花的睡衣裤，裤管短而肥大，向上吊着，露出她纤细的小腿，脚上也是一双老太太穿的蚌壳形状的黑棉鞋。她扫了一眼来人，眼神空洞无物，毫无悲喜，慢慢地，她把目光移到她的母亲身上，好像在回想什么。

此情此景，母亲起了哭腔："我的女儿啊——"

没有反应。没有人喊妈，没有拥抱，没有笑，没有哭。什么也没有。岑琴收回眼光，继续从土坪这头走到那头，那头走到这头，她的母亲这才发现她肩胛骨上下耸动，走路一高一低，幅度大得像在踩坑。她完全瘸了。鞋面和裤脚上沾满了鸡屎，她也毫不在意。她露出的手背皮开肉绽，血块正在凝固。两天后，她的母亲带她回湖南的家，给她清洗身子时，将会发现她的身上瘀青重叠，伤痕累累。

一个身板精瘦、面相很凶的老妇，一只手抱着婴儿，大声叫她的儿子过来。那男人正像孩子玩泥巴似的在屋檐下和一堆黄泥，也不搭理人。老妇很生气，拿扫把去打他："来贵客了，你瞎啊，还不快去搬凳子！"

那男人再看来客，脸上堆起讨好的笑，忙从兜里掏出身份证给大家看。他四十三岁，看上去像六十三岁，穿件砖红色的旧棉服，铅色的棉絮从绽开的洞口跑出来，沾得满身都是。他比岑琴矮一个头，秃顶，外貌令人不适，一张鞋拔子脸，下巴伸得跟鼻子等长，眼睛和耳朵不对称，模样奇形怪状的。他们问他的过往，他用夹杂着江西话的普通话讲，他是在佛山顺德做快递员时认识的岑琴。那里有个公园，一些年轻人喜欢去，当时有四五个男人在追岑琴，岑琴选择了他。因为有一天，她在公园的林间道上发了什么病，倒在地上，浑身哆嗦，抱成一团，直叫冷，冷，妈妈冷，是他把她带回了出租屋。

岑琴的母亲用方言跟侄子们说："不要信他的鬼话。"她握紧拳头把指甲掐进肉里，才尽可能抑制自己的愤怒和眼泪。她跟侄子们解释说，岑琴当时有十八九万元积蓄，是她多年工作和省吃俭用攒的，现在身上一分钱也没了，手机也没了，四五个男人追求她？屁话，都是追她的钱去的。

男人说："我没有见过她的钱。"

"钱散了就散了，那人呢？你们为什么虐待她？"母亲心如刀绞，提起岑琴的手背对质，岑琴吓得抽回去，嘴里呜呜咽咽的，跑进屋里去了。那婴儿忽然笑出声来，一下子又哭了。也是一个女儿，一岁两个月大了，脸庞圆圆的，肤色雪白，衬得眼睛黑溜溜的。跟她同母异父的姐姐一样，她俩完全复制了母亲的容貌。

老妇话讲得梆硬，说她不是无故打人，是因为岑琴不会带孩子，白吃了她家的粮食，打得多，就乖一点。

听得在场的岑琴的堂兄们悚然，这个世界到底包含有多少个迥异的世界？

2

十五年前，小学升初中的那个暑假，一天傍晚，岑琴的爸爸第三次来到我家。两家相距三四里，他家靠公路，我家靠山，中间隔着水坝和稻田，他抄近路，走田埂来的。天还没有黑透，灰蒙的光笼罩着整个村野，妈妈为了省电，没有开灯，屋里很暗，客人随意地拖把椅子在门外坐下，妈妈把茶水端了出来。我当时十三岁，拘谨而担忧地站在一旁，看着客人高大肥胖的身躯把小木椅压得咯吱响，生怕他会把椅子坐坏，摔在地上。

他跟我妈妈建议道："您也把女儿送到县城实验中学去读吧，乡中学教学质量不行，她学习好，又跟我家岑琴是好朋友，她俩能做个伴儿。"

妈妈停下手里刨的丝瓜，看看我，犹豫了一下，还是摇了摇头："县里的学校太贵了，我们家送不起。"

妈妈持家勤俭，是因为爸爸靠手艺挣来的钱既来之不易，也没有富余。岑家是开加油站的，在大公路边上，住一排金黄色的大楼房，门前四根大柱子撑起四四方方的水泥雨棚，两台红白相间的大加油机非常醒目，仿照中石油、中石化加油站的格局。岑家的加油站红红火火地开了十多年，把当地和过路的卡车、面包车、拖拉机、小汽车和摩托的生意都独揽了。

岑叔讲教育，讲孩子，比对乡中学和县中学，都有道理，也有明证。一个月前，他家刚办了一场盛大的升学宴，亲朋所赠的锦绣前程和鹏程万里的匾在大厅墙上挂不下了，只好靠墙叠放在角落。

他的大儿子岑笛考上了上海财经大学。在岑笛之前，上海北京那种地方，听起来像天上的风，从来没有跟我们湖南这个荒僻的村子产生过什么交集。而岑家的小女儿岑琴去考县城的实验中学，也顺利考上了。

我妈妈感到很不好意思，反复讲，绝不是我家不把女孩当回事，实在是没钱，送不起。哪怕岑叔帮着出了学费，还有生活费、寄宿费、书本费、来回车费，开销太大了。岑叔走后，妈妈叫我不要介意，我家的情况是大多数，岑家是极少数，因为整个小学也只有岑琴能去县里读初中。

就这样，我跟童年时最好的朋友分开了，告别了每天放学去她家一起做作业的日子。她的房间宽敞洁净，桌子很大，很白，有一个圆弧形灯罩的台灯，灯光也是白色的。她的爸爸脾气很好，总是笑盈盈地端来豆奶和水果。做完作业，我们在二楼玩躲猫猫，她家房间特别多，门一道穿过一道，家具又多，像个大迷宫，找个人要找好久。

那时，我个性羞涩软弱，常被其他同学欺负，动不动就哭，班里只有岑琴这一个朋友。她个子很高，外貌秀丽，开朗镇静，也不怕事，没有人欺负她。她好像很痛恨我的怯弱，有几次用大人那种恨铁不成钢的语气指责我：“只晓得哭，哭有什么用？人家打你骂你，怎不打回去，骂回去？”我实在没办法打骂回去。于是有次她气不过，狠狠地骂了那个把我书本点燃当火把玩的小男生。

在乡中学读初中时，我收到岑琴的信。信是她爸爸去县里看她，带回来给我的。她开头写，*my dear friend, how are you going on recently?* 我们都是初中开始学英语，但我不明白这是什么意思，这个句子对我而言太复杂了。我只好拿去问英语老师，老师说，没别的意思，你朋友问你过得好不好。我回信：岑琴，我过得不好，我没有考上重点班，初中的知识太难了，我怕是考不上高中。你在县城很好吧？那里一定很先进，我为有你这样一个朋友而自豪。加油。岑琴回信鼓励我，写了很多格言，有志者，不经历风雨，宝剑锋从磨砺出，并树立了一起考县里最好的高中的目标——亲爱的朋友，三年后，一中大门，不见不散。

初中的知识太难了，我没能考上县里的一中，去了另一个更加偏远隔绝的乡镇读高中。妈妈安慰我，那是刘少奇的故乡和母校，去吧，很光荣。我嫌路远，倒车多次，一路呕吐，泪眼模糊得分不清东西南北，后来三年连家都很少回。岑琴，听她爸爸讲，她成绩本来考一中没问题，但到最后一门考试，心理压力太大，她实在顶不住了，拿笔的手抖个不停，不受控制，只好弃考。按实验学校约定，没有考上理想高中的学生，可留在母校读高中。实验中学也不错，每年有两三百人考上大学，二三十个考上重点大学。但岑琴显然对这个结果不满意，她是那种理想化、心气高、个性强的女孩，也生怕己不如人。我们的约定落了空。加上分开日久，各自有了新的朋友，忙于新的困难，所以后来有三年时间，我跟岑琴没有见面。

3

2007 年暑假，马上就要进高三了，有天中午，我路过岑琴家，看见她爸爸一瘸一拐地从屋里出来，给一辆红色的大卡车加油。我们站在加油机前聊了几句，他笑着夸我长高了。可是，他老了，脸上的表情皱得像张风化了的薄脆的纸。五十岁的人，头发全白了，稀少的几根无依无靠地挂在头顶，身材却像气球似的膨胀起来。一条右腿残废了，是因为家族遗传的风湿病，骨骼和神经受损严重，又引发了一次中风。他平时都躺在床上，只有听到屋外车子鸣笛才爬起来。给车加油的活儿他能做，不过加油站快要拆了，考虑到安全隐患，国家不再允许私人办加油站。想望去路，岑琴的妈妈出远门打工。

岑琴在二楼房间学习，我上楼去找她。她在最里头、最安静的一间房。我长大了，于是感觉印象中空旷宽敞的房间变得低矮了，金黄色的门窗和大块的莲花图案的地板，都变小了。八月日光毒辣，气温很高，墨绿色的窗帘好像远在五月之前就拉上了，看上去像墙壁一样坚固，底下铜色的流苏静止不动。世界的生机与喧嚣都被阻隔在外，室内显得不很亮堂，因无人打扫，所到之处落满灰尘，蛛网残破，瑞草枯萎，有种电视剧里深山古墓中独孤修行的味道。我敲门，岑琴在里面嘟囔了几句，似乎不耐烦。我说我不是你爸呢。她马上开了门，穿着松垮的睡衣裤，一头短得像男孩似的浓密黑发全竖起来，模样有点滑稽。她揉着没睡醒的眼睛，把眼镜戴上，看清我后，笑起来。她笑起来还是以前那样，扑哧一声，然后咯咯咯咯的一串，笑声不见，甜美的微笑还留在脸上。她肤白如雪，笑时嘴角露出两个酒窝，后来我看电影里的许晴一笑，就总是想起岑琴。

她招呼我进去，一边说："昨晚学到三点多，很困，刚睡了一会儿。"

我感到吃惊："这也太勤奋了吧。"

"马上高三了嘛。"她笑。

房间里很黑，她把灯打开，我这才看见桌子上堆积如山的书，都眼熟，《黄冈兵法》《重难点手册》《三年高考五年模拟》，摊开的书、试卷和本子上，用彩笔画着横线和波浪线。桌子抵着白墙，抬头可见墙上贴着"清华大学"四个大字，绿光莹莹，浓墨重彩，看样子涂抹了无数遍。"清华大学"的周围，贴满了粉的黄的蓝的便签条，上面密密麻麻的字迹，细看才知是各种知识点。她一点没变，依然是那种相当自觉、毫不松懈的学生。她讲，照目前的排名，她大概能考个像哥哥岑笛那样的大学，不过还有一年时间，一年大有可为，人的潜力是无限的，你不逼自己都不知道自己……她立誓要考清华。

清华一般人不敢想。我们县，十五所高中，近两万人，丰收年也就三五人能上清华。我觉得硬要去想，这两个字就会让人不太舒服，谈论它就更不舒服了，实践起来呢，难道不会不舒服吗？我坐在岑琴的床头，听她踌躇满志，大表决心，不仅没有感受到激情和希望，反而有种紧张的压迫感。我很想马上离开那个封闭阴暗的书房，抖落掉任何关于国家最高学府的空想，就像抖落衣服上讨厌的灰尘。

高三太忙了，我和岑琴都没有写信。我鲜少排队去公共电话亭打的几个电话，都是打给妈妈。

最终我考砸了一点，但是不影响大局。听说我是周边考得最好的，父母便喜滋滋地办了升学宴。没想到岑琴也来了。我们相见很高兴，一起去镇上的照相馆拍了当时流行的大头照，脸贴着脸，大笑，摆剪刀手，戴一样的猫眼墨镜。我没有想到这会是我后来珍藏的最令人心碎的照片。

岑琴讲，她要去广州读大专。我大吃一惊，劝她去复读。她解释道，并不是单纯考场上发挥失常，所以不去了。我很不解，那是怎么回事？她讲，到高三下学期，她成绩直线下滑，滑到二本线以下。越到后面，她觉得压力越大，神经绷得越紧，好像自己的神经一点也不受她的控制，想学但没办法集中精力，七想八想的，连觉也睡不了，真是折磨。医生给她开了治疗神经衰弱和安眠的药，她认为那些药物损害了她的记忆力。我听得惊异又难受，她却好像不比我伤心多少，语气寻常，似乎已经接受了理想落空的事实。

高考后的两个月暑假，奇热难耐，我们闷在家里，无处可去。岑琴说，我来你家住吧。我很欢迎她，不过也心存疑虑，她爸爸一人卧病在床，她住我家，谁帮病人洗衣做饭呢？但我没有问。岑琴在我家住得顺意，过了大约十天，她拿出橡皮筋捆好的六七十块钱，塞给我妈妈："婶婶，这是饭钱，我十天给您一次。"我妈妈自然推掉，她便摩挲着钱，放进口袋，很尴尬地杵在那里，一副郁郁寡欢的样子。可能是因为妈妈没有要她的钱，也可能是我把自己的疑虑不小心流露了出来，对她的行事方式现出了不满，她住了十天后就回去了。

我帮她打包衣物时，她讲："我不想待在自己家。我很怕闻到我爸爸身上那种风湿病的气味，我很怕很怕啊。"当时我并不知道这话什么意思，只是她那双忧虑的湿漉漉的眼睛，让我一直不能忘记。

自那天分别后，我十一年没有见到她，从谁那里也问不到她的联系方式。加油站拆了，金黄色的大房子门窗紧闭，空无一人。她的爸爸住进了敬老院，再次中风后，完全瘫痪了，一句话也说不出来。我与岑琴再见面时，谁能想到，是在市精神病院。长歌当哭，我的朋友啊，我生命的另一支流。

4

这十一年里，我读大学，恋爱，工作，结婚，生子，南北辗转，城乡腾挪，大体而言，照一个普通人那样过着比较平静的生活。然而，从孩子到成人，从无到有，去建设一个普通人的物质生活与精神世界，也需要十分的努力。身边的朋友大多如此，失去联系的岑琴，我想也是一样，正忙于她的建设吧。

2019 年初冬，我从深圳回湖南乡下看望祖父母。有天傍晚，我陪祖母去卫生院打针，天黑得很早，四野空旷，空气中有被收割后的稻禾沤烂在泥土里的气味，公路上的路灯亮起来，影影绰绰地照出近旁茂盛的杂草，远处的房屋因停电而隐入魆黑的地界，浸没在群山起伏的暗影之中。经过岑家的房子时，我看见三四个人影在门口晃动，往屋里去了。

祖母忽然长长地叹口气，搓着眼睛说："再也没有比岑家更可怜的了。爸爸瘫在敬老院，请人接屎接尿，每个月要两千多元。岑琴住进精神病院了。岑笛遗传了他爸爸的红斑狼疮，大脑和肾坏掉了，坐上了轮椅，离了婚回来。上海的两套房子和两个孩子都归了女方，他妈妈在照顾他。妈妈负担多重，这些年在广东又做包子铺，又做那什么，得了病回来。好好一屋人，几多凄惨啊。"

我听得头皮发麻，晚上做梦全是岑琴的脸，模糊不清，像一团又一团的雾。

第二天上午，我去拜访岑家。岑琴的母亲坐在门口晒太阳，以前加油站的四根大柱子和雨棚都被拆除了，没来得及修补，残破的暗红色砖头裸露在墙外面，在阳光的照耀下十分刺眼。岑母年轻时是当地数一数二的美人，如今年过六十，依然白皙秀丽。她穿着深蓝色牛仔裤，黑色紧身毛衣，外面套一件红色的花朵薄棉背心，头发染了棕色，因为掉发严重，头顶空疏。两道很粗的黑眉始终拧紧着，一秒也不能放松。她的打扮不像老妇，更不像患了不治之症的人。我想起前一天晚上有位医生告诉我，她刚回来时，和大家打麻将，身下老是来脓水，老是跑厕所，后来大家就怕，不怎么跟她来往了。我看着眼前人，觉得敞在我们面前的雪亮如瀑的阳光和过分清晰的大地叫人晕眩，我感到太阳穴一阵抽搐的疼。

我问起岑琴的情况。做母亲的非常欢迎女儿的朋友，忙起身搬椅子招呼我坐，快坐，多年不见，一定要好好说说话，一起吃顿午饭。然而提起女儿的名字，她即刻眼圈通红，垂头抹起泪来。她克制着自己，眉心处愁结成两道刀刻般的深印子，悲叹道："岑琴那么好一个女孩儿，弄成现在这个样子，我真不能想啊，不能想啊——"

2011 年，岑琴从广州一所航空航天院校毕业后，去了佛山工作，在一家电子厂做采购，认识了同龄的男孩邹剑，恋爱了。邹剑是邵阳人，邵阳在湘中偏西南，我们宁乡地处东北，隔得虽远，也算湖南同乡，口音相近。他大学本科毕业，兽医专业，戴一副金属眼镜，举止斯文，讲话细思慢想，似乎优柔瘦弱了些，但看上去是那种老实顾家的乡里伢子。邹家务农，深山中土地狭窄贫瘠，耕作方式落后，家中十分清贫，二老跟亲家讲，实在拿不出彩礼，但肯定重情重义，会把儿媳妇当亲女儿对待。岑琴父母考虑，两个孩子感情好，小伙子人也不错，女儿算是下嫁，过去应该会得到疼爱，婚事就同意了。婚后，岑琴的母亲拿出五万元陪嫁，支持女婿学以致用，在佛山市开了一家宠物店。新生的小家足以平顺度日。

婚后一年，岑琴产下一女，小名妙妙。公婆不满，觉得累赘，从月子期起就频繁恐吓她，讲要把妙妙扔掉和溺毙的话。矛盾渐起。后来，因岑琴父亲瘫痪，怕自家儿子受拖累，公婆更是对她多了想法，挑拨、怂恿、威胁儿子必须离婚。丈夫怯懦怕事，岑琴本着一份自尊，同意了离婚。宠物店由男方补贴给岑琴两万五千元后归男方所有。女儿妙妙归邹家，放在邵阳农村抚养，由岑琴每月出两千元抚养费。在岑笛看来，邹家争抢妙妙的抚养权，并非舍不得孩子，而是想以此获得一份收入。按岑琴婚前在电子厂的情况，她有能力收入月薪四千元。而为岑琴未来再嫁作考虑，别人都劝她放弃抚养权。这是 2016 年 11 月的事，岑琴 26 岁。后来，更多的事情和转折都发生在 11 月，岑琴的生日也正是 11 月。

离婚后，岑琴还是留在熟悉的佛山找工作。在珠海开店的母亲担忧她经此一变，心情不好，转让了包子铺去陪伴她。那天，她们约好在汽车站见面，正是中午，广场上人少，母亲四处张望，远远地看见女儿踉跄着奔来，身体失了平衡，腿脚像被草绳绊住了似的笨拙沉重。母亲惊骇不已，眼前闪现丈夫第一次类风湿发作后右腿变形的关节，难道女儿有遗传吗？她忙带岑琴去看医生，查出是脊椎受一条小神经压迫所致，医生说，年轻人的通病，电脑和手机用太多了吧。听上去没有大碍。

离婚后两三个月，岑琴总是闷闷不乐，一天到晚讲不了几句话，吃饭也没胃口。她不想要母亲整天围着她转，直劝母亲回珠海做自己的事，她自己能照顾好自己，而且，坐吃山空怎么行？为了避开母亲，她经常跑出去，手机关机，几天联系不上。那时，在上海的岑笛一切平顺，请母亲和妹妹去同住，相互照顾，岑琴拒绝了。她跟母亲说，她不愿去添麻烦，哥哥家四口人，嫂子和两个孩子每天挤在家，空间也不够。母亲把这话跟岑笛说了，岑笛要给她俩就近租房子，岑琴又说，不了，上海太冷了，留在佛山过冬更好。她冬天尤其怕冷，有时，身体发寒，像打摆子一样，裹着两条棉被也冻得直发抖。不过那段时间，更让家人放心不下的是她的精神状态。

有一次，岑笛试探着问："妹妹呀，你不会是得了忧郁症吧？"

"我没病，"一听这话，岑琴很生气，"我没病。哥哥，如果我有忧郁症，就会去跳楼呀。"

母亲很忧心，恳请女儿让她陪伴，去看一次心理医生。岑琴不去，母亲哀求，看一次，一次就行。

那天，母女像被无情的宿命当头棒喝。会诊的心理医生恰好跟岑琴前夫同名。这个名字像个圈套似的，套中了岑琴的脖子，拖曳她，让她喘不过气来。医生问什么，她都答不上，身体僵硬，结结巴巴，每吐一个字都相当艰难，神色分外痛苦。医生觉得古怪，随手拿起桌上一把剪刀敲击她的手背手臂，试探她的反应。她惊恐地跳起来，魂飞魄散，大喊大叫，推门撞墙地冲了出去。这一次逃跑，仿佛她决定了无论如何要从过往的世界，也从忧愁的母亲身边，远远地逃掉。接下来两年，岑琴失联了，直到她的母亲收到那条讨要“户口本”的短信。

5

2019年11月的一天，临近中午，出租车把我送到宁乡市精神病院的住院部大楼，我忽然记起自己两手空空，忘了去超市买点水果零食。于是，我折身向外走去，太阳很大，天空很高，云朵和高楼离人遥远，世界显得分外空荡。我的身后，几个精神病人趴在六楼铁窗上，对着空气翻来覆去地唱：“长江，黄山，长城，黄河——长城，黄河，长江，黄山——”我一面听着歌声居高临下、浩浩荡荡地飘落在我的后脑勺上，一面想着岑琴的母亲说的，到七楼，找龚医生。

住院大楼一楼空无一人，电梯旁贴着各楼层的介绍，顶层七楼是女病室，六楼是男病室，往下是按疾病门类和轻重划分的治疗室。电梯门一开，正对一堵白墙，墙上一格狭长的铁窗，里面光线昏暗，人头攒动。尽头有一张不锈钢门，里面是会客室，会客室还有一道门，通向走廊、病室和医生办公室。很多病人在走廊里来回活动，趴在门上往外张望。我按门铃，里面医护在问：“找谁？”

我说了岑琴的名字。我第一次来精神病院，虽然暂时什么都没见到，但心里已经很不是滋味。

护士四十多岁，体型壮实，气质刚毅。她打开门，让我在会客室等着，又锁好门，脚步重而急地往走廊深处去了。她大声喊：“岑琴！岑琴！出来！”几个病人跟着学：“岑琴！岑琴！出来！”

回声不绝。

会客室大约八平方米，有扇窗可以看到我们的小城，远处是高耸冷峻的棕色楼宇，近处是棚户区低矮的石棉瓦屋顶，屋顶自留的水泥空地上，架着竹竿，搭晾着洁白的冬瓜条，照这种日头，一天就可以晒得六七分干了。一个女人在晾晒床单被套，她踮起脚微微吃力，但还是把手上的每一样物件都抻开捋平。她手上那床当地最常见的大红色牡丹花毛毯，一在阳光下铺开，就成为方圆几里最鲜艳的景观。我被眼前这平凡而珍贵的生活感动得热泪盈眶。走廊里的人，她们还能重新拥有这份生活吗？

门开了，岑琴一瘸一拐地走来，绕开我，不抬头看人，找了个凳子坐下。她瘦极了，一米七几，九十斤不到，身体左右晃动，搁在桌上的双手震颤不止，窸窸窣窣地摩擦桌面，始终无法停下来，这使得她手背上蚯蚓般的紫色疤痕仿佛都活了。我握住她的手，小心问她："岑琴，你还记得我吗？"

她抬起头来，一双眼睛凹陷得很深，畏畏缩缩地探视来人，眼珠闪烁不定，往上翻出很多眼白，不能聚焦视线。没有回答，没有出声。我一时无措，把这句话又重复了一遍。她的身子晃了晃，头也晃了晃，幅度似乎大了一点，我明白了，她给出了反应，她是在摇头，也许是说，不记得你了。

我拿出十年前高考过后我们一起去镇上拍的大头贴，选出一张她自己的照片，那时，她穿着蓝色的短袖，笑容明朗，眼睛清亮，如今却永远被摧毁，消失于空茫。她同样不再记得年少的自己。过去的记忆丧失了。那她的未来呢？一小时后，她的医生会摇着头告诉我："岑琴的情况很差，只会越来越差。"

我忽然想起包里的食品，问她想不想吃零食，说着撕开一袋饼干。挑选的时候，我买了很多我们小时候吃的那种小动物饼干，小浣熊、小猴子和小狐狸，曾给我们带来多少快乐。你味觉上的记忆还在吗？

岑琴毫不在乎自己吃进去的是什么，饼干、面包、香蕉、苹果和豆奶，无论给她什么都是狼吞虎咽地吃完，饿疯了一样，也只有在这食欲爆炸的片刻，我才看到一个被不幸和疾病摧毁的年轻身体里，依然留存充满力量和渴望的一面。

门上趴着三四个围观的病人，一个六十来岁的病人从门栏里伸出手来，在空气中抓来抓去，几乎哭了："姐姐，给我一点吃的吧，给我一点吃的吧。"一个面色饥黄的孕妇不停地哀求："姐姐，借一下手机给我吧，老公很久没来看我了，我想给他打个电话。"孕妇的身后，有个光着身子、满身褶皱的病人嘻嘻笑着，不停地拉扯她的衣裤，叫她走，走，走啊。孕妇拍打那人的手，很想打掉这颗粘在她身上的顽固的苍耳子。

相比这些病友，岑琴始终沉默。她完全丧失了语言能力，没法吐出一个字来。她的遭遇，她的苦难，被吸入某个幽深无底的黑洞，再也没有打捞和发声的可能。

后记：

我拜访岑琴的母亲时，老人最喜欢给我看的照片和视频，不是岑琴本人，而是岑琴的两个女儿。小女儿一岁多，咿呀学语，叫妈妈妈、马马马妈，旁人笑，她也笑，稚嫩不清的童音多么可爱。大女儿如今四岁了，外婆手机里只有她两岁时的样子，扎两条小辫，能说会唱，蹦蹦跳跳，仿佛无忧无虑。两个女孩儿都爱笑，笑容里藏着岑琴的影子。

我想起《悲惨世界》里冉阿让对养女珂赛特追忆她的母亲：你的母亲叫芳汀，为你她吃了很多苦。你是那样幸福，而你的母亲是那样的不幸。

你们的母亲是那样的不幸。

她的不幸是为了什么？她的女儿们会收获幸福吗？她们会听说母亲的故事，了解她苦难短促的一生吗？

蛇　馆

1

去年冬天的一个傍晚，陈凤从北京给我打来电话。她是我在湘北老家的发小，也是从幼儿园到高中的同学。那会儿，课间上厕所她都挽着我。她婚后，就极少主动联系了。陈凤说，弟弟陈龙退学了。为了把 OPPO 手机换成新上市的 iPhone，他游说两位同学半夜翻墙出校，试图劫 319 国道上一辆卡车，却被司机用扳手敲断肋骨，绑送到派出所。

陈凤很生气，他居然想劫车？脑筋还没小学三年级的学生拎得清。平素又懒得动，体育从不及格。被人逮了，逃都逃不掉。脑力体力都不行，他还专挑那种前后不通的路走。

17 岁的陈龙已经不是第一次被退学了。一年前，他因聚众吸烟，被原来的中学警告。没多久，二犯，就被劝退了，转到现在的中学虽仰仗的是学校里的一位亲戚，但也不是什么过硬的关系，该交的十万元择校费，说尽了好话也才只打八折。

陈凤从头到尾和我梳理这些家事，怄得长吁短叹。离家久了，陈龙在我脑子里变得面目模糊。但一路听下来，这少年一无是处的印象基本形成。最后，陈凤话锋一转，不过，有一点你也知道，他是在我们镇上最好的蛇馆长大的。

陈凤是想请我帮忙，介绍陈龙去我姑妈在长沙的蛇馆帮厨。她这人说话耿直高效，要么一句不说，一说就和盘托出，目的明确，我多年前就了解的。

我满口应承下来。可是没多久，陈家接连发生变故。17 岁的陈龙诀别似的逃离湖南，参军入伍，一走就到了内蒙古包头。陈凤说，父母守一世，挡不住子女提脚一走。家到了子女这里，就完全不成家了。

2

陈凤的父亲陈望明，原本是个砌匠。1999 年的夏天，手上的房屋盖完了，却没有新的活计可以续上。越来越多的人去县城宁乡、省城长沙买房，镇上好些楼房荒了，成为“鬼屋”。屋顶狗尾丛生，门板受了潮，红漆剥落，青苔济济。窗户玻璃被多事的过路人用石子敲碎，风霜雨雪和野蛇、乌鸦、流浪猫、黄鼠狼一起，在此自如穿梭，为巢为穴。

陈望明从没动过去城里谋生计的念头。妻子王瑛也不想离开这儿，她觉得目前的生活虽不富裕，但安稳且有滋味。女儿陈凤十岁了，她还想尽快生个儿子，增强生存的底气。

陈凤的童年和少年时期，经常见到太阳底下，王瑛摊开细长的手脚，喝黑茶，嗑南瓜子，和男人们聊个没完，笑得花枝乱颤。作为一溪之隔的邻居，这情景我也见得多。王瑛相貌周正，眉目清爽。额头和下巴尖瘦，卧蚕眉因而显得有些厚重。瞳仁略大，看人时透出不合年岁的天真。嘴短唇薄，如果刚喝完水，红润地弯弯一笑，恐怕要引发镇上妇人茶余饭后无端的责难。可她又那么爱笑。印象中我每次叫“瑛姨”，都会迎上她笑盈盈的脸庞。那眼神的亲热与和气，让面对她的人很舒服，没法不对她报以微笑。

镇上的孩子和男人们，都喜欢王瑛；女人们则很难说。我的母亲就曾在饭桌上评论她，热情得像不懂分寸。陈凤也和我抱怨过，母亲的好脾气常让她觉得难为情。有一次，麻将散场，镇上性格轻狂的养殖户老罗，当众在她屁股上掐了一把，她居然不生气，斜视着拍了下人家的膀子，就又笑眯眯的了。这样的韵事频繁发生，就像一日三餐使用的酱油鸡精，是丰富日常生活的调料。等陈凤稍长，学到“打情骂俏”这个词，她简直可以不重样，用“王瑛和×××打情骂俏”来造一百个句子。

而王瑛对待陈望明的亲热劲儿，就更不用说了。陈望明本来性格内敛，喝高了才像当地男人那样，喜欢用一知半解的见识，喋喋不休地谈论曾国藩、蒋介石、苏联解体等严肃话题。在清醒状态下，他从不多说一句废话，脸上看不到什么表情变化。

王瑛却绝不含蓄地，在麻将桌、扑克桌、桥牌桌、饭桌、酒桌上，赞美她的丈夫。在家里，她从不避讳儿女，抱他的腰，亲他的脸，摸他的头，吊在他身上，脖子卡着脖子，跟他有说不完的趣话。

等陈凤十二三岁，她一度觉得自己在家显得多余，对父母的亲热反感得要命。某些场合，尤其令陈凤别扭。比如，他俩胳膊焊胳膊，来学校开家长会的时候。事后，陈凤在教师办公室受到了集体的刻意打探和无意的耻笑。

那时，少女陈凤还预料不到，再过十年，自己会对母亲羡慕不已：她是发自身心地热爱男人，而他们也的确喜欢她。这种能力像是出自天然，轻而易举地屏蔽了时代与地域对她的限制。

1999 年的夏天，麻将牌友老罗和林叔突然想到，这镇上没有谁比王瑛更适合当老板娘的了。老罗说，他有进货渠道和养殖经验，只要是活物，他都能养，大多都养过。月底送走 77 只牛蛙和 20 只竹鼠，他正打算去订一批豪猪崽子和一百枚蛇蛋。

3

那时，30 里外的大成桥镇，“建明蛇馆”生意非常火爆。老板胡建明是“宁乡口味蛇”的创始人，可以说，湖南人开始学习广东人，把蛇端上饭桌，是受了胡建明的启蒙。胡建明从 1993 年开始琢磨做蛇，从一个只能摆放四桌的小餐馆，到拥有一家 1300 平方米的大饭店，只花了短短四年。

建明蛇馆声名大噪，“宁乡口味蛇”被评为“湖南金牌名菜”，录入《中国湘菜大典》。许多学者还以“宁乡口味蛇”申请了研究课题，纷纷来建明蛇馆考察。

关于胡建明的手艺，镇上吃过的煤老板们赞不绝口，但王瑛他们都没去过——实在太贵。1999 年，当地猪肉一斤六元，而建明蛇馆最便宜的大王蛇，一斤 110 元，一条蛇最小的也不止三斤。

这生意，我们镇上还没人开张。事实上，这里依山傍水，湿气很重，野生蛇类有三十余种：大王蛇、乌梢蛇、眼镜蛇、灰鼠蛇、竹叶青、银环蛇、五步蛇、赤链蛇、水蛇，我们从小就能辨认。如今气候变暖，一到七八月，天气更是炎热。人们常从门背面、床底下、沙发缝里、瓷砖角落，发现跋山涉水，爬墙入窗，来蹭空调的野蛇。女人们打扫卫生时，常常吓得尖叫。被搅了午睡的男人们，一次次挑起竹竿把野蛇送出门外或送上砧板。高考后的那个暑假，下午四点，我从漫长的午睡中头脑昏沉地醒来，感觉额头上皮肤凉飕飕的。伸手一摸，才发现一条纤小如 2B 铅笔的大王蛇横陈着，一动不动，兴许像我一样睡着了。

额头被蛇当凉席，我和陈凤都遇到过。镇上没被蛇咬过的人寥寥无几。人们在此生存，学会了对付蛇毒，所以也罕有人因此毙命。人们都说，镇上多蛇，应该叫“蛇镇”。据《宁乡县志》记载，镇上出现过两次万蛇惊现的场景：“成千上万条蛇从回龙山脚草丛中爬出，旋入粟溪河。从粟溪新石桥下至龙船凼的半里之间，满河都是清一色长约半米、大小均匀的蛇，密密麻麻，无法数清。约半小时之后，群蛇消失在粟溪河两岸草丛中。”

王瑛说，她小时候吃过蛇肉，自己就能杀能剐。但那时，敢尝的人不多。做法上也有讲究。人们像尊重财神、门神、观世音一样尊重灶王爷，地上爬的蛇比洗脚盆还脏，不能上大灶，不能上正席。有谁捉了蛇，就在屋外临时垒几块石头，架起铁锅。蛇头锄掉或剪掉，蛇身用钢钉固定在树上，开膛取出内脏。蛇胆留着泡酒，肝肠可熬粥。接着剥皮。颈部断头处的皮往外翻出一截，拽住，使劲往下拉，就得到完整的蛇皮。蛇皮沸水去鳞后，适宜与黄瓜、辣酱、蚝油一起凉拌，爽口又有嚼劲。去皮的蛇身雪白带血，还在砧板上扭动，这时手脚要快，剁成一寸一寸，和油盐辣椒、生姜蒜头一齐扔进煮开的沸水中。焖上锅盖，大火猛煮半点钟。入味，收汁，又辣又鲜，一碗汤肉一身汗，酣畅淋漓。

陈望明顺着妻子，商定了规模、装修、成本、人手安排和可能获取的客源。听着有些复杂，但他想想也没其他更好的出路。最起码，这比当初刚做砌匠方便多了，托人情，送钱物，磕头拜师，全都免了。他规划一番，最后总结道，给湖南人做吃的，不管是蛇，是猫狗，是龙凤，十二生肖和十二生肖以外的，第一便是在“辣”字上做文章。

一个“辣”字，说来简单，做起来有门有道：薄皮青椒，多肉红椒，酸汁剁椒，暴晒的干辣子，先晒后腌的白辣椒，小巧如钢钉却火力惊人的朝天椒，口味迥异，但都对湖南人胃口。辣椒帮助他们抵御湿气，也有益健康。从某种程度上说，湘菜的根本不在食材，而在“辣”。这是任何一个湖南人都能想到的。

王瑛翻了黄历，敲定了开张日期：1999年9月9日。三个男人都说，这可真是百年难遇的日子。而说到蛇馆的名字，陈望明提议用老婆的名字命名，老罗、林叔都称好。最后，还是王瑛拍了板——用男人的名字。她觉得一家子的事业，说到底是男人的事业。

4

1999 年 9 月 9 日，蛇馆如期开张。头两个月，因为缺乏经验，这家人都出了倒霉事。有次陈望明杀完一条眼镜蛇，正蹲在地上剥蛇皮，砍掉的蛇头突然蹦起来朝他眼睛喷了毒液。尽管及时清洗治疗，但他右眼的视力明显差了很多，看不清两米开外的东西。陈凤的脚踝也被剪下的蛇头袭击过，后来一直留有一块炭黑色的圆形伤疤。王瑛的手背、手腕和食指上，有三处月牙儿形状的小伤口。

但这点代价，添上这家人起早贪黑日复一日的辛劳，在他们的收获面前，似乎都不值一提。一个季度后，陈望明心里渐渐有了底。开蛇馆这条路，是条好路。老罗的养殖场还没派上用场，他已不必操心蛇源。镇上和乡下的农民为了节省车费，降低风险，连夜把捉到的野蛇送到这里。

至于价格，陈望明卖得比建明蛇馆要低——30 元左右一斤，加上他为人谦卑谨慎，乐于听取食客的建议，不断改进掌厨的配方，稳定了本县许多客源。王瑛注重细节，又热情大方。厨房虽传统简陋，但窗台和灶台每天擦洗干净。碗柜是敞开式，调料瓶子一字排开，品牌商标一目了然。新近优惠动态，请人用红纸毛笔写了，贴在玻璃门上：每周一三五，免费提供米酒、花生米、拍黄瓜和一小碟凉拌猪耳朵。带朋友上门，按人头打折。她小施恩惠，招揽了很多回头客。一个季度下来，刨去装修、置装备等大头开支，居然还略有盈余。

等到年底，迎接 2000 年，龙年新世纪，蛇馆生意特别好做。

2001 年，蛇年，更加应景。这年正月，陈龙出生，八斤六两，浓眉大眼。客人们向陈望明道喜，羡慕他的运道，纷纷说，看来大小龙年，没有比吃蛇更顺应时运的了。

蛇价涨得飞快，最常见的大王蛇单价最高时卖到 170 元。价格贵得越离谱，风气和习俗跟着变动得越快。蛇肉开始进入正席，超越甲鱼，成为判断一户人家是否大方的标准。如果婚宴上出现两种不同做法的蛇肉，人们则会认为新娘嫁入了一户殷实人家。2002 年，老罗娶儿媳妇时，陈望明送了八桌口味蛇和啤酒蛇。这档宴席和这件美事，在镇上津津乐道一年有余。等到陈龙过周岁，蛇馆办了一席“全龙宴”，十桌十二道做法不同的蛇肉，包括凉菜都是蛇肉和蔬菜的拼盘。举座哗然。镇上的人们后来说，这一家子的风头都在那时出尽了。

2001 年，镇上出现了四家“口味蛇”，而蛇馆已在原先的基础上拓展了青椒焖蛇、啤酒蛇、椒盐蛇、五香卤蛇、酸辣蛇肠、凉拌蛇皮、干锅带皮蛇、蛇肉火锅、龙凤汤（加入当归、党参、枸杞，与老母鸡一起清炖）。显而易见，这些都是从家常菜中获得的灵感：青椒炒肉、啤酒鸭、椒盐排条、五香卤牛肉、酸辣鸡杂、凉拌猪皮、干锅牛蛙。忙碌一天下来，夫妇俩坐在床头一边泡脚，一边捧着计算器盘算当天的进账，攒钱速度之快，常常令他们大吃一惊。

陈凤最愿意回想的，正是那三四年。母亲王瑛常常笑得合不拢嘴，颧骨上泛着发迹的红晕。她喜欢穿大红、水红、玫红、砖红、绛红的贴身连衣裙，夏天穿棉质的，冬天穿毛呢的，过膝和不过膝的都很多。她 164cm 的身高在当地算是修长挺拔，发梢微烫了一点儿，散落在胸部，走起路来，摇曳生姿。面对食客和儿女，她脾气十分耐烦，言谈举止轻松自在。

她那时已过了 30 岁。操心多了，王瑛眼角也长了笑纹，皮肤却变好了，眼白也比之前水润清亮。人们夸她，她就背书似的推销自家蛇馆，吃蛇大补的啊，高蛋白，低胆固醇，富含八种氨基酸。补气血，强筋骨，通经络。滋阴壮阳，美容养颜，延年益寿呀——您来我家试试?

十七八岁的小姑娘来店里，王瑛会开各种玩笑，你们小年轻命好呀，往这儿一坐，整个湖南最好的蛇肉就送到嘴边了，瑛姨我呀，每天可是忙得连放屁的工夫都没有，正打算改行呢。

大家纷纷问，老板娘改行，想干么子呢?

假如瑛姨再年轻十来岁，也像你们这样漂亮，樱桃小嘴水蛇腰，屁股软似棉花包……说不定还可以和你们组团，去东莞、深圳挣轻松钱哦。王瑛说。

姑娘们大笑。旁边的陈凤常常满面绯红，挑开门帘，逃遁而去。

5

陈凤像母亲王瑛一样，是镇上格外引人注目的人物。但母女俩吸引眼球的方式很不一样。

陈凤长得像王瑛，但自小厌弃女人身上的招摇。她走向王瑛的反面，个性非常沉默、骄傲，对什么都无动于衷的样子。这种气质，在小镇熟人社会，显得古怪又不相宜。可是所有人都包容了她。她是小镇第一个考上北大的人，是镇上每个孩子学习的标杆，几乎像个传奇。

2005年，高一暑假，我作为陈凤的好朋友，受王瑛的鼓励，陪陈凤在蛇馆当服务员。每天早十点开门，晚十点关门，来往客人很多，两大圆桌，六小方桌，撤走又摆满，少有空闲。做这份工作，我从未见陈凤对人表现出多余的热情。

有客人招呼她，小凤，火锅加点汤，再拿点胡椒和辣酱来——

陈凤伏在窗户下小方桌上，面前摊着一本英国侦探小说《东方列车谋杀案》。细脖颈支着一颗略扁的椭圆大头，从薄瘦的烟灰色T恤里抻出来。她直起脊背，茫然地张望了一眼，坐着没动：开水在炉子上，辣酱在橱柜里。胡椒？用完了。

说完，她又垂下头，继续破案。

王瑛提着铁壶，笑着从厨房里出来。她做什么事，脸上都带笑。她支开陈凤，打发她去超市买胡椒。陈凤不情愿地起身，临走时小声对王瑛说，你看出来了，我没法服务人的。

没关系，以后让人服务你。王瑛说。

陈凤以为受到了嘲弄，鼻孔发出轻微的冷笑。

王瑛声音陡然大了，你说不定就有这个命呀。很多东西都看命！你看你爸，当初和媒婆急，说他不会追姑娘，娶不到老婆，后来呢，老婆自己追来了呀。

客人们都笑了。握着锅铲的陈望明从厨房里探出头来，“嚯嚯”笑岔了气。陈凤尴尬地瞥了我一眼，匆匆走开了。

同学12年，直到上大学之前，陈凤几乎只接纳了我这一个亲密的朋友。15岁时，她有过一次无疾而终的短暂恋爱，对方是一个物理成绩很好的男孩，拿过全省物理奥林匹克竞赛金牌。可是他并没有帮到她什么。陈凤中考时恰是因物理太弱，以一分之差落榜当地最好的附中，只能去离家很远的一所寄宿制普通中学。陈凤后来陪母亲去交弟弟的一大笔择校费时，想起当年，父母没有一点想给她塞钱补“一分之差”的意思。他们暗示她，那所中学考上大学的概率很小，蛇馆又忙不过来，她留在家里帮忙更好。她要是不喜欢做服务员，可以待在后厨，打打下手，学学厨艺。陈凤起初答应了，可暑假还没结束，她就彻底厌倦了。她清楚自己完全不像母亲，不是当蛇馆老板娘的料。

陈凤有点轻视母亲，她未免太聒噪，也未免太快乐。她从没见过哪个文化人——哪个女老师、女医生，哪一点像王瑛。陈凤觉得，这都是她读书少的结果。王瑛一进初中就不读了，她觉得校园里无趣，情愿在校门口看摊卖菜。有些碎嘴婶娘告诉陈凤，少女王瑛站在菜摊前吆喝，就像特级教师站在讲台上讲课，很能吸引别人的注意力。

2007 年，陈望明和王瑛在扩大店面与新建别墅上，发生了分歧。陈望明希望继续向建明蛇馆学习，把小店面做成大饭店。王瑛认为，家里的财力并不能达到那个预期，除非借债。最终，他们放弃了扩大店面，拿出 55 万元，买下镇上通往县城的公路沿线的一块地基，建了一栋气派又时尚的双层别墅。方方面面都很先进，连房梁材质的抗震性都考虑到了——哪怕小镇并没有处于地震带上。人们艳羡陈家人，说如果哪天发生地震，大家往陈家别墅跑就对了。

那时，陈凤在文理分科后，在文科班如鱼得水。高三的四次模拟考中，她晋级到“超级学霸”的行列。高考发榜后，王瑛在谢师宴上感谢了所有人——包括七岁的陈龙，谢谢他每次路过祖宗祠堂时，都记得提醒祖宗们，保佑他姐姐清华北大有得选。有人问到她的教育方法，她的神情显得无比局促，迟疑了一下，说，幸好陈凤一点不像我咧——

如果倒退一年，陈望明夫妇还会为女儿办一席“全龙宴”。可世事变了，席面上只放一碗通红鲜辣的口味蛇，动筷子的人也不多。吃蛇的火爆持续了五六年后，仿佛一夜之间，遭遇了大雪冰冻。

起先，因蛇肉昂贵，捕蛇者增多，生态遭到破坏，小镇周边村庄都遭了鼠灾：水稻刚抽穗，就被大面积吸了浆；红薯、花生、玉米未成熟，就被断茎刨皮。村民们还从广东买来专业捕蛇笼，笼内放置鹌鹑蛋作诱饵（鹌鹑蛋的气味能吸引周边一百米的蛇），有时一个晚上就能捕获四五条。政府担忧，要不了两年，鼠患猖獗，很多田土只能废弃。

县电视台开始蓝底白字，滚动播放《中华人民共和国陆生野生动物保护法》，并呼吁人们举报“出售野生蛇类的违法行为”。

但镇上无人举报。路过蛇馆的人，经常左耳听着“野生动物保护法”，右耳听着蛇肉“嗞嗞嗞嗞”扑进油锅。

然而，有一天，报纸上刊登了头条：“蛇肉携带多种寄生虫，高温不死，或可致命”。人们口口相传，舆论旋成风暴，重创了每家蛇馆。好事者用米糊刷了恶心的寄生虫剪报，贴在蛇馆“欢迎光临”的红字上面。他们还把剪报贴在电线杆上，图文并茂的“老军医治性病”的旁边，制造出更加惊悚的效果。

在这场寄生虫风暴中，小蛇馆更是接连关门，改卖螺蛳、酱板鸭和常德米粉。至 2015 年，局面又恢复如 1999 年，方圆百里只留下建明蛇馆和王瑛家的蛇馆。

6

我猜想，陈凤在北京的生活可能过得寂寞孤苦，所以临近毕业，就通过教会——她大一下学期开始，每周日都去参加聚会——嫁入当地一户彬彬有礼的基督教家庭。她信仰很虔诚，婚后还养成了手抄《圣经》的习惯。一本手工牛皮本，一年就抄完 170 多页，八只黄铜护角磨得溜光。这是我送她的结婚礼物，说好是用来写孕期日记的，没想到成了《圣经》手抄本。

陈凤不太提起家人，发的日常朋友圈也多是与上帝的对话。似乎上帝才是她在北京有缘结识的家人。

在公婆面前，陈凤谨慎而简洁地交代父母的行当："开餐馆的，做点家常炒菜，重油重辣的。"她从不提"蛇"。父母来北京参加婚礼，她再三强调，在婆家人这里提"蛇"，相当于在回族婶娘那里提"猪"。她感到自己的历史不太干净。在小镇时，她没觉得那些东西令人羞耻，到了外面，到了北京，到了教授公婆这里，它们就变得难以启齿，得躲躲藏藏。她差点想不起，当初蛇馆给她父母带来过怎样的风光。那几乎是他们存活于世的全部尊严和乐趣，他们共同拥有过的非常有限的金色年华。

陈凤上大学后，蛇馆的盈利一度下降，2010 年之后，只够支撑她一人在北京的开支。陈龙逐渐长大，因父母宠溺，养尊处优，七八岁时就认得很多服装名牌。再加上还得留备四位老人的医药和丧葬费，陈望明开始去城市建筑工地揽活。蛇馆门前清静，经常两三天都接不到一单生意，王瑛一人应付也绰绰有余。她每次联系陈凤，都说镇上可做的事情越来越少了，劝女儿节省花销，又劝她吃好穿好。她总喜欢在傍晚时，跑去网吧，和陈凤视频，一块钱60分钟。

视频反而弄得两个人烦躁。王瑛纳闷，陈凤去北京后皮肤差了好多，黄得不见一丝血气，额上粉刺密密麻麻，怎么还不如当妈的了。每次视频，她都在网吧里大声强调这点，并说要给陈凤炖点蛇肉煲寄来，补一补就好了。

陈凤厌倦起来，她早就不再吃蛇了，有寄生虫，妈，你难道没听说吗？

王瑛的反应是女儿和别人一样，犯了神经病。

对对，你别来理我这神经病。我拜托你。

那两年，母女间相互看不惯，一开口就呛声，有仇怨似的。后来就干脆不怎么联系了。陈凤隐约记起，当初王瑛像被鸟掐住了喉咙似的，音线又尖又急。她以为是人上了年纪的缘故。陈凤告诉她，你问太多，管得太多，实在是闲得无事可做。也难怪，留在镇上的人越来越少，连打麻将都凑不齐了。

有一天，王瑛来了兴趣，让陈凤给她说一段英文书，她长这么大，还没听过英文呢。

那阵子，陈凤一直在劝家里关掉蛇馆，改“口味蛇”为“口味虾”，他们不听，说小镇湿气重，没人爱吃性凉的东西。陈凤拾起手边的《圣经》，语速飞快，用英文念出下面的段落：

神对蛇说："你既做了这事，就必受诅咒，比一切的牲畜野兽更甚。你必用肚子行走，终生吃土。我又要叫你和女人彼此为仇。你的后裔和女人的后裔也彼此为仇。女人的后裔要伤你的头，你要伤他的脚跟。"

王瑛问，这讲的是什么意思？

陈凤说，就是，蛇天生不是好东西，会带来霉运。

王瑛大笑，说女儿去了首都，学会瞎扯了，开蛇馆七年，她手上捋过的蛇千千万，那不是要倒血霉了？

这话听来阴森，字字都长了毛。陈凤不开口了。离家越久，离父母越远，用方言说出的话越来越少——湘北方言还不如英语熟悉了。从 2008 年到 2016 年，陈凤一口气不歇，忙着适应城市生活，适应大学，适应就业，适应工作，适应婚姻，适应新的中产家庭。

陈凤想不起自己哪天，像王瑛二三十岁时那样快活过。她在这人口密集、庞大得恐怖的城市里，始终有种孤军奋战的感觉。她从不和家里人多说。人跟人总是很难达成理解的啊。——她怎么会懂？她记忆中活得那么轻快的母亲，一生中有过孤独无力的时光吗？

7

当陈凤讲起这些往事，我也想到自己的母亲。我认为我的母亲温和乐观，婚姻美满幸福，可在她和我父亲的极少次争吵中——比如，父亲不顾她的反对，把车借给了一位嗜酒如命、个性轻狂的朋友，她哭闹了两天，不止一次向我们提起四个名字。那都是些死人的名字。她说她夜晚梦到了她们，白天老是想起她们。她们是她少女时期一起学裁缝，婚后一起搓麻将的女朋友，后来都在冲动或报复的支使下，死在自己手上。

小镇有这个传统。女人们在过日子的磕绊中，顺手提起墙角的百草枯、速灭威、溴鼠灵，自行了断。待到再次人口普查时，以“病逝”归档。而活下来的人，对生活没有清晰的去向时，总是闪闪烁烁地想起曾经的朋友。

我的母亲和王瑛从小熟识，都是1968年生人。她说，王瑛最后总该想过，去找她那独立、高知、出类拔萃的女儿，当面说一说的。

譬如去年冬天，她的儿子遭到退学的时候。接着，她的儿子整日无所事事，夜不归宿，飙摩托撞死人。她赔得倾家荡产，蛇馆关门。她的丈夫心灰意懒，醉得肺出血，随后父子断绝关系。丈夫叫来吊车，拆掉了别墅中央的一间正厅，和儿子分家而居。

可能她没有孤军奋战的经验吧。可能她也试图从女儿那里，讨要一点知识和力量。可惜不知为什么，这最后一点希望也没有了。于是，在小年夜的后半夜，她摔碎家里的每一只碗碟，烧光家里的每一双筷子，选择在月经来时，吊死在蛇馆天花板正中的冰冷铁钩上。人们在短暂的震惊后，陷入巨大的困惑。所有人都不理解这种死法。他们说，这真是镇上百年来出现过的最恶毒的诅咒了。

买房记

1

程冬秀在同一户人家做了14年保姆，说起来小区里的其他保姆都不敢相信。她们看她的神情惊讶，佩服，同时也流露出嘲讽的微笑，觉得她未免忠诚得过了头，也过了时，更何况这户人家还有一个不很通情达理却很管事的体弱多病的老太太。但是主人家，尤其是老太太们，最喜欢冬秀这样的保姆，和气能干，又愿意久留，能把主人家当作自己家操持建设，如今这样的保姆可不好找了。

一开始，程冬秀是来帮忙带头胎小孩的，那时候她才40岁出头，体力充沛。那小男孩格外顽皮，见树要爬，见石头要踢，但也顺利被她拉扯大了，没有发生过摔伤烫伤，上了幼儿园，又上了小学。接下来，她看了几年狗，一条雪白威武的萨摩耶，活动量极大，她每天拽着绳子跟着它在小区里绕圈跑，时间一长，心肺倒是练得一点问题没有。两年前，主人的二胎孩子出生了，是个精致爱美的小姑娘，一头稀黄软塌的绒发，却每天要求扎五六个小辫子才肯出门，不然就哭得很伤心。

除了照顾娃和狗，程冬秀还要做家务。她每天五点起床，做早饭，准备男女主人的午餐便当，他俩是律师，不爱吃外卖，一早拎着冬秀准备的保温饭盒去上班。然后是洗碗，拖地，拆洗被单衣服，给孩子喂饭，推孩子出门买菜，回来给老太太和孩子做饭，这样循环运转到晚上十点半，哄孩子睡了觉，她再看看手机微信，联系一下在湖南老家的丈夫和在广州工作的儿子。她打字很慢，不会拼音只会笔画，因为怕影响其他人，她从来不发语音。最后，再看看保姆群和老乡群里都发了什么搞笑的短视频，笑一笑，十一点睡觉。

她几乎天天如此。每年到岗 360 天，拿五万元左右，全是发到手的现金。她的工资从不打到银行卡上，也不要求缴纳保险和公积金。她对主人提出的唯一要求，就是工资发现金。每个月 40 张红艳艳的钞票掂在手上，她觉出一种踏踏实实的分量。她揣着红皮包去农业银行存钱，那段两公里的路，她走得特别轻快满足。

2

冬秀服务的主人家在深圳南山，29 楼，外部环境很好，但里面空间不大。一百平方米左右的三室一厅三代人，老太太一间房，男女主人一间房，两个孩子一间房。剩下她，主人为她改造了两个阳台中较大的扇形阳台，装上玻璃窗，拉上窗帘，安一张单人床，刚好够她睡觉。这是孩子们卧室的阳台，也方便她晚上照看孩子。

她蛮喜欢这个房间，窗外车流不息，热闹璀璨，路对面却是一个格外寂静的大公园。清晨，公园里高大成群的榄仁树在风中发出飘忽不定的绿光，像什么动物左右张望的眼睛，公园的山上有个九层佛塔，一到晚上，辉煌夺目地高悬在黑茫茫的山林之上。以前，她整夜开着窗，收纳佛塔那边吹来的阵阵清风，她感到舒适和安心，仿佛风送来凉爽的同时，也把佛陀的庇佑和恩泽送给了她。

可是有一天，听小区保安说，有个老头儿吊死在塔下的密林间，是自杀。他自杀的决心非常大，所以找了棵格外结实的黄葛树，从外围看，四周却格外隐蔽，藤蔓植物和灌木结成密不透风的大网，旁边一条瀑布轰隆隆而下，响声遮蔽了一切。过了多日，塔里的和尚才顺着越来越强烈的臭味找到了他。他的儿子来收尸，说老头儿最后一次来找他，眉头皱拢，吐着烟圈，话也讲得轻飘散淡："儿子，我活着实在感觉不到什么意思。"

实在感觉不到什么意思。冬秀琢磨这话，再看那塔，就不是之前的感觉了。一到傍晚，她就把窗户锁上，窗帘拉上，直到天光大白。不过，相比客厅和卫浴那样的公共空间，她感到最放松的还是自己这间四平方米独立的阳台房。她的反季衣服放在小皮箱里，日常衣服叠放在床尾。红白和黑白条纹两件短袖换着穿，搭一条款式不变的黑色九分裤，因为深圳夏天很长，这两身衣裤可以穿好久。她这个年龄，小区里其他女人越来越打扮鲜艳，爱穿舞台装似的长裙，尽自己最大和最后的努力打扮得花枝招展，冬秀并非不想，也并非对美已经麻木，只是她实在舍不得花钱。保姆们一起"遛娃"，聊大东门服装批发市场，聊谁新买的衣服式样，冬秀就垂下脸庞，露出温顺寡言的神色，默默把眼睛瞥向别处。

她也实在不好意思告诉人家，她心里有一份大事业：在城市买一套自己的房子。她自己的，也是丈夫和儿子的。她不可能在深圳买得起房子，但是隔壁城市惠州，惠州是有希望的，他们一家三口可以在惠州团聚，在惠州开疆拓土，建立新的家园。冬秀希望能像很多在深圳打工的人那样，除了打工，还能有一个家，一份生活，哪怕双城奔波很辛苦，却心安。

3

冬秀是湖南望城人，望城以前是县，往下铺开很多镇、乡、村和荒山。2011 年，长沙扩城，望城撤县设区。在深圳，冬秀向小区里的东北人、四川人、浙江人、安徽人和江西人说起老家，总不忘帮别人加深印象："雷锋就是我们望城的。"

冬秀 55 岁了，她 40 岁前都在望城的乡村生活，她与丈夫的父辈祖辈，两边盘根错节的亲戚朋友，世代都生活在这里。望城和深圳相距八百多公里，冬秀回老家，先是搭 12 小时的火车硬座到长沙，转地铁到汽车西站，搭三个小时的大巴到镇上，再搭半个小时摩托进村子。高铁太贵，她一次也没坐过，但她喜欢拿 388 块的高铁票比照 147 块的硬座票，觉得自己干坐一晚什么也没干，平白省下 241 元。她有种佩服自己的心情。她跟丈夫讲，丈夫笑，他理解和赞赏她的做法。

抛开聚少离多这一点，大体来说，他俩的感情，是蛮好的。丈夫比她大六岁，是农民，农闲时也做油漆工，帮人刷门窗，给墙壁刮涂料。他手艺好，很勤快，走到哪儿都有股油漆的气味，衣服上常年沾着很难洗净的颜色，看上去有点滑稽，但她实在没有那么多衣服给他换洗。

他是她大哥的朋友。那个冬天的晚上，七八个男孩来她家玩，他们围坐着烤火，烧地瓜片和小河蟹吃，男孩们讲新放的露天电影，不小心打烂的一手好牌，八卦恋情和荤段子，喉结涌动，嗓门粗放，青春畅快的笑声如海似浪。有冬秀这样一个妙龄少女在场，人人都显得活泼能干，积极表现自己，除了后来成为她丈夫的那个男孩。

他一言不发地坐在柴窝边上，穿一件夸张的火红外套，胳臂像手里那把火钳一般细长却有力。他一面加柴添草，一面悄悄地微笑，火光映得他的笑脸发出暖黄色的光泽，让她想起农家生活中亲切可爱的谷堆、玉米和八月的南瓜。不用追求、表白，或允诺什么，出于彼此感觉上的相契，他不断地跑到她家里来，她则站在大门口迎接他。他帮她家干各种农活，在最炎热、最辛苦的双抢时节，他也每天骑着那辆银白色凤凰牌单车来她家的稻田，站在打谷机上她兄弟的身边挥汗如雨，休息时就坐在田埂上她的身旁喝解暑的金银花茶。他的单车立在不远处，银光闪闪，耀眼夺目，像从另一个世界降临的奇妙尤物。她有时从割稻子的劳累中直起腰，总爱眺望一眼那辆美丽的单车，对当时的年轻人来说，拥有这样一辆单车，是多么奢侈、多么优越呀——后来她才知道，他是偷偷地举债买的车呢。

她的父母呢，除了关心他，从不对他的人品起什么疑心，更不讲那些令人难为情的话，相反，他们非常赞许他。所以，当她在他的单车后座坐了一段时间，肚子自然凸起来时，婚事也顺理成章、简简单单地办完了。

那是1986年，农村物质匮乏，孩子又生得特别多，做父母的处处为难，所以，当地绝大多数新婚夫妇的生活里面没有坐享其成的东西。冬秀夫妇也一样，两人的结合从一开始，就意味着要完全靠他们自己的双手去建立一份共同的生活。除了祝福，他们没有从上一代的手中接过任何物质实体，大到一座楼房，小到搭一座楼房可用的一块砖头。

那正是整个国家都在深化改革，大搞基础建设的阶段，壮志豪情波及边缘乡村的普通家庭，就表现为农民对建房子的热情。与此同时，建材建筑业的兴起，钢筋、水泥、红砖和铝合金，以及五彩缤纷的大地板砖和小马赛克砖，都意味着人们不必再住在风雨飘摇的泥土屋和茅草屋里，安全、结实和美有了实现的可能。那时，当地每个家庭都想建一座二层楼房。钱不够，很多人家就先建起两层的空架子，没有粉刷，缺门少窗，也欢欢喜喜住进去，照样鸣炮庆贺，宴请宾客。冬秀的丈夫说，作为全村手艺第一的油漆工，他一定要把自家的楼房刷成全村最漂亮的。

冬秀了解他，一座最漂亮的楼房，如同他那件火红色外套和银白色“凤凰”单车，都是他拿来表现自己的东西。他这人话很少，也不爱吹牛，但他有表现自己、赢得尊严的方式。可是，家里的积蓄只有一千元，怎么可能实现这种壮举？冬秀没有泼丈夫的冷水，她鼓励了他，因为她最爱的就是他身上对生活的这股蛮劲儿，更因为她自己对展开新的生活，同样充满了渴望和信念。

4

冬秀现在想来，那确实是她一生中最好的日子！建房子很辛苦，也很幸福。一千元起家，只请两位行家里手的砌匠，不敢再请挑砖抬土的小工，所以她就把自己当小工。儿子满一岁了，断了奶，放在他外婆家带。她精打细算地砍价，买建材，每一块瓷砖都是自己去镇上挑选过的，手头很紧，但是也绝不买粗制滥造的便宜货。他们找父母兄弟借钱，找村长和大队书记借钱，欠下很多债，每一笔债欠的不止是钱，更是人情，然而村子正是靠重重叠叠的人情运转下去的，有来有往，生活不息。

这对年轻的夫妻每天天不亮就起床，细汗直流忙到深夜。哪天收工早一点，丈夫就去家门口的池塘里洗澡，把浴室留给妻子。他们抢时间清洗，扒拉两口饭，就去邻村的父母家看儿子，怕去晚了儿子就睡了。

儿子在外婆家养到两岁半，接他回来时，新楼房建起来了。两层，六大间。楼上两间大卧室，一间仓库，存放谷堆和酒缸；楼下是饭厅、客厅和客房。楼房后面还有一排相对简陋的平房，作厨房、浴室和柴房。厨房边上有个四四方方的天井，拿来放水缸水桶，晒茄子豆角，种花花草草。细节做得充实，外观也心思费尽。冬秀的丈夫把门窗漆成西瓜红，护栏漆成钴蓝色，外墙也用色彩鲜艳的马赛克瓷砖拼成小菱形，中央镶上八仙过海和王母蟠桃会的石雕画，用色大胆而鲜明，真可谓全村建筑业的先行者。

最值一提的是楼梯，他把楼梯装上了扶栏，当时村里可没有哪户人家这么做，因为太贵了，找铁匠打一副，800 元。当时油漆工和泥瓦匠的日薪才六元。因此，别人家都是教育孩子贴着墙走，小心翼翼上楼，但冬秀的丈夫一定要装上扶栏。他是那种未雨绸缪、心思细腻的人，比如当时有些人家刷墙壁，想节省一点儿石灰料，结果刷出来的墙壁，布满了大大小小的气泡，气泡一破，那白墙相当难看。可是冬秀家的墙壁，每一面都雪白溜光，她手摸一摸，脸贴一贴，那白墙滑溜溜、凉丝丝，像镜子一样。

冬秀家乔迁之喜那天，最最热闹，因为新楼房就在主路的中间位置，哪家过来都很方便。大家送来礼金、对联、盆花、瑞草，还有巩俐、黎明和郭富城的挂画，巩俐穿着泳装跨在摩托车上，那沓挂画比酒食还受欢迎，被男人们传来传去。他们像捻珍贵的钞票似的，手指蘸着唾沫细细翻看，巩俐的脚丫都被他们摩挲出了毛边，想起来真好笑。

冬秀的男孩小时候经常说："妈妈，我们家的楼房，全村好看数第一。"

冬秀说："妈妈也是这么觉得的！"她抱着他的脸蛋亲个不停。

男孩在那座楼房长大，直到 13 岁后，去了镇上读寄宿初中。以前，他们父子关系很好，经常楼上楼下疯跑，大笑。冬秀嗔怪丈夫，大的带坏小的，把她刚拖的地面踩脏。男孩再大一点，爸爸教会他游泳、钓鱼、捉黄鳝、捕野兔，农村天地大，生灵众多，充满了种种乐趣。如今，冬秀很难想象他们父子关系变成这个样子，一年到头难得见次面，一见面也难得好好说次话。

"也是，三句话不离钱，叫人怎么好开口？没钱人谈钱，心里总是不舒服的。"冬秀回想起来，长吁短叹，她十分地怀念过去，

“还是那时候好，即便我兜里常年不到 200 元，但再也没有比那时更好的日子了。”

冬秀印象中只有一次，丈夫骂了儿子。儿子五岁开始独立睡楼上一个房间，有天半夜，他可能是做噩梦了，哭哭啼啼跑来，一定要跟妈妈睡，正好那会儿，丈夫正在冬秀身上活动着，一下子就恼了，他又紧张又尴尬，骂骂咧咧的，赶着儿子去自己房间睡。他是那方面很强的男人，非常折腾，基本上每个晚上都有需要，就是妻子月经期间也不顾，别的女人都叫他——冬秀家的“种猪”。冬秀年轻时候也会气恼，怨他不体贴，但大多时候，她还是很喜欢他那么亲近她、依赖她。

她流过两个孩子，一胎三个月，一胎五个月，心里难受但没有办法，正赶上计划生育政策。不然她肯定多生几个，她和丈夫都爱孩子，觉得孩子是世间的珍宝，而且她家的楼房那么大，完全住得下。她有次跟儿子这么说，儿子冷冷地一笑，意味深长地说：“妈妈，你实在太天真了。”

5

2005 年，冬秀的儿子考上了长沙一所二本大学，学费一年五千多元，生活费每月六百元，开支一下子变得很大，他们又开始欠债。同时，物价和村里来来往往的满月、周岁、寿诞、婚娶、丧葬人情都涨得很快。虽说工价也水涨船高，但涨势比较急人：1990 年油漆工单日工钱六块，两块或四块每年一涨，1996 年跳到二十块，此后十年基本不变，一直到 2005 年才涨到三十五块。况且这些年，村子里的房子差不多都盖完了，以此为生的砌匠、漆匠和木匠的活儿少了，收入变得很不稳定。他们的妻子也不能再像传统农妇那样，只在屋里、稻田和菜土间活动，得思考走出去。

当时，城乡分割的种种制度松动，便利的条件逐渐成立，城市在向农民发出邀请：“欢迎你来——”听上去是时机，是出路。冬秀喜欢讲自己运气特别好，因为熟人介绍，顺利找到一户主人家，既有信任基础，又是望城老乡，做饭对胃口，主人对她湖南味浓重的普通话也不很苛责，最终她克服困难，适应下来。除了薪水稳定（第一年月薪 850 元），她心里有另外看重的一点：做保姆是正经工作，传到老家，不会坏名声。

做保姆，苦处最大不是累，而是常年与家人分离。小区里有个四十来岁的保姆说，我们本质上都是“守活寡”。十年来，冬秀帮丈夫在深圳找过卖力气的各种工作，保安、保洁、超市杀鱼、蔬菜搬运和看仓库，都是包吃包住，他总是做一段时间就唉声叹气，说想家，要回老家待一待，结果一回去就不愿再出来。问他，就说在老家跟着哪些熟人一起修路呢，建桥呢，造水渠呢，放心吧有收入呢。冬秀电话里催啊骂啊哄啊，想方设法。丈夫愁眉苦脸出来，在城市里干一段时间，又说想家。这样，两个人打了一场又一场疲劳战，相互消耗，陪伴却从未实现。最后电话里只剩下丈夫对妻子不理解的怨言，妻子对丈夫生存能力的失望。

冬秀没有回老家，她完全没想过回，怕一回就断了经济来源。丈夫强调说在做事，可是她清楚家那边没什么事可做。多年前，他当油漆工那会儿，每天的工钱都交给她管理，可是这两年，他只有去年过年时交给她 2000 元，平时根本不提经济建设。丈夫指望不上，她成了这个家的顶梁柱。为儿子考虑，这个家也确实需要钱。

冬秀的儿子大学毕业后，在母亲劝说下来深圳找工作，一开始像很多刚毕业的年轻人一样处处碰壁，因为他的性格像爸爸年轻时那般内向寡言，可以说比一般人还要不顺。他也是那种学习刻苦、自尊心很强却又见识窄的农村孩子，因为受挫而容易消沉。冬秀慈母心，容易紧张她那儿子。后来，一家医药公司看中了他，做销售，薪资承诺挺高，但是入职前需要培训，去北京总部学习俩月，须交两万块培训费。冬秀母子很舍不得，但做长远考虑，更怕错过就业机会，交了钱。

这次受骗的经历极大地刺激了冬秀的儿子。他当即离开深圳去了广州，并发誓再也不踏进深圳一步。那是他 23 岁时发生的事。如今他 33 岁了，行走江湖像当年一样孑然一身，誓言也像当日一样完好无损，他不曾再来深圳看望过母亲，总是母亲跑去广州与他团聚。

6

2017 年初，冬秀急着买房，分外焦急。儿子 31 岁了还未成家，以老家的看法，年纪越大越不好找，终身光棍的可能性也就越大。他事业发展一般，工作换过几份，辞职跟同学合伙开艾灸养生馆，反倒亏了积蓄。成家立业，一个人总得占一样呀，冬秀想起儿子就急。她请人帮忙介绍女孩，月老上了心，问她家条件，一听没买房，姻缘就没缘了。她心里其实懂的，这已经不是她择婿的那个地域和时代了。

女主人帮她指路，说国家正在筹建粤港澳大湾区，规划世界级城市群一体化，往后惠州等城市也会跟香港深圳一样了。她建议她去惠州买房子。深圳房价六七万元一平方米，惠州才一万元多一点，两城有大巴，车程一个半小时。她工作也继续做，以后安排单休，让她每周能跟家人相聚。冬秀想了想，觉得不错。

冬秀跟着中介看来看去，决定买惠州大亚湾区一套九十平方米的房子。也不能买得太小，考虑到一家三代，以后还有儿媳和孙子孙女。相亲聊起来也好听。大亚湾毗邻深圳，有高铁直通香港，是粤港澳大湾区的战略地带，近年来被炒得很热，房子十分抢手。冬秀看中的这套房子，首付、契税、维修基金、中介费等杂七杂八的费用，一出手三十多万元，这部分全归冬秀负责，儿子负责房贷——不买房不知道，这里面的名目条款特别繁多，都是开发商说了算。比如，这家名叫“樽壕”的开发商说认购要交五万块定金，五万块“腾讯街景个人连接器”的认筹基金。定金到时转入房款，认筹金等交房时再原数退回。每个名词都需细嚼慢咽，冬秀感觉知识不够用，只能跟着其他业主一起走流程，签字据，按手印。

一开始，冬秀存款不足，诸多费用，还差七八万元，怎么办？房子不等人，冬秀筹钱的心非常迫切，晚上思来想去，都睡不着觉。她想起 30 年前建楼房，全靠四处借钱，但现在，借钱变得难多了，开口借钱往往借不到钱，还伤感情。

冬秀也不是全无办法。之前，一个村里的侄辈找上门说，想买她家的宅基地，出价算比较高的，五万块，拆毁楼房的材料损失等另外补贴。这位侄子是村里考大学出去的，后来在长沙的保险公司任高管，发了家，回乡盖别墅，拿来孝敬父母，也算是衣锦还乡。

冬秀家楼房在高管年少时可谓风光，他自己家却相反，一片狭窄的宅基地位置很偏，躲在别人家楼房的背后，大门正对人家的猪圈，视野和气味都相当尴尬。

按国家政策，宅基地只能在村集体内部流转，严禁城镇居民到农村购买宅基地，建别墅或私人会馆。高管跟冬秀说，他以父母的名义，拿着父母的户口本来买。因为政策也规定“一户一宅”，那么两家协商好后，一同去国土办申请批准，考核批准后，他家建新拆旧，将原宅基地上交村集体。至于卖主冬秀这一方，往后如果再申请宅基地，就不予批准了。农村土地买卖问题，近年十分敏感，每隔一段时间，中央就下达一份加强管控的“通知”，提醒基层干部注意宅基地买卖问题；加上乡土人多眼杂，有时买卖也因各种原因，最后泡了汤。

冬秀打电话问高管还记不记得这事，他说当然，他是真心相中了她家那块地。冬秀再打电话知会丈夫，丈夫很吃惊，不同意，他讲冬秀是想当城里人想疯了，神经不正常，居然想到卖地，地可是农民的命根子啊。

冬秀对丈夫失望至极，连争吵都懒得费力。跟高管谈妥后，她很高兴，钱要得急，便没好意思多抬价格。

7

2017 年 4 月，冬秀如愿买到了惠州大亚湾相中的那套房子。她喜不自禁，简直不敢想象自己实实在在地完成了进城安家的宏愿。可是没有想到的是，2019 年夏天，等到交房时，开发商拒绝退还那五万块认筹金。

数百位业主们想尽了办法：一百人一组，派代表联名往惠州房产局上访啦，在惠州地方领导留言板上给市长写信啦，联系电视台的记者曝光啦，请律师打官司啦，但是，问题始终没有解决，连可供参考的成功案例，都没有一例。

有业主建起微信群，希望更多的人团结起来，约时间一起上信访办，上市政府，上省委，尽量去更多的人，造更大的声势。

可是有人说，大家不如多去网上搜搜案例请教律师，因为中国正在向法治社会过渡，这已经不是只要人多路子野就能赢的时代了。

然后又有人讲，律师费五千元到八千元，还要加上调查取证费和差旅费。有的律师还要求先发律师函给被告，一份律师函又得两三千元。如果败诉了呢，还得承担诉讼费，请律师，费钱又耗时呀——我们人多，能不能问到折扣？

有人接话道，你只看到我们人多，律师费贵，但你不知道，我们起诉，是以单个人名义起诉，有一百人，律师就得出庭一百次，律师又不是做慈善当菩萨的，难道以促进社会公平正义为己任？

又有人出来讲，十个人一起起诉说不定也行，但是如果有一人证据不足，十个人全部败诉。

还有人假设道，如果我们胜诉了，单我们这个群就两百多号人，开发商“樽壕”要赔偿一千多万元。它要是破产清算，没钱赔，那不是白折腾，白胜诉了？都是有限责任公司，像这种申请破产，清算，无法赔偿的，比比皆是，都是靠这种套路套钱。

有人说没错，开发商套到钱，扔掉旧马甲，注册新公司，故技重施，越演越熟练。傻子那么多，骗子根本不够用。

除了末一句，那些话，冬秀要消化好久。她忙完了一天，睡前翻看群里累积的未读消息，越翻越清醒，后来整晚整晚地失眠。

因为条条路全没走通，过了好些天，群里冷清下来，大家好像灰了心，又好像憋着一股劲，暗中等待时机。临近中秋时，群里有个女人，看头像跟冬秀差不多年龄，发愁地说，不拿回钱，哪有什么心思过中秋呀，要不我们中秋那天去省委静坐示威吧。中秋不行就国庆，特殊时期，不怕领导不管事。

很多人应声而起，一下子就凑了三四十人，冬秀也跟着发了抱拳的表情。

这事引起了网络警察的注意，他们断断续续地把一些人移出微信群。有人提醒大伙谨言慎行，不要连这个通气的群都被解散了。

中秋还没到，一天晚上，冬秀正要关机睡觉，一条消息弹出来，好像专门是针对守着手机的冬秀说的："甭忙活了，樽壕清算了。"

8

在这之后没多久，冬秀农村宅基地的买卖也出了问题。高管看好吉日动工，挖掘机开到冬秀家楼房下了，乡政府来人叫了停。有人举报，说这么做是违背政策的，至少也是打了政策的擦边球。买卖做不成，两家都有些委屈，只有冬秀的丈夫很高兴。他神采奕奕地跟人讲，他才不愿意去城市养老呢，举目无亲，最后没有旧友亲人来道别，也没有基本的葬礼仪式和基本的尊重。

高管想打探举报的人，却不太容易。后来他甚至怀疑是冬秀的丈夫干的。话风放出去，冬秀跟他对质，他并不承认。

买卖不成，钱却不能归位。这样一来，冬秀债务如山，压在头顶。她回老家时，不住地跟人道歉，讲自己在外面如何劳累挣钱，都是牵挂儿子的婚姻和一家子的未来，讲她自己如何深圳惠州来回折腾买房，却被坑钱，求告无门。那些人上次见面还大姐大姐叫得亲热，再见却压根儿不认你，多么冷漠无情。讲着讲着，她的眼圈就热了，有什么东西重锤似的压在胸口。

她又回了深圳，依旧每天五点起床做早饭，准备男女主人的午餐便当，然后洗碗、拖地、拆洗被单衣服，给孩子喂饭，推孩子出门买菜，回来给老太太和小女孩做饭，操劳到晚上十点半。哄孩子睡了觉，她再看看手机，点开“讨回五万团结奋战”微信群。可是，不知为什么，新消息越来越少，有时一天下来，248 位群成员都寂寂无声。她很想给大伙讲点鼓舞士气的话，可是那些话听上去未免傻气，显得很没有社会经验。于是，她只随手点开同盟们的头像看一看，独自想想对方可能是什么人，年龄多大，做什么工作，老家在哪里。她自己的微信头像，是惠州新房子的一扇窗户，一片冷月般的白光从窗口滑进来，茫然地跌落在地面上。

她还在期盼着，如果开发商能够退还那五万块认筹金，如果开发商能保留一点良心和同情，把饱餐一顿后剔下的牙缝肉塞给她，她的难处也就迎刃而解了。可是钱还会回来吗？一切越来越像空想，像做梦，而她的同盟，她多害怕他们放弃钱、公平、正义和希望，就这样沉默下去，无限地沉默下去。

饶命吧，教授夫人

1

马百禄躺在病床上，张大口呼吸，嘴唇一噏、一闭，节奏慢得像水中的花鲢。这一口气对他来说，运转得实在太艰难了，每呼吸一口，他的喉口就像坏掉的鼓风机，发出“呲呲拉拉”的令人不安的声音。他真怀念用鼻子呼吸的感觉，可惜那种感觉永久地逝去了。如今，他的鼻腔麻木无感，只起到一个交通枢纽的作用，连接冒泡的氧气瓶和两叶破烂的肺，氧气直接送进肺，能帮他节省呼吸所需的体力，让他稍微好过一点儿。

不过，好过不好过，马百禄都过不了多久了。76 岁，肺功能衰竭，动完气胸手术四年，目前又发现结核的症状。医生说他的两叶肺都变成深黑色，上面布满了气泡，气泡在撑大，在分裂，哪天一破，人就死了。马百禄不想死，求生欲极强，见到医生就情绪激动，苦口哀求。正因为他紧抱希望不放，没法获取平静和坦然，反而加重了自己精神上的苦痛，而且，与死神较量极大地耗费了他的心力，力量之悬殊让他沮丧、恐惧、恼怒，脾气坏透。马百禄的肺气肿是天定，家族病，但他性格硬气，一生不服输、不听命，如果此时他还能利落轻松地讲出话来，一定会对老天爷和阎王爷破口大骂。

陪床的是马百禄的老伴儿艾莲。马百禄个子高，住院一个月来吃不下饭，薄瘦得只剩六十来斤，躺在床上像根漂浮在沸水里的细面条。艾莲个子矮，虚胖，行动缓慢，性情忍耐包容，像堆个大石似的把自己堆在病床边，昼夜寸步不离。马百禄年轻时对她动手，年老动不了了就叱责她，但艾莲把这一切都当作生活苦难的一部分接纳了，渡过了。对于他将死这件事，她还没做好心理准备。大多数时候，她侧身面对墙，背对马百禄坐着，一只手给他按摩肿大的小腿和脚背，一只手偷偷抹眼泪。医生护士来查房换药，她会紧张羞怯，眼睛红红地赔上笑，仿佛被撞见做错了什么事。

这老两口都是农村人，来大名鼎鼎的湘雅医院看病。农村里有个说法，人死从脚肿开始，一寸一寸从脚死到头。艾莲不停歇地按摩病人的腿脚，希望能消肿，可是每次她用手指肚一按压病人的皮肤，无论凹陷得有多深，那坑总会慢悠悠地复原。徒劳无功。打的都是进口药，药力强，价钱贵，花销破了丧葬费，可一点好转都没有。湘雅的医生也有个说法，一接收农村来的病人就心慌，因为农村人一定是乡、镇、县、市的医院看遍了，一路治不好，不得已才到省会，才进湘雅这样的大医院来。相比，城市人的病则好处理得多，因为他们太惜命，感冒发烧就忙不迭地跑来了。

相比其他农村人，马百禄委实没怎么拖，在家只熬了月余。有天半夜咳得整个村子的狗都跟着狂吠，吐了一脸盆的血，天一亮就搭大巴车到了长沙。长沙他不算生，因为他的小儿子马竟成在长沙一所重点大学当教授，住处也离医院很近，步行十分钟。儿媳厉静婚后做全职主妇，多年给女儿陪读，今年女儿考上大学了，她也得空帮衬——确实需要她帮衬，医院挂号检查的流程很复杂，有时还得提前在手机微信公众号预约，诸多细节，农村老人哪里弄得明白。

老两口还有个从不与外人道的苦处。一进城，与儿子儿媳打交道，可能引起的麻烦，须要小心看待的儿媳的脸色，她从不拐弯抹角的戳心戳肺的言语，两个老人同样心里有数。事实上，马百禄到底是怕死，还是更怕儿媳厉静，这很难分出高下，也很难说得清楚。

马百禄被查出肺结核后，低烧不退，虚弱乏力，脑子迷糊，有几天呈现出一种弥留般的状态。他告诉艾莲，努力睁着眼睛还好，只要一闭上眼睛，人就完全不是那么回事了，好像马上会落气。他有时双目迷离，喃喃自语，细听却是说给艾莲听的，来回一句话：到了那边我保佑您哪顺顺利利。有一天半夜，马百禄忽然眼睛圆睁，惊坐起身，喘着大气摇醒老伴儿："啊呀天……我挂号……挂号的钱……钱给她了吗？"他说得那么急促，说完猛咯血。艾莲甚至来不及去床底下找盆，急得用纸巾到处乱擦，边擦边安抚他，所有开支，包括她本人的地铁票，六块钱，都补给儿媳了。马百禄一咳就不可收拾，场面很乱，艾莲拖着哭腔哀求道："您哪放心，放心啊！养好病，我们出院时再给她一点劳务费，她不会不高兴的。"

2

马百禄有两个儿子，年龄差两岁。大儿子马有成和当地人无异，在农村当农民，搞养殖，主要收入来源是两百多头猪。每年猪价不稳定，赚的年份少、亏的年份多，今年分外倒霉，非洲猪瘟席卷当地，没有放过一家农户。一天晚上，马家有一头猪两眼发晕，踉跄倒毙，第二天，动物防疫站的人闻风而来，把感染的两百多头猪都埋了。这场来路不明又毫无对策的天灾，亏得马有成夫妇双目血红。

老话讲，同胞不同命。20 世纪 90 年代初，小儿子马竟成考上大学跃出农门，自动化专业毕业后，先在一家私人企业干了几年，后来，既遇贵人，又走时运，进入一所工科见长的专科学校，几年后，这专科升了本，又升了一本，马竟成苦干过来，职称步步登高，四十五岁成为重点大学的教授。以马百禄的话来说，出个这样的后代，真是光宗耀祖，一定是祖宗棺材开了缝，坟头冒青烟，三代积德的收成。小儿子马竟成是马百禄两口子精神上的骄傲和荣耀，放进具体生活里，如果哪天老得无法独立，发愁经济，马竟成也是他们的退路和靠山。

两个老人心里有杆秤：大儿子儿媳虽然朴实孝顺，一起生活多年没有摩擦，老两口有任何需求，随叫随到，但是说到底能力有限，见识浅薄，如果摊上大事，比如性命攸关的大病，不仅拿不出足够的钱，也摸不着去大医院的路。小儿子儿媳是懂知识的城市人，尽管不在身边，电话联系也极少，甚至心很大（不像大儿子年年细心供养老人八百斤稻谷），但是说到根本，他们家底雄厚，见多识广，真到了紧急关头，才是最值得信赖的人。人老心境都一样，最怕老无所依。

所以，那一年同一月份，大儿媳临盆，小儿媳断奶，都想要个帮手，当公婆的选择了听从小儿媳厉静。断奶相比临盆，实在算不上要紧事，但是艾莲作为一个共同的婆婆，最后像个公厕似的，被厉静霸占一年多，才放回乡下。大儿媳为人憨厚，坐月子期间没人料理，除了叹气，还是叹气。

事后多年，艾莲说起来不免对大儿媳心怀愧疚，她讲，多子多忧，她委实别无选择，因为厉静跟她发了话，意思是，而今你不帮我带孩，等你俩老来病痛，可万莫指望我负责。艾莲提醒道，你产后，我已经在长沙帮衬一年多了啊。厉静伶牙俐齿反应快，类比道："按你这个理，我到时管你们一次肝病，就不用管下次肺病咯？"公婆俩在强硬的小儿媳跟前，软塌塌像两条鼻涕虫，姿态盘伏，连腰杆很硬的马百禄也强硬不起来的。他背地里叫厉静"教授夫人"，教授夫人，总要摆摆派头，显出高人一等的。马百禄在农村当了一辈子小学教师，不理解城市那台庞大机器的运转规律，也想不明白教师跟教授隔着多远的差距，因为摸不透，他对儿子儿媳就很敬畏，尤其对儿媳厉静，调换了辈分似的，他非常尊敬她、畏惧她。

艾莲在长沙带孙期间，才开始了解厉静的为人。像厉静这样一种人，是她从未见识过的，她活到黄土埋到腰身，熟悉村子里五六百号人，近亲远戚牵涉各村，但是像厉静这样一个人，她没办法在自己的经验时空里找到对应，她没办法弄明白她。她跟人说起这个媳妇，眼神满是迷惑："怪异，怪异。"农村老人的词典里没有"市侩""市井"这样的词，城市在她的印象中代表知识、财富、先进，也就意味着懂道理、为人大方、遇事有办法，因而，城市人也不像农村人这么多灾多难，无依无靠。

2001年，艾莲初次进城带孙，正是炎热的七月，长沙像座火城，室外温度高达40℃，电视台的记者蹲在黄兴路实拍"地面煎蛋"。艾莲下了公交车，七拐八拐摸进儿子的小区时，感觉脚上的塑胶凉鞋底都要被水泥路面烤化了。太阳雪白刺眼，小区里每栋楼房都长得一模一样，她茫然四顾，老眼昏花辨不清门楼号，而且土鸡腊肉很沉，手机很烫，听厉静在电话那头东南西北一通指挥，她感到相当无助。儿媳出来接她时，皱着眉大手一挥，意思是很简单，直走第五套就到。艾莲口干舌燥，咽了两口唾沫，没有吭声。路上经过一个敞棚水果店，一个男人正从小卡车上卸大西瓜。厉静上前问价钱，男人说三毛五一斤，厉静说三毛卖不卖，男人说不卖，厉静说公交车站那边卖三毛，你卖贵了。男人说，那你去公交车站买。厉静又问，三毛你到底卖不卖。男人说不卖。男人面露鄙夷，厉静犹疑不定，两个人站在灼热的烈日底下，为这五分钱扯了很多皮，互不相让。最后还是艾莲掏钱买单，这笔生意才谈成。

同住不到一个月，艾莲贴身自用的600元，竟然都在陪儿媳买菜的日常中花光了。常常是买单的队列排到跟前，厉静恍然大悟似的，说忘了要买什么，忘了马竟成交代的什么，嘀嘀咕咕的，撇下艾莲就躲进货柜不见了。

3

艾莲在长沙住得很别扭，一个重要原因是，儿子家完全是儿媳当家。她不懂马竟成那么寡言谦让，到底是出于文化人尊重女性的教养，城市夫妻的相处模式，还是性格过于畏缩尕尿。经济上不用说了，马竟成每月五号把工资条和如数现金交到厉静手里，厉静先发给他当月烟钱三百元，再把工资条指点给艾莲看，撇嘴皱眉地嫌怨一通，讲家里怎样挣得少，养的人口又多，农村公婆如同供养两尊佛，纯摆设，不能怨他们无一分能力。她长吁短叹，羡慕几栋几户的谁家媳妇，命多么好，儿媳、妻子和母亲，各个角色如何当得舒心适意。

厉静说这些时，马竟成在一旁面无表情，也不搭话，该拖地拖地，该洗碗洗碗，像个谦卑有礼的用人。他一个大学老师，被一个请辞的超市收银员管得服服帖帖，倒不是收银员有多么出众的管理才能，而是管理对象是一个高度自觉的人。有这么一种人，他哪个角色都想做好，他把“好”当作目标也当作本分，不管面对的是什么妻子、孩子和领导，他都想让对方满意。马竟成想让厉静满意，因为他不想做一个糟糕的失败的丈夫，对他来说，婚姻不幸的过程不可怕，婚姻失败的后果才是最可怕的。

马竟成和厉静的结合一如大多数普通人的结合，时代风气和实用主义起了决定性作用。20 世纪八九十年代，社会上最重视的就是户口，人们对城市户口的热切比如今对待房子更甚百倍，户口簿首页左上角户别一栏，“农村户口”与“非农村户口”成为区分一个人高低好坏的标志。在大家眼中，市民比农民高人一等，上学、就业，方方面面都有保障。后来，户籍制度改革，“农转非”政策一颁布，农村人费尽心思找关系买城市户口，倾家荡产不在少数。马竟成大学毕业后，最初工作的私企迟迟不给解决户口，他在城市没有关系，在农村也没有积蓄，眼见一些没有读大学的乡下同学举全家之力买到了城市户口，他就为这事更加着急。细读政策，日思夜想，不知怎么就盯上了“配偶”“家属”“随转”这些关键词，脑筋一转，大腿一拍，好像找到了突破口。

于是，托人相亲有了准确的目标。第一，女方要有城市户口。话说回来，马竟成毕竟读书出身，相信知识改变命运，他想找个有中专文凭的，他本科，对方中专，镇得住。那时候中专很吃香，而且一般都有个幼师、护士之类的稳定职业。其他男子计较的外貌，他出于自知之明不敢计较。况且，流行话讲得有道理，灯一关，眼一闭，个个都是大美女。马竟成学历高，个子矮，穿鞋一米六三，怎样抹发胶穿西装，都算不得一个有风度的男子。有了户口、身高、家境几张短板，马竟成在城市中的相亲之路走得相当坎坷，相当苦闷。兜兜转转到最后，对女方的指标，除了“城市户口”咬牙不松，只剩善解人意一项。什么叫“善解人意”？这样的词语很不好定义，也许在牵线阿姨看来，善解人意约等于听得懂人话。

马竟成第一次和厉静在约好的餐馆见面时，她才下超市九点半的夜班。女孩正值芳华，却不影响她外貌平庸。她外形上有一项特点在其他男子看来多半是缺陷，可是正中马竟成心意：她长得十分高大，首先是高，也偏胖，显得她体积更像一座大山。这大山喜欢披上颜色鲜亮的衣裙，四季如春，使她移动到哪儿都令人不容忽视。矮小瘦弱的马竟成羡慕她，想到后代基因，他几乎赞赏她。他体谅她的辛苦，点了几样好菜，听她抱怨刁钻的顾客、苛责的老板和毫无定数的未来，从安抚她的胃和心情中同样安抚了不顺遂的自己。那时候，他的处境和心境正在一个特殊阶段，似乎偏偏为这样一个人物而准备，如果来者换作一个不忧不惧的笑哈哈的女孩，他一定会觉得隔阂、膈应，既达不成理解，也体会不到被需要被倚靠的男性尊严。

厉静和她在菜场摆摊的家人相当满意马竟成是个文化人，他们像很多受教育较少的人一样天真，认为文化能解答关于生活的一切难题。农村人马竟成相中了厉静什么，他们也心知肚明，从不点破。总之，这恋情进展飞快，奉子回乡下成婚时，马百禄和艾莲才既紧张又期待地见了儿媳第一面。

婚后没多久，马竟成到一所专科学校当老师，此后事业进阶迅速。按理说，厉静命好，该惜福，只是惜福的人必须得有珍惜的能力，厉静没有这个能力。她习惯用贬低来打压丈夫的自信，以此减小两人的差距，套牢他。她总说他是个乡下人，如果不是依靠她，他作为一个乡下人的命还得无限延长。这话不实，因为马竟成转业后的学校是给解决户口的。没过几年，国家又出台新的户籍改革政策，取消农业户口和非农户口的区分，一律改为居民户口，厉静当初带给马竟成的那点实际好处，悄然消弭了。外部形势此一时彼一时，家庭内部却砌成了固若金汤的相处模式，似乎人到中年，对外部形势的认知，一如对流行音乐的审美，静止在青年时代。厉静把乡下人挂在嘴边，嫌马竟成邋遢、老土、习惯不好，有次当着客人的面把马竟成煮熟的米饭连锅带铲扔进垃圾桶，因为他“乡下人的手不干净”。

马竟成青壮年时，在外开疆拓土，一手抓职称，一手置房产，追名逐利尽管辛苦，但能感觉到自己的活力，而在家庭关系中，他实现了某种坚不可破、冷若冰霜的局外人心态。这时他还预料不到，人生的曙光会在45岁后出现。彼时，他将感觉自己的身体衰朽得很快，相对的，精神和脾气也衰朽下去，那股暗暗较劲的气力会妥协，消散，然后，忽然有一天，他彻悟般地接受了妻子的说教和行事习惯，慢慢地，与妻子同舟共济，同流合污，最后干脆，成为跟妻子一样的人，他的日子从此过得顺滑得多，轻便得多，似乎也智慧得多。

4

这些年，逢年过节，厉静返乡与公婆相处，不快之多就更不用说了。公婆处处忍耐，在她跟前如履薄冰，她却总是不能满意。傲慢、吝啬，颐指气使又出言刻薄，令所有人不得其解。教授夫人在村子里臭名昭著，大家讲她的素质连一般农妇都差得远，这实在是马百禄老两口不愿意看到的，他们费尽口舌为她辩护，如果有人讲教授夫人恶毒，抠门，算计，做公婆的便故作轻松地打一通哈哈，说不不别误会，她是心直口快，勤俭持家，头脑机灵。可是，两个老人嘴上蜜抹得越勤，心里不知怎么就越苦。马百禄离世前，在长沙湘雅住院24天，而后回乡下老家等死，17日后投水自尽。人生末路，苦处尝尽。

那时，住院头几天，厉静每天来陪艾莲坐一会儿，医生办公室跑跑腿，问问马百禄的情况。老两口十分感念，思量着该如何回报，传统老农的秉性，受人家一点好，就感恩戴德，念念不忘，往深处说，也怕欠下厉静的人情。有次厉静讲医院气压太低，空气滞重，人都快闷出病来了。说好每天中午她负责给老人送饭，送了三天，情绪上脸。于是，这份孝心被马百禄好言谢绝了。

之后，艾莲从病房窗户塞进来的卡片上打电话订饭，青椒炒猪肝，红椒炒猪脑，爆炒腰花，15 元一份，都是典型的湘菜，浓油赤酱，辛辣冲鼻。马百禄虚弱乏力，渐渐吃不下饭，看见饭就皱眉。有时他一整天粒米不进，却毫无饥饿感，在艾莲的哀求下挨一口，会在嘴里含很久。因为他的口腔里长了一层鳞片似的又厚又硬的角质，不仅丧失了味觉的刺激，而且吞咽对他来说也相当费劲，吞咽空气已不易，吞咽食物，尤其是对付又干又硬的动物内脏，他感觉难于登天，苦痛难耐。

医生只催促他吃，吃，多吃。营养必须要跟上。从早到晚，医生都在给他输人血白蛋白，一种高营养品，宽慰他说，如果营养补到一定指数，就可以给他开抗结核的药。这样，他就有力气端碗握筷子，有力气下床走动，甚至出门晒太阳。然而令医生失望的是，白蛋白一边补一边流失，没有被有效吸收的迹象。

其间，马百禄的大儿子儿媳来看过一趟，待了三天。他们都是穷人，格外省俭，城里吃住太贵，厉静虽手握房产三套，却没吱声请兄嫂去住。艾莲察言观色，老催大儿子回去，说老弟跟医生留了话了，要拉活的回去，因为到时如果运尸，麻烦就大了。意思是，请不要顾忌见不到老父最后一面。大儿子儿媳一回去，厉静不干了。她觉得不公平。她直爽惯了的，在病床前叫声爸，叫声妈，便讲，目前的局势不对头，照顾父母，应由两兄弟平等分担，一人一半，听医生的意思，马百禄再拖两个月问题不大，那么，住完当月，下个月爸住哪，谁跑动，谁挂号，谁沟通，就该是大哥大嫂操的心了。

话里有话，厉静怕他们听不明白，第二天再来，干脆挑开了说。农村老人大多没有医保，没有报销，马百禄作为乡村小学老师，有医保，每月也有1500元的退休金，算是农村老人里面条件好的，但是呢，很多昂贵的进口药又不能报销，比如每天一瓶的人血白蛋白八百多元一瓶，他本人的积蓄能挺多久？几句话讲得马百禄情绪激动，咳个不停。艾莲心想道，这是在赶他们转院吗？老家的乡镇医院没这些药，医术也不高，回去就是束手等死啊。她拿儿媳这些话炒馊饭似的在心里翻炒，希望能炒出别的味道，可是她无奈极了，难过极了。马百禄说不慌，等儿子来了看他怎么说。

马竟成讲得多是公平，责任，让大哥不留遗憾，等等。说得文雅多了，意思是一样的。两个老人领会了，不到当月尽就办了出院手续。厉静开车相送，在镇上加油站，艾莲硬是把200元油钱塞给了她。在车上，厉静跟公婆讲真心话——她活得一贯没有思想负担，想到什么讲什么，自己不好消化便都推给外人去消化。她讲，为人父母，白发苍苍，却依然把儿女当作自己一手养育的，真是光长年纪不长脑子。想一想，马竟成51岁，16岁离家求学，26岁结婚，抛开亲密程度不谈，按年岁来算，受妻子教育与影响之深远比过生身父母。厉静总结马竟成这个人：“他是我的人。”

“你讲得对。”艾莲听见马百禄吃力地回答儿媳，劝他：“您老人家，少说话，多休息吧。”马百禄点点头。

厉静继续讲，马竟成都五十多岁了，老了，他比以往任何时候都更听从她，懂得取舍，懂得为自己和下一代考虑。这样，她也比以往任何时候都更喜欢他。世间的道理，很多人正是在老了以后，才比年轻时更懂事，能退让，无为，弃我，因而更像一对和睦、和谐、幸福的夫妻。

艾莲心里哀叹，真受不了啊，可是她的头跟着听到的话点了点。马百禄猛吸一口气，接着咳，咳，咳，厉静把车停到一边，问要不要挂上氧气瓶吸两口再走。马百禄手一挥，咳，咳，咳："不用了，你讲得都对，都对……咳，咳，别讲了，饶命吧，教授夫人，饶命吧，快别讲了。"

5

出院后，马百禄的大儿子从村上借来一副轮椅。这轮椅的主人是个未婚女子，她在经历第二次脑疝中风后，不久前去世，尽管有人说这轮椅不祥，但它功能实用，设计体贴，有小餐板和抽拉便盆，很能满足马百禄的需求。可怜的马百禄，病得面目全非，脸部瘦得可见骷髅头骨的形状，非常骇人，只是双目看人时，依然有些锋利的余光。他的双腿形同摆设，裤管晃晃荡荡的，腿骨细得像两根筷子，因为结核病加重，他低烧不退，虚软乏力，不能行走站立，基本上是个瘫子、残废了。

清早傍晚，艾莲会推他去村子里走走。这是个山坳坳里的四边形村子，四面环山，一方平整的田野被青山包围，有的种水稻，有的种烟草，连成碧绿海洋，风来雨往，波澜不兴。房屋均带一口鱼塘，背靠山，面朝原野，大门与大门相对而立，静静相望，显出彬彬有礼的样子。各家出资分摊修建一条水泥路，从每扇大门前经过，将邻里连接起来，最后也伸向村子外面的广阔天地。马百禄老两口每天都在这条水泥路上走走，湖南雨水虽绵绸，却不猛烈，所以下雨天也从不中断。他们每天围着四边形打三个圈，观赏各家菜地里碧绿的菜叶，金黄的菜花，红红的番茄果。村子地势较高，天气好时，能完整地看到落日从霞云中出现，一点点，一点点，退隐到青翠的山峰后面，薄暮如雾弥漫开，大地从无穷的黑色寂静中沉没下去。

这村子虽然偏僻狭隘，却包容一切；虽愚钝默然，却理解一切，让人觉得放松，平静。艾莲想到，以后终老之际，她才不会去城里的医院挨日子，一天也不。群山之中，哪个方位，躺着哪位至亲的家人，哪位熟悉的邻里，艾莲都知道，这么一想，死好像也不是一件太可怕的唯独她吃亏的事。再想想人情儿女，好像也没有非留恋不可的人，因为似乎没有哪个人会因她离开而悲哭，没有。她感觉得到马百禄想的也和她一样，他虽然什么也没说。不过他比较幸福，走在她的前面。他的身体机能越来越差了，有一天，艾莲端来尿壶给他接尿时，发现这项工作变得难度很大，尿液顺着他的大腿侧淌下去，断断续续，弄得轮椅的脚踏板上到处都是，艾莲努力了，马百禄更加努力，尿液还是洒了一地。艾莲柔声安慰他，帮他清理，发现他胯下什么也不见了，完全萎缩了，粗看和女人没有分别。

艾莲推着他在路上走，他随时随地都能昏睡过去，像倒退到了出生不久、头脑混沌的婴儿时期。有两回睡着了，很久没有动静，艾莲忍不住去探他是否还一息尚存。夜晚，他的睡梦中开始出现已逝的亲人，父亲，母亲，大姐，祖母。艾莲听他的梦话，不叫活人，都是叫爸，叫妈，妈啊，妈啊——话堵在喉口，重重地喘，神情相当痛苦。有次，雨后，马百禄对着那座云雾缭绕的齿状毛竹山微微一指，交代说，他要躺在他的娘身边。因为讲话十分费力，除非必要，他极少开口了。

那天傍晚，艾莲正在收拾衣服去洗澡，马百禄叫住她，把一句莫名其妙的话交代了两遍："明天开始，天一黑你就关门，要注意安全。"等她洗完澡，洗完衣服出来，看见轮椅空在大门那里，马百禄不见了。

所有人都想不明白，马百禄明明动弹不得，他究竟是怎样把自己一点点挪到一百米外的鱼塘里去的。

艾莲给儿子马竟成打电话，电话接通时，他正在惠州看房子，长沙的冬天越来越冷了，他们想在暖和的海边置一套过冬的房子。艾莲悲痛难抑地说："儿啊，你爸走到鱼塘里去了。"马竟成一时不明所以，厉静话听一半，在旁边嘟囔："爸好些了，能喂鱼了？"她像是忽然想起了什么，大声嚷嚷："妈！大草鱼不要卖，给我留着，晒干熏好，我过几天回来拿！"

艾莲恸哭起来，她哭得那么悲哀，绝望，好像被什么比丈夫之死更可怕的钝力，轰隆击中了心脏。

山中鼠患

1

五十四岁生日那天，余秋山一个人死在老屋里。邻居老张推门进去时，一群状大如猫的老鼠正在余秋山身上跃上蹿下，虎视眈眈地凝望着老张。老张见此人间惨相，厉骂一声，大鼠们挑衅地瞪视他一眼，像支军队的士兵一般，面面相觑，叽喳商讨两句，不情愿地从余秋山身上跳下，纷纷钻进床底，不见了。

余秋山的老屋地处湖南两个山城交界处，后背靠山，门前临水，水是一池半亩大的水塘。办丧事前，老张把水泵丢进水塘，接好水管，屋里屋外大冲大洗，就是洗不净那股令人恶心的臭味。那味道就像吸附在他的鼻翼内侧，让他看见肉就想吐，好几天都没什么胃口。

上个月，余秋山来找老张坐坐，笑眯眯地告诉老张，他晚上睡不好觉，因为他家发鼠瘟了，难以计数的大老鼠在他枕头上跳上跳下，很吵。有时他好不容易睡着了，又被那些疯老鼠咬醒，它们是不是饿疯的？说着他拨开头发，把头皮上的血痂子露在太阳底下给老张看。老张说，下次去镇上，记得带点老鼠药。这深凹的山谷里只剩几户红砖老屋，当初环水塘而建，茂林修竹，屋舍俨然，如今住人的就余、张两户，既没商店，也没货郎来走动，格外荒僻隔绝。这几年，村民们陆续把房都安置到十多里外的镇上去了，老鼠药，也只有镇上才有得买。

余秋山摇摇头苦笑说，老鼠很聪明的，能想的办法他都想过了，没有办法。有天半夜，他正侧身做梦呢，一只老鼠钻进被窝，沿着他的后背穿梭找出口，他不动声色，然后一咬牙，一屁股坐死了它。余秋山问老张，你猜那只老鼠有多大？我拿秤一称，一斤四两，成精了。

余秋山为此养过一只猫，但是猫根本不是那群老鼠的对手，没几天就吓得不见踪影。

老张的老婆在一旁嗑着瓜子细细听，不时扑哧一笑，山里女人嘛，这些年淳朴良善的少了，变得枯燥又热情，专以挑事为乐。老婆不接老张眼色，一个劲拿话激秋山，说他怎么不会过好日子，明明老婆能干，在镇上置了好大的产业，有三层楼房两套，有窗帘店和麻将馆门面两爿；明明儿子也能干，娶了儿媳，生了孙子，养到了学叫爷爷的年龄；明明也有漂亮女儿成年，明明怎样又怎样，他倒好，一个人待在这深山老林，过的是和尚还是道人的日子？说得秋山闷声不响，只管喝茶，茶喝完，碗搁好，起身就走。老张本想留秋山吃晚饭，炖鸡的板栗都是两人一边聊天一边剥好的。可秋山手一挥，就当没听见，头也不回，沿着弯弯绕绕的山路走了。

事后，老张说，妇人惹人嫌恶就在于居心不良，自己日子过不爽快，就偏爱戳人痛处，让别人也过不爽快。他劝老婆，你不要老提人家老婆，她做鸡的，你又不是不晓得。再者，儿女也不要提，秋山并不喜欢他那双儿女。

老张回想起来，最后一次见余秋山时，他看上去没什么不正常。秋山虽然很瘦小，但不曾听过他患什么病。相反，他腿脚轻快，行动敏捷，走路如云飘，只在老张低头扫完板栗壳那一会儿工夫，秋山就到了三四百米外的家门前。几天后，余秋山死了。老张想起这茬，顿感诡异，走路轻飘飘的秋山，好似肉身已去，只剩灵魂二两。

有人说，秋山是被老鼠咬死的，老鼠携带的细菌病毒很多，人会被感染出血热、破伤风、狂犬病或者斑疹伤寒之类的疾病，都是发作快、难对付的重症。也有人说，活生生的人怎会被老鼠咬死？他肯定是突发急症死的，尸体多日无人收拾，才成为同居鼠类的大餐。那么，他先前有没有冠心病、脑溢血，或者是什么癌到了晚期？

旁人问起余秋山的老婆洪樱，女儿余雪和儿子余雷，都是一脸茫然，两眼空洞，一问三不知。

2

余秋山和洪樱夫妻三十年，分居十余载，至秋山死，也没有离婚。他们年龄相差无几，都是20世纪六七十年代生人，“离婚”二字，挂嘴边都嫌丑，更是做不出来。往上再看，他们的父辈兄姊，哪怕是夫妻两个相互嫌恶至极，摔锅碎碗，鼻青脸肿，一辈子也顺流而下，没有哪对非要离婚，要去民政局扯个离婚证的。以他们的话来说，自家破事闹到政府大院，不怕耽误领导建设国家？闹到父母那儿，最多闹到村长那儿，就够了。等到年龄上来，四十不惑，凡事看开，什么离不离，结不结，红本本有它没它都没差，仪式做起来很麻烦。况且，儿女都已成人，照常叫爸叫妈，家族亲戚一有大事，请柬通知一齐招呼你俩；逢年过节，上坟祭祖，各就各位；大伙儿包括先祖眼中，你俩始终是明媒正娶的一对儿，国家认可保护的合法夫妻，死都是对方的鬼。

所以，当地五十岁及以上的夫妻，感情破裂，分居多年的常见，但是真正离婚的？几乎没有。追溯下去，这些分居的老年夫妻，几乎都有一个遥远而隐秘的共同点：妻年轻时，都曾进城做性工作者。

20 世纪八九十年代，珠三角推行改革政策，市场经济发展迅速，城市变得开放包容，接纳了很多进城务工的农村人。彼时正值这拨女性的青春芳华，她们大多二十出头，初为人妻人母，初尝生活的艰辛困苦，急需挣钱养家，寻求出路。有个别胆大的出去尝了甜头回来了，说起外面的大世界，嘴上抹了蜜，听得人心痒痒。于是，她们软言好语安顿了丈夫，把孩子托付给婆婆，怀着对更好一点儿的生活的向往，成群结队，从湖南山城深处的小镇小村，辗转到广州、深圳、珠海和东莞。她们在偏僻隔绝的乡村度过少女时代，所嫁人家也不过周边十里，熟门熟路，知根知底，像这样出远门、挤火车、在外宿夜，都是平生第一遭，需要鼓足莫大的勇气，才敢拿眼偷瞍身边的陌生人一眼。

物竞天择，适者生存。要说农村人对城市生活的适应，男性明显比女性弱很多。一般是，男性打一两年零工，叫苦连天，忙不迭地返乡了，余生再也不愿出来。女性却能够在城市中熬住，最终适应，习惯，甚至喜欢。她不那么容易妥协，既然出来了，一定要从中有所得才会甘心返乡。

20 世纪 90 年代初，余秋山去广州见大半年不见的老婆，去时下了很大决心。作为一个货运司机，他卖掉自己的手扶拖拉机，钱款一半傍身，一半留给母亲和孩子。去时正是夏天，他的铺盖卷里带上了棉被和夹袄。可是，给建筑老板看了一阵仓库，等不到立冬，秋山灰头土脸地回来了。他没余什么钱，钱都被工友哄吃哄赌花费了。又过了四五年，洪樱才返乡。这似乎意味着秋山清冷孤独的光棍生活的终结。

洪樱返乡，是当地的一个传奇。她本来没打算返乡，因为她当时才三十来岁，虽是吃青春饭，也还大有作为。洪樱骨架高大，身材微胖，有些悍相，但是优点是肤白如脂，眉目顾盼生情。而且，别的同行喜欢化浓妆，洪樱只薄施粉黛，这使她看上去既与众不同，又像个很能激发人挑战欲的良家女子。一同下海的姐们儿说，洪樱在店里最受欢迎，很有些老来俏、风生水起的势头。有一天，老妈妈接到一个香港熟客的电话，客人要得很急，给了丰厚的嫖金和酒店地址，请派一个愿意过夜的姐妹过去。那个时间，洪樱正好有空，即刻打车就去了，是白云机场附近的一个大酒店。洪樱一进门就注意到床头柜边拉杆箱上贴墙立着的一只小皮箱，四四方方，铜锁扣紧，整张牛皮无一丝褶皱，在金黄的灯下折射出一片暖光。洪樱凭着某种直觉，嗅到房间里散发出的分外诱人的气息。她的心始终被那气息勾引着，服务客人百般周到，那客人上了年纪，体虚却格外贪心，来回折腾半宿，完事后鼾声如雷，睡如死猪。洪樱敲打他，人像锁死的铁门，不响不应。洪樱提起小皮箱，蹑手蹑脚出了酒店，直接冲往机场，买最快的机票飞长沙，连夜转汽车，面包车，摩托，再山路徒步，第二天天擦黑前回到了深山谷中遗世独立的老屋，丈夫秋山正从门前水塘打鱼上岸，抢天光清理结在渔网上的苍耳子。那时监控和人脸识别等科技都不像如今普遍，但洪樱明白，广东是再也不能去了。

那晚，两口子挑灯夜数，齐整整的百元现钞，新得像假的一样，硬得像刀片一样，伍拾万元整。

3

洪樱返乡后，她的富有、果断、风骚、厉害，以及言行打扮，都跟留在人们印象中的洪樱天地之别，仿佛是当地闯来一个也叫“洪樱”的陌生外地女人。起初，人们以为全是那伍拾万元在起作用，他们眼看着她毫不吝惜地弃置老屋地基，去镇上买地皮，盖高楼，豪华装修，置备高档电器和家具，用盆栽龙血树、君子兰和火棘果（而不是塑料花树）装点大厅。厅里添上八张麻将桌，这就成了镇上五星级的麻将馆。继而把二楼装修成 KTV（他们这一代人的说法是“歌舞厅”），知心爱人，夜夜笙歌。但在同行的激烈竞争下，KTV 没多久就不营业了，只提供给亲戚朋友免费聚会游乐。

当地人喜欢建房置地。建设好自己的居所后，洪樱还想到看风水，迁祖坟，给祖先建起瓷白碉堡房，盖上青色琉璃瓦片，脊上盘卧两条黄龙，希望祖先保佑，富贵平安。至于在吃穿上细考慢究，那就更不消说了，费得了几个小钱。

家庭大搞建设的阶段，余秋山同样十分得意，事事亲力亲为，逢人说起老婆的传奇经历，直叹连男子也未必有那种机敏，那种胆量，一夜之间，她就改写了家庭和儿女的命运。

后来，连局中人也预料不到的是，生活中有别样东西开始起作用，如同白蚁在暗处松动墙脚，日积月累，竟令爱情和婚姻的大厦土崩瓦解。余秋山哪里晓得这白蚁是几时豢养，吃什么壮大身心的，只等他动手来整顿，才发现人家的厉害早已从皮长到肉，从肉长到骨，能耐成精了。秋山酒后跟人吐真心，他非常后悔让洪樱南下广东。她在外那些年，他摸不着她到底过了些什么日子，以致她回来就成了这个样子。

小镇女人说话很难听的，即便好些都曾是一起南下广东的姐们儿，可一旦在你家麻将桌上输了钱，拍屁股起身踅进小巷，嘴瓣锋利，如剪似刀，一点不念旧情。有说洪樱胃口极大，一夜也不能缺人的，就有说洪樱在广州的最高纪录是一天二十七客。有说洪樱和镇上哪个轻浮男人牌桌底下你来我往腿脚摩挲的，就有说谁谁透露过了，洪樱下面无毛，是只“白虎”，物以稀为贵，出现趋之若鹜的现象不难理解。有说洪樱虽富甲一方，却放得下身段，低得下头去，男子喜欢的她偏偏也喜欢，就有说那自然，洪樱是在一线城市开过眼界，训练有素的，做得越专业越先进，口碑越好，越能做大做强。

也有人狐疑道，干这行，洪樱就不怕染病？我们镇上那些男人就不怕染病？越是见不得人的病，越是磨人，老军医治不好，想死又死不了。炎症千百种，就是最寻常的那一种，也能让你跑厕所跑断腿，一滴两滴往外尿，你会怀疑自己方才憋的不是尿，是碎玻璃碴。然而，有混账子酒后放言，牡丹花下死做鬼也风流，反正人穷活着也没什么卵味。大家只当他是想博众人一笑，这笑却是苦笑，因为性病正如瘟疫在镇上流行，的确已成为很多家庭的郁结，夫妻翻脸的导火索。这是整个镇子的心头之痛，难言之隐。

余秋山本来能力不强，性格软弱，像个讲文明的教书先生。洪樱成为家庭乃至家族的致富舵手后，他在她面前更加说不上话来，尚且同居时，秋山极少下楼，整个人像极夜一般陷入永恒的无边沉寂。后来发生了一件事，余秋山首次提出离婚，口头的，没有推进到诉讼那一步。人们背地里说，秋山拿离婚唬人，却看不清唬的是只母老虎，是只毒蜘蛛；只有大家眼明心亮，秋山自己正是虎口的羔羊，蛛网中的蚊蝇。

事情是这样的：镇上一位母亲，愤怒的公牛似的冲进洪樱的窗帘店，从花花绿绿的窗帘背后揪出自己的儿子。樱樱窗帘店在国道和老公路交叉的当眼路口，车水马龙、人来人往，这位母亲就站在街口大骂洪樱不要脸，徐娘半老，偷吃童子鸡，不是一回两回了——老公不保作罢，请大家看好自己的儿子，看好自己的儿子啊。愤怒的母亲嚷嚷得声声嘶哑，围观群众替她暗悔，怎没带个高音喇叭来捉奸。那男孩才十七八岁，面容稚嫩，身材柔弱，他抱着衣服又羞又恼地跑开，一跑就跑去了外国，两年没跟家里联系，据说去了缅甸的赌场做打线小弟。

不管那段时间秋山是不是下定了决心要离婚，结果总之是，婚没有离成。洪樱不愿离，就从钱上提要求，秋山自然是没什么钱的。再者，余雷余雪不消多想就站在母亲一边，他们羽翼未丰，一切开销都向母亲伸手。秋山父母和岳父母呢，都来劝他忍辱负重，至少维持家庭面子上的完整。眼红他家的人很多，难道他想让外人喝自家的倒彩吗？

说到底，也许一开始，秋山离婚的决心就不很牢靠。他们这代人都是这样的。而且，人年纪大了，行事不像小年轻张狂莽撞，等很多顾虑耐心纳进肚皮，行动就慢慢慢下来了。

有一天，秋山还是搬出了洪樱热闹喧天的楼房，回山中荒废多年的老屋住下了。不管秋山是不是被轰出来的，但他说搬就搬，行事不像有些男人那样，死皮赖脸。几间红砖搭石头的烂瓦平房，春天潮，夏天漏，秋冬灌风，送五保户都送不出手。人们纷纷说，可见秋山这丈夫做得，还蛮有骨气。

4

洪樱的麻将馆，麻将日夜咚咚锵锵满桌跑，节假无休，赌大不赌小。有人赢得双目通红，有人输得倾家荡产，风水轮流，斗转腾挪之间，洪樱既收茶水服务费，也抢先机买下为偿赌债低价出售的房屋地基，倒卖后再去城里置产，那是她为儿子余雷娶妻准备的筹码。余雷懒散无业，嗜赌，暴脾气一点就燃，名声算不得太好，好在家底殷实，有母亲帮忙操持。

娶妻本难，参考来看，当地有些本分老实的夫妻呢，也学着与城市对接，为城市服务。在家的大搞养殖，给长沙大饭店养龙虾，养牛蛙，养菜花蛇，或者进城进厂子，分拣槟榔，刷洗盐水瓶，拧矿泉水瓶盖，但到头来还是被姑娘们嫌弃。小伙儿人品性格俱佳，但只占“家贫”一项，就万万算不得好对象。余雷娶妻，挑花了眼，多少姑娘来过个夜，之后就没有下文了。连洪樱也不得其解，说如今的姑娘比她们当姑娘时，可大方得多了，也没有男女有别，男的占了女的便宜这说。

余雷最终看上的，是洪樱一位老姐们儿的表亲姨侄女。起先，洪樱帮了这姐们儿一个大忙，姐们儿怀着回报的心态，对余雷的大事表现得格外上心，跑断腿，磨破嘴，牵线来几个妙龄姑娘，最后真的在这里面促成一对儿。这门亲事先按下不表，这个忙，到底是什么忙呢？

为叙述方便，暂且称洪樱这位老姐们儿“花姐”。一天下午，花姐的丈夫开着他那辆红色吉利越野车去乡下一个山清水秀的农庄聚朋友，都是熟识多年的老哥们儿，几个是年轻时部队的战友，几个是退休前镇政府的同僚，钓鱼时在水库大堤上排成一队，吃鱼时围拢来刚好坐满一张八仙桌。鸡鸭鱼肉都是农家自养，山菌野菜也是农妇自采，味道十分鲜美，至于酒，浏阳河瓶子装茅台，都是私人珍藏，因为难得一聚，特地带来和老哥们儿分享，大家纵酒高歌，一醉方休。小镇农村水泥路柏油路虽然修得宽阔，但既不设红绿灯，也没有交警，不必担心酒驾抄单，该吃吃该喝喝，全无后顾之忧。夜渐深，有个老哥的夫人打电话来催，催了几通，他便胯下生疮似的坐不安稳了。花姐丈夫为人热情忠厚，人家起身时，他摸出车钥匙，一边往外走，一边让大家边喝边等，他开车送老哥到家，很快回来。往返不过十五里路。他把人安全送达，返回的路上，自己连人带车栽进了水库引水的渠道，重伤溺毙。

大家都很伤怀，等花姐家办丧事，吊唁人情纷纷上了双份。大家安慰花姐时，花姐也反过来开导大家，说她不会怪大家什么，往后还需朋友们互相扶持云云。既然寡妇没有扶着棺材呼天抢地，大家便空话少说，跟她聊一些实打实的事，譬如，车险申报理赔了没有？预估能赔多少？需要帮忙从保险公司内部找关系吗？

所有人心知肚明，车险是花姐最惦记的事。虽说夫妻一场，但花姐和姐夫，楼上楼下，分床二十年，也二十年不在一个锅里吃饭了。当年情深意切，今日所余无多。花姐女儿出嫁，两位上亲冷眼相看，拒绝同车送亲，同席吃饭，成为当地一个奇谈。

最后，出人意料的是，保险公司抓住酒驾不放，一分钱不赔。花姐一颗心沉到井底，再看那些老友，就横竖不顺眼了。花姐本不是那种任人揉捏的糯米团子——当年还是她做引线，把洪樱和一些年轻姑娘媳妇捎带去广东的，只是后来洪樱青出于蓝，能耐起来盖过了花姐的风头。花姐丧夫后，但凡在洪樱麻将馆输了钱，都要削尖嗓音拿话刺人，讲哪位赢家见牌就胡，见炮就轰，竟连个无依无靠的穷寡妇也紧抠不放。洪樱看不过，当众敲打她说，每天寡妇长，寡妇短，你这寡妇就心甘情愿白当的呀？

麻将散场后，洪樱继续点拨她，要怎样四两拨千斤，撬动那日聚餐的七个老哥的钱袋。花姐听得耳顺，去提每人赔偿五万元，大家不同意，又愧悔又惶恐，磋商后说，每人愿意出一万元。花姐留下狠话，那你们等着打官司。打官司是军师洪樱手上留的第二张牌。按洪樱指点，花姐丈夫在镇政府混了大半辈子，硬一点的关系要用好，好一点的律师要请到，该塞钱塞钱，该送礼送礼，出手要大方，干净。洪樱有个老相好在市法院就职，只要县法院打通，胜诉，之后便能高枕无忧。因为如果被告不服，上诉，正好落在洪樱相好的地盘，他一人就能产生泰山压顶的威力，让七个老哥上诉无门。

拖拖拉拉半年多，在洪樱相好的运作下，一切定成死局：每个老哥赔偿六万元，六七四十二。花姐喜不自禁，喜不讳言，到处说亡夫活一辈子没让她过几天好日子，死了倒这样保佑她，疼爱她，真是惹人怀念。

自此花姐既把洪樱当贵人，也当姐妹，欠下这么大一份人情，琢磨再三，最后妥帖不过地还在了洪樱儿子余雷的终身大事上。至于洪樱的小女儿余雪，且不提重娶轻嫁的外部环境，她自己首先就太不争气，虽然才二十出头，但人生已经烂尾，基本可以放弃努力了。

5

龙生龙，凤生凤，老鼠的儿子会打洞。裁缝的女儿做裁缝，婊子的女儿做婊子，这里面都有渊源，不稀奇。可洪樱很不理解，她女儿余雪为什么要接自己的脚，去沾染那种行当呢？余雪的生活境遇和自己当初明明很不同了。当年，她随一行女子远走他乡，膝下已有一儿一女，如果不是生活困顿，要思想未来活路，她哪里想抛夫弃子，放弃正常稳定的生活呢？

相比，受母亲庇护，余雪过得幸福多了。她读书不行，买了高中读了，可是怨三道四，等于在监狱受刑。本来洪樱计划再给她买个职高卫校待三年，毕业后去当幼师或护士，可学校再也圈不住她，作罢。其他不读书的同龄女孩，去超市打秤收银，去宾馆拆洗被单，去饭店刷盘洗碗，余雪不肯也不必去吃那份苦。洪樱筹划，放她在家养两年，帮忙照料生意，然后物色一个好小伙早点成家。可是母女俩朝夕相处、口角不断，久了都想摆脱对方。

后来，洪樱投资，帮余雪另起门面，在镇上开了一家服装店，卖的都是比较高档昂贵的货，中年男士的真皮皮衣和西裤啦，贵妇风格的真丝连衣裙和羊绒大衣啦，也捎带些材质柔软款式新潮的童装。为了进货，余雪软磨硬泡，又让洪樱赞助了一辆车。可是，看服装店很清闲，有时大半天都没顾客进门，无聊得让人打瞌睡。谈一单生意呢，也不是拉车煤，消耗不了人力。老板娘的精力，要么拿去追剧，要么拿去幻想了。

后来不知怎么，流言慢慢起来了，说余雪明面上是卖衣服，背地里不知卖什么。服装店常常大白天也关着门，不知门背后是哪个顾客在脱裤子，试裤子。小镇生活又很闲，过得分外细致，余雪几时开始画眼线了，几时开始穿超薄透视的衣裙了，几时杵在门边跟人调笑了，笑起来那个开怀，那个花枝乱颤，可谓风情十足，比洪樱年轻时更胜一筹。种种变化人们纳入眼里，麻将桌上也不避讳洪樱，拿她女儿嘴边滚来滚去，好似青石板上磨钝刀，格外起劲。

有次洪樱气极，大骂余雪蠢货，她积攒下许多家私给她陪嫁，娘家这么硬气，足以托付好人家。可她呢，性格浮浪，贪图享乐，一手好牌打得稀烂。余雪不听。后来再吵，洪樱当街就骂，你要卖就卖远些，莫卖家门口，镇上这些穷鬼，你就是卖一百个，也凑不上一百万。既骂余雪，却骂倒一堆人，搞得大家脸面尴尬，意见很多。老板娘横眉冷脸，加上其他麻将馆开张，洪樱的生意渐不如前。

秋山搬回老屋后，除了每周上街买回肉，从不在镇上露面。女儿余雪成为镇上数一数二的风流人物，洪樱与余雪母女关系水火不容等特殊阶段，秋山都置身事外，没人听他发表过什么意见。时间一长，人们跟他的家人一样，完全忘了他。直到死，且是因死相太惨，秋山才又被人重新谈及。

秋山死后当月，政府来人说，两县之间要通一条高速公路，高速将从地界交辖的这片山谷中穿过，老张家、秋山的老屋以及秋山的坟墓正处在要道，不得不夷平，以贡献建设。对方客气地说，政府希望双方能坐下来，好好商谈一下征收费。

天降横财，洪樱格外欢喜，她扬言，如果不从秋山的老屋和坟墓中挣出一栋新别墅，她可绝不会心甘情愿，白当他这个寡妇呀。

一个神婆的诞生

秀秀托梦

关于秀秀托梦的经过，王织云后来绝少亲口提起。不过当年，她在派出所做完笔录，那个神秘的夜晚，连同母女打破阴阳联手复仇的传奇，迅速在金盆岭群山下的各个村子传开了。很快，令警察饱尝挫败的奸杀幼女案告破。等不及凶手结案枪毙，秀秀托梦，已经像一个四字成语或传奇故事，被四万多人口口相传，变得家喻户晓，正等待着写入下一版本的《宁乡县志》。

那天晚上，王织云刚睡下，看见女儿秀秀推门进来，在她的床边坐下，拿小手摩挲着她的脸说：“妈妈，快三年了，我一直不愿进入轮回六道去投胎，就是想着你啊。”

王织云大吃一惊，想坐起身却感觉胸口被大石压住，想喊叫喉咙却发不出声音。她猛地挣脱了一下，去捞秀秀的身体，却感觉皮肤穿过冷风。

秀秀还是七岁时娇小憨萌的模样，在妈妈面前，委屈得想哭，眼泪顿时就像滚落的珍珠。秀秀说："妈妈，我不哭了，你也不哭，我有事情要讲给你——是驼背孙老倌害死我的呀。"

王织云愣住，她怎么也想不到是那个深居简出从不惹事的老光棍。

秀秀又上前强调了一遍："妈妈，你记住了，是驼背孙老倌害死我的呀。冥司神鬼都为我抱不平，向阎王爷求情，我才能回来看你呀。"

秀秀说完，起身要走，王织云去拉她，这才发现孩子赤身裸体，满是刀伤。她的腹部插着一把剪刀，黑色皮革包裹的刀柄露在外面，开膛划出一道长口子，几粒米饭和葡萄干溢出来，一只狗在舔她的肚皮。这是秀秀遇害后在田埂上被发现时的情景。王织云崩溃了，她伸手去捞孩子，只见孩子粉红的脸蛋迅速丑败下去。

王织云惊醒了。天刚蒙蒙亮，初春时节，湖南雨水绵绵，大地被泡发了，浓重的湿气从松软的土层深处散发出来，空气中有股草木和野物沤烂的腥味。她摸到枕头被梦中的眼泪洇湿了。从旁边的空枕头下，她摸到手电，起身往驼背孙老倌家走去。

盘泉寺

王织云是 1960 年生人，秀秀托梦是她四十岁生日，2000 年农历二月初九那天。她完全忘了自己的生日，等到八九点钟，妹妹红云提着一只芦花鸡来做客，王织云早已像平常一样，走进了金盆岭深处的盘泉寺，跪拜在佛像前。

金盆岭山脉源于岳麓，绵延不绝，极其开阔，云雾山、神仙岭、鹰嘴岭、牛眠岭、张家岭、陶家岭、董家岭、颜家岭、黄茅大岭此起彼伏，连成一体，如碧色的盘子倒扣在大地之上。四万多村民散居其中，同姓氏的村民沿湖傍水而居，更多的人家独门独户，与祖宗的墓地为邻。山中喧闹，一条悬空大瀑布长冲直下，分三支注入靳江、平冈和长沙，山腰横出一汩化作泉水，盘泉寺即依此而建。

看寺的老妪颜嫔驰，信佛虔诚，早年在寺庙边上盖两间住房，开垦出菜地和鸡舍过生活，很少下山。如果说起山下云龙寺的神婆王织云，颜嫔驰还清楚地记得多年前，她失魂落魄地闯进盘泉寺的样子。

冬春交际，冷雨霏霏，山路泥泞，王织云每天披荆斩棘地来到盘泉寺。她圆脸杏眼，穿一身长袍似的黑衣裤，头脚湿透，却从不打伞。她的手上握一柄寒光凛凛的弯刀，不用问就知道这是上山路上唯一的依傍，用来砍伐杂木藤蔓，脚下打滑时，刀尖朝最近的树猛地一楔，也能钩住人，让她不至于滚落山去。此外，山中有野猪、毒蛇和豺狗，甚至早些年，村民张含九、张晋益、邝正清上山打猎，在滴水洞附近发现了两头老虎。他们捉住一头小的，一百多斤，送到县里的土产公司，收获五十二元和“金盆三壮士”的美名。上山的路如此凶险，盘泉寺庙小神少，不仅比不得县里规制齐全名声显赫的密印寺、白云寺和涧西寺，在众多小寺庙中，香火也比较惨淡。盘泉寺的石门两边刻着：

寺兴西晋

神佑凡民

八个烫金字似乎远在明清就失了颜色，至今忘了刷新。村民们虽亲近本地寺庙，认为这千年古寺祈福灵验，但也只在天气好的春秋两季上山。而冬天只要出太阳，颜婝驰就会把她的花棉被抱出来，摊晒在大殿前的台阶上。随着日照偏移，搬来挪去，花棉被上午由执大刀的关公看管，下午就倚靠在大慈大悲的观世音脚下。

自冬天以来，盘泉寺只接待了王织云这唯一的香客。她每天都来，跌跌撞撞进了门，丢开弯刀，扑通一跪，一张苦脸仰望佛陀的笑脸，塑像般跪坐个把钟头，然后起身离去，既不打卦问卜烧黄纸，也不给颜婝驰一分香火钱。

颜婝驰疑虑重重，下山打听才知道，女人名叫王织云，是羊溪塘村民，七岁的女儿被人杀害，暴尸野外，警察来了几次，问这问那，却迟迟找不到头绪。她的丈夫怄极，一根草绳勒死了自己。她原来相貌出众，是当地少见的念了高中有文化的女人，曾被举荐去参选乡镇妇女主任。经此巨变后，人变得半疯半癫，整天无缘无故在外走，无缘无故进别人家门，瞄人家的墙壁、橱柜和厨具，眼睛直勾勾地盯人。时间久了，邻里乡亲对她既同情，又嫌憎，也无奈。

1997 年秋到 2000 年春，王织云几乎每天都来盘泉寺。颜婝驰看着她，人瘦得像一把剑，插在宽大的黑色剑鞘里，走路时衣服飘飘荡荡，仿佛魂魄出窍。不过一双眼神锋利如刀，仿佛已经磨拭了无数个昼夜。

土地童子

驼背孙老倌六十多岁，没有娶妻，一个人住在张家岭一处偏狭简陋的石头房子里。公家雇他看守山茶林，房子也是公家的。他父亲以前是山镇最富有的大地主，既修祠堂，又办私塾，威望很高。后来，时代的碾盘一转向，孙家大宅成了镇政府办公驻地，地主娘的太师椅、地主婆的雕花床和地主两个青春貌美的小老婆，都分发给了村民。孙家的独子九岁自谋生计，弓着身子给生产队干各种重活，尚在年少时，驼背就有些明显，等到年老了，他抄着手在路上走，背上仿佛驮着一袋滚圆的大米。

孙老倌久居深山，不爱出门。他出门也不方便，出茶林，走山路，过水库，下田埂，才能遇见第一户邻居。如果这家门上挂了锁，他还得埋头继续走，才可能遇见第二个话搭子。幸好他没有近亲，衣食自足，不必非要出门。人们偶然想起他，就像想起历史书上的某个典故，只在特定的话场才把他翻出来，用来举个例子。

王织云去找孙老倌的石头房子时，她的记忆出了岔，绕了弯路。天还黑着，简陋的房子像树林的阴影，孙老倌的呼噜声从里面传出来。王织云关了手电，站在山坡上回想女儿托来的梦，深感茫然无助。她还是多年前挣工分时来过这里，绵延起伏的坡地，山茶树长得高而密，墨绿色树冠像暴雨来临前的浓云。底下，洁白的茶花在土里腐烂，冰冷奇异的幽香吸进她的肺里。

孙老倌的石头房子地处低洼，打地基挖塌得又深，有三成埋在地面以下，以至于站在高地看，那房子像是自己从土里长出来的。

屋前是一块菜地，剩下三面，土墙作天然屏障，沿沟渠拓开两米宽的空地，种了桃树、板栗和蔬菜。忽然，荫蔽潮湿的北面空地上，一群蝴蝶花像闪电一样击中了王织云，她感到浑身被烧灼，逃命似的往回跑，直到跑出了山茶林，跑到了天光可见，她才瘫坐在地上号啕起来。

1997 年 3 月，学校组织完植树节活动，秀秀着了魔似的爱上种花种树。放学后，她去湖边盘挖柳树，种在自家的花坛里，每天浇水，柳树还是死了。别人告诉她，柳树要种在水边，她又毫不丧气地挖回来更多。二十年后，秀秀种在水塘边的柳树，分枝多又粗，天气晴朗时，王织云会把上了潮的黄纸晾挂在上面，杨柳依依，黄纸飘飘。

那段时间，秀秀上山挖棕树、黄栀、迎春、杜鹃，有的挖不动，如粗壮雪白的野梨花，她拿弯刀砍了，背回来插在水缸里。王织云和丈夫在花炮厂上班，她做贴包装的手面活，丈夫做上硝药的危险工作，两人起早贪黑，孩子跟村里所有孩子一样，管得不很细致。丈夫身体不好，两人三十来岁才得来这头胎孩子，疼自然非常疼。王织云知道秀秀上山了，要骂人，说山上有老虎，你不怕？秀秀也怕的。可是怕也要去，种树种花，痴心不改，门前屋后种满花草，她还嫌坛子不够大，开辟出后院天井的一块地。王织云跟丈夫说，秀秀这是山里人的胚，你庄稼汉的种。

后来成了神婆，王织云说，她想通了，秀秀是被土地神看中，请她去身边做土地童子，所以那年才会魔怔般地看土里长出来的东西，花呀，树呀，草呀，那都是土地神身上的毛发呀。

有一天，王织云完工回来，在天井里舀水冲凉，发现水缸旁团团簇簇地环绕着一种她从未见过的花草，青绿色的修长叶片，淡紫色的花瓣上，缀着鹅黄的波点，鲜艳好看。秀秀神气地说：“有人叫它扁竹花，我要叫它蝴蝶花。”这么一说，王织云笑了，乍一看，这花确实很像在草丛中翩翩飞舞的蝴蝶。

阴阳联络人

审问到最后，孙老倌不再否认，他说：“我其实一直在等你们，现在，我解脱了。”他把秀秀的黄铜手镯交给王织云，别的话不多讲，悔罪的意思也没有，脸上只有一种对终于了结完此生的混沌麻木的轻松。

黄铜手镯是有年正月，王织云带着秀秀去密印寺求来的，镯子十元，另花十元请大和尚开了光。很多孩子手上都有一个。秀秀喜欢把它取下来，掰直了，像尺子那样把玩，这铜镯子被磨得黄澄澄的，溜着光，竟像一个金镯子了。当时，给秀秀清洗身体和换冥衣的，是她的姨娘红云，王织云只顾哭昏了头，早不记得什么铜镯子了。她把镯子掰开了，戴在自己的手腕上。

人们发现，秀秀的案子破了以后，王织云不再像以前那样整天在外走。她闭门不出，全然不顾关于她的传说已经像蔓延的大火一样，在金盆岭山下，一个村子连着一个村子，燃得噼里啪啦响，越来越炽热。

终于有一天，王织云嫁在邻村的妹妹红云，领着一个瘸腿女人来敲她的门。这女人四十来岁，见人就赔笑，一口黑斑点的大龅牙令人过目不忘。进了门，她把两块猪肉挂在墙上，讪讪地靠墙站着。红云说，女人是她姑嫂同村的，董家岭的，听说王织云能联系上神鬼世界，有件事情想请她帮忙。

王织云不置可否，等来人说事：

女人有一女一子，女儿如果还在，今年该十九岁了。她十六岁去长沙打工，在一家宾馆做服务员。家贫，女孩知事早，两年间，她隔三岔五地寄钱回来。人倒是只有过年时回了一次。有一天，宾馆老板娘打给有电话的杂货铺，口气生冷梆硬，请杂货铺转告女孩的父母，尽早去把人接走。家里人回头问女孩，老板娘什么意思呢。女孩说，没什么意思，她工作做得蛮好，老板娘是个醋坛子，爱没事找事，有老板撑腰呢，爸妈请放心。过了些日子，老板娘又打来电话，还是那些话。问女孩，也还是那些话。忽然，除夕夜，杂货铺一家人正吃团圆饭呢，接到老板娘的电话通知，女孩发急症死了，请尽早去把尸体接走。

女孩的父母邀喊了男性亲戚三十多人，拿着锄头、铁耙、扁担、开山斧冲到宾馆，老板已逃得不见人影，老板娘在尸体旁架起条桌，点一支烟，开条件。村民们谈到三万块，上不去了。老板娘不屑地说，想打官司？你们打过官司吗？可以。我保证你们一毛钱拿不到，还要吃败仗，付诉讼费。

女孩的父亲一辈子没见过那么多现金，拿在手里数啊数，有两次数差了，只好重新来过。大家等得不耐烦。女孩的表叔凑上去，提醒他，别数了，想想你一个女儿养到成人，就这么被人害了——脸肿成猪肝色明显是中毒呀，你怎么还有心情数这几张纸？

山里少女活泼泼出去，一身僵冷地回来，王织云对这类事有所耳闻。她想起看过的花鼓戏《河神娶妇》，每年五月初五祭河神，在锣鼓唢呐声中，被挑选出的美丽少女被推入波涛滚滚的大河，去成为河神的新妇。现在，看来河神已从淤泥里爬出来，人模人样地在世上走，亲手挑选他的祭品。

王织云同情这位同样失去女儿的母亲，希望她能放下负担好好过日子，然而她想不到自己能为她做什么。

女人继续说，她最羡慕王织云，因为她从没接收过女儿的托梦。她以为女儿的生日、祭日，中秋或中元节，女儿会回来见她一面。可是没有。她多梦的丈夫也没有。她甚至忧心女儿是不是对父母有什么不满，才导致他们从未在梦中相会。

然而，眼下有个决定要做。得了三万块赔偿，他们想从那荒山野岭搬出来，去三十里外的镇上公路旁买一块地，这也是为了儿子以后的婚娶着想。搬走就难得回来了。他们犹豫要不要给女儿迁墓。掘尸要作法事，看新墓要请风水先生，都费钱；不迁吧，把女儿一人撇那里，心里也有点过意不去。他们想，如果能听听女儿自己的意思就好了，女儿知事早，很多时候都仰仗她拿主意。

可是，阴间与阳世的通道不是谁都能走的，他们想请王织云做中间联络人。

第二日，女人再来，王织云说，扶乩请仙帮你问了，你女儿睡那儿习惯了，不愿挪床，随她吧。

女人千恩万谢地走了。

过去三年，王织云过得格外苦涩寂寞，董家岭女人第一次让她觉得自己有用，被需要。她尝到被人夸赞的甜，犹如久旱逢甘霖一般舒畅。至于扶乩请仙，她其实是道听途说，根基尚浅，因为她暂且只能依靠当地几乎所有妇女都懂的牛角阴阳卦谱。有一天，她突然很想去拜访一个被称作“何仙姑”的神婆。之后继续寻仙问道，又走访了几位懂风水占卜的老先生和做葬礼道场为生的道士，带回了《周易》《道德经》《血盆经》《鲁班经》等经书，以及各种咒语的手抄和符纸。

云龙寺

没过多久，一个同样住在董家岭的女人跋山涉水而来，一见王织云就握住她的手，感谢她来到她们中间。她开门见山地说，想请王织云给小儿子捎个信儿，莫再来找他哥哥了，如果在那边太孤单，就来找妈吧。

听得王织云云里雾里。女人说，去年十月“双抢”，他们一家收割完稻子，她和丈夫正给打谷机里的稻子装箩，大儿子在清洁滚筒。小儿子说：“妈，我热得喘不上气，去水塘里洗个澡。”说完扑通一声跳下水。水塘就在那丘稻田下，田垄很高，跳水声很大。她没有多想。十一岁的小儿子水性很好，经常和他哥哥在这水塘里玩，兄弟俩年龄相差两岁，同出同进，感情非常亲密。

忙完，她去喊小儿子回家，水面却没有动静。丈夫过来了，围着水塘喊一圈，只有山谷的回声答应他。丈夫是个脾气暴躁的男人，一急就对小儿子破口大骂。大儿子反应快，跑去把几位叔伯喊来了。男人们站在水里，杵着竹篙戳来戳去，把水塘搅得浑黄，最终一无所获。女人四肢瘫软，开始恸哭。

做父亲的疲乏极了，爬上岸，站在小儿子跳水的地方，眺望四野，骂道：“不听话的畜生，你到底去哪了呀？”他像见到儿子的最后一幕那样，也扑通跳下水。他的双脚踩在儿子的双肩上。他感到儿子像突然折断的水草一样，摇摇晃晃地跪下去。

跳水处有个隐蔽的漩涡，小儿子的双脚被吸附，深陷其中，他们费了好大劲才把他拔出来。叔伯们直感叹，这小子是不小心搅了水鬼的巢穴，被鬼扯住脚了。

小儿子死后，大儿子像变了一个人，心事重重，反应迟钝。这个清明节，按风俗，他上山给弟弟除草，烧黄纸，挂招魂幡，回来后，整个人突然很兴奋，话说个不停，眼睛闪烁着奇异的光。天黑了，他把自己的衣裤、鞋袜、被子和毛巾都抱到村民送葬时祭祀土地神的河边，一把火点燃了。他显得很高兴："我的弟弟要来接我了，他说他很想念我啊。"

王织云拿出一包茶叶，口中念念有词地请神作法。她告诉女人，门槛周围撒上红豆绿豆黄豆黑豆大米荞麦花生七色五谷杂粮，连续七天每晚七点，泡"祈茶"给大儿子喝，喝完不要出门。然后，她把一个镶金丝的红布锦囊交给女人，叮嘱说，要大儿子贴身戴到十八岁，洗澡也不能摘下。最后，她把两条白色符帛交给女人，告诫她，带上黄纸、元宝、纸衣、纸马，一同去坟山烧给小儿子。符帛上，是王织云用黑色软笔写的劝诫咒语：

大千世界，无挂无碍。自去自来，自由自在。要生便生，莫找替代！

好大世界，无遮无碍。死去生来，有何替代。要走便走，岂不爽快！

大儿子果然有所好转，显出活泼灵泛的气象。董家岭女人格外感恩，又翻山越岭地送来“有求必应济世度人”的锦旗。与她随行的还有三个女人，年轻的来求儿子，年长的来给儿子求姻缘，中间那个，掀起她的上衣，给王织云看她剩下的一只好奶，又看被夷平的另一只奶子的遗址，说她得了“奶癌”，是来给自己求活命的。

生活中恐怖与失控的事如此之多，人心装满了深切的恐惧与迫切的向往，人们把希望投注到王织云身上，在她那间老旧空荡的屋子里。她们诚实地讲述，请求指引，仿佛孤独无依的小舟在海上漂荡太久，终于遇到一块陆地，产生了天然的信任和依赖。她们远道而来，犹如春节看望长辈，提着鸡鸭鱼肉，袋装葡萄干、红枣干、桂圆干和水果罐头，还有人给她送过一个时髦的高压锅。她的柜子里塞满了食物，食物又垒在柜子脚边，几乎够开一个杂货铺。当她指指地上，让来人把礼品提回去，人们开始给她塞红包，多少随意，一般是八十八打底，给月月红一百二的居多，也有给六百六,八百八的，那都是由沾亲带故的乡人领着驱车前来的城里人。钞票好消化，不占地方，她也没有其他收入来源，于是一一掖在手心，都收了。

她添置了一尊一米六的铜塑观音像，写了红纸告示贴在大门口，字清秀而飘逸：

为了报答家乡人们的乡情和亲情，现在织云敬献、供养观世音佛像一尊，供乡亲们参禅礼拜。观世音菩萨大慈大圣大悲大愿，是亿万万老百姓心中最慈祥的心灵神，是我们心灵的寄托，常赖佛恩之庇，佑及信人：男康女泰，上祈洪福，下保平安，常臻吉庆！

农村熟人社会，凡事口口相传，有人视王织云为恩人，同时有心向神明表虔诚，推波助澜者不少。王织云的神威迅速传遍了金盆岭，又飞出了金盆岭。

门庭若市，名利双收。如此过了五六年，有一天，王织云决定拆了住房，建一座寺庙。名号心中早已想好，拿自己的名讳打头，又借这卧虎盘龙之地，于是叫作“云龙寺”。

男香客

云龙寺面朝群山，仰望盘泉寺，两座寺庙中间，隔着平坦的稻田、零散的房屋和一池水塘。水塘种满荷花，夏天时，荷叶田田，荷花摇曳，幽香浮动，颇有禅意。新房子是两进五间，观音殿和会客室在前，后面是卧室、厨房和卫生间。她把人们送的锦旗挂在会客室的墙上，不久后，锦旗对面还将挂上云龙寺慈善爱心协会的章程、宗旨、财务制度，领导班子十四人的职务和名字，以及初创时47名会员的名字。随着云龙寺的影响力与日俱增，镇政府还将给王织云送来《寺庙管理制度》《宗教事务条例》《人民政府关于宗教和民间信仰场所禁止燃放烟花爆竹的通告》和包含副镇长在内的管理责任人名单。它们都将庄正地悬挂在会客室内。

最令王织云欣喜的是，云龙寺揭牌后，一切名正而言顺，有男香客上门了。这意味着她入了主流。有公公领着大肚儿媳来求护身符；有祖父来给高三的孙子求功名签；还有一次，来了个三十五六岁的年轻男人。他说，他住在县城北部，骑摩托往南跑了三个多小时，都是大路，一进云龙寺所在地羊溪塘村，山重水复，岔路极多，他迷失了方向。他恳切地说，云龙寺虽灵，可惜太偏，他停车问路，问了六七个村民，如果修通水泥路就好了，路口有牌楼就更好了。

坐定后，男人跟王织云说，有件事情，他绞尽脑汁也想不通，心口开了一口深井，还是照不见影。他话一出口，眼神顿时疲软下去。

“我堂客，日子明明过得好好的，为什么要寻死呢？”

男人说，那天傍晚，他正收拾工地上的脚手架，接到妻子打来的电话，问他哪天回家。他问她，家里有什么事吗？她说，没事，但是，能不能过几天回来一趟？妻子是那种温和寡言、要求很少的女人，他不多问就说好，当晚去找工头请了假。可是没等他回家，她投了井。她不想要别人难找，鞋子脱了放在井边，遗书拿石头压在井盖上。她不想娘家与婆家生是非，遗书一开头就写：“这是我自己的决定，与旁人无关。”她交代了存折和现金藏在米缸里，希望两个女儿好好读书，跃出农门。至于为什么要走这条路，她只字未提。

在人们看来，如果说她的日子过不下去，那其他女人都不要过了。她长得很美，丈夫是青梅竹马的爱人，从小爱护她，一个包子也要找她分着吃。他本分勤快，在长沙打工的收入都交给她，她想买裙子鞋子，他从不像别的男人那样抠抠搜搜、多嘴多舌。他们有一对双胞胎女儿在念初中。公婆虽然当初不同意儿子娶她，婚后不扶持照料，但分了家，婆媳间也没什么龃龉。人们分析来去，都看不懂她的选择。有一天，他在外地读大学的外甥女打电话说：“我小姨不会是得了抑郁症吧？”在这里，人们从未听过什么抑郁症。

不过，女人下葬那天，人们注意到棺材抬出去时，男人站在屋檐下止步目送，并没有扶棺上山。按风俗，丈夫给亡妻亲手扶棺送葬，铲土掩埋，意为他此生不再续娶。如果有续娶的念想，就不要扶棺，免得死亡污染了新婚的吉兆。

三个月后，男人与一个寡妇同居。女人与女人天壤之别。新妇虽泼辣聒噪，但精力格外旺盛，家务收拾得井井有条，大笑起来仿佛屋顶都跟着震颤。因为有她，他感到家中丧气一扫而光，心里和屋里都变得敞亮。他带她买项链，走亲戚，告知叔伯舅兄办喜事的时间。他由她十指相扣，坐在腿上，显得他如此中意她，重视她，以至于长辈们也像对待他的初婚和新妇一般，笑容满面地打发红包。

喜事过后，他又去长沙打工了。奇怪的是，有时他累了，坐在工地上休息，他会从高空的云和塔吊那里，想起之前那个妻子。等他忙完一天，终于在铁床上躺下，四肢松软，他会想起之前那个妻子。等他月底搭中巴车回家，悬挂电视机里传来老歌，窗外青山叠翠，浮云翻滚，他会想起之前那个妻子。她为什么要那么做呢？她心里对他，到底是怎么想的呢？

王织云说，一苦一智慧，一厄一慈悲。正是经历苦厄，人才会明白事理，理解他人。当年，她丈夫自杀，别人都说他弱，唯独他弱吗？她并不觉得。因为人在天地之间，都是弱的，很多力量远远超出了他自身那份力量。令她伤心的是，这件事让她看不明白了，他对她是否有情？

至此，男人心里的困惑虽然没有解除，但之前那种孤独感却真真切切地消失了。他觉得也不虚此行。告别时，他把红包投进功德箱里，感到一阵轻松。王织云像对待每位香客那样，送给男人一个红布护身锦囊，劝他放下："命有定数，我们也不能从阎王手下抢人啊，让该做人的做人，想做鬼的做鬼吧。做人做鬼，谁难谁易，恐怕也讲不清吧？"

活财神

云龙寺的信众基础远比王织云料想的更加深厚广泛。有一天，一个八九岁的小女孩进门来，踮起脚尖把一捆零钱递到观音座下，跪地拜三拜。她说想请菩萨帮帮忙，让她在期末考试考第一，这样她就能去父母打工的广州过暑假了。小女孩像个信使一样，给王织云带来扩建云龙寺的消息，或者说，是她让王织云准确地听见了内心想扩建云龙寺的声音。

王织云盘算着她的计划。她想再建一座比观音殿更大的独立佛殿，请三尊金身如来佛像，作为云龙寺的主殿。她还想在殿外修一座黄色琉璃瓦的四角小塔，塔下给女儿请一座土地神庙，庙门两侧，写上八个字："秦秀住宅，云开雾散。"香客进殿之前，可先在此烧香烛和黄纸，作为祭祀和纪念。另外，云龙寺地势低，出村必须拾级而上，绕一个黄土大坡。一下雨，路烂得像锅粥，所以她想修一条上坡的水泥路。

这样宏大的计划，起价三十万，相当于当地十个家庭的年收入。听闻此事的信众既佩服，又存疑，不过，他们怀着修庙请佛的美好心愿，主动募资捐款。限于收入，善款远不及撬动王织云的雄心，思来想去，她决定大幅提高香火钱。这也不是毫无道理，如今她声名远播，无异于一个给灵魂看诊的名医了。而天价咨询费本身就招人议论，说不定，云龙寺反而因此吸引城里人和有钱人慕名而来。

一开始，她似乎筹谋得当。一天，一辆黑色汽车停在门前，下来一个穿狐狸皮毛的贵妇打扮的中年女人。与她同行的老妇自称是她的姑妈。姑妈说，侄女是公安局领导的太太，太太有一桩心事：领导是管赌博的，可是自己赌瘾很大，之前跟他抓过的赌徒一起玩，被发现了，险些丢掉了职位。他克制了月余，赌瘾复发，变本加厉，找借口办了停薪留职，没日没夜地泡在赌场。局里催了两道，警告书也下来了。太太说，这个人魂儿被勾走了，她拿他没一点办法。走到云龙寺这一步，是最后一步，如果连菩萨也放弃他，那她只能离婚了。

王织云眯着眼睛默默神，问道，你知道赌神迷龙吗？

太太说，不知道。

迷龙是阴间的赌神，手下有赌鬼成千上万，全听他的派遣。迷龙坐庄，早晚点卯，操纵赌鬼们聚赌，赢家的钱绝大部分被庄家抽成，因此迷龙成为阴间的巨富。赌鬼们不敢得罪迷龙，输光钱，就托梦让家人给他烧黄纸元宝，等到要投胎，就提前去阳世寻找替代。找到合适的，先请迷龙签字画押施法，再打发替身去阳世的赌场经受大量训练。这样一到阴间，他就能当一个合格的赌鬼。按王织云的说法，太太家的公安局领导，恐怕是被迷龙选中了。那么，除了从迷龙手里设法赎身，也没有其他办法。

王织云这一单，得了四千元，传出去令村民们啧啧惊叹。他们去别村别镇走亲戚，总要提起王织云，这是自己村出的神婆呀，那口气，像是在讲自己村出土的国宝，一件珍稀的文物。

这一单也让王织云见识了自己的能力。她各种疑难杂症都接，法事作得相当细致，耗时漫长。她定下价目表，城市人收费四千元起，有那种想给丈夫的出轨对象做个纸人的，人命攸关，折损她的阳寿，价钱还得翻倍。本地人可议价，但最好不要议得过猛，以免菩萨恼火，被怀疑是否心诚。上门求拜的都是遇到大事或心结，谁缺少诚心呢？

村民们不仅羡慕而且膜拜王织云，讲她日子过得多么得意，讲话笃笃，嗓门超大，根本看不出悲惨往事的痕迹，这是否极泰来的标准样板了。还有村民说，想想王织云那么高的收入，财神附体了，大家把她当活财神拜就是了。

到 2016 年底，王织云当年的计划都一一实现了。云龙寺的牌楼立在路口，黄色琉璃瓦的楼顶上，坐卧着二龙戏珠，两边立柱的对联选自《劝幽词》，那是王织云熟稔的在葬礼上唱诵的告慰亡灵与亲人的词：

始皇筑万里长城哟，关不住西山去路；吴王铸千寻铁链哟，锁不住东海长流！项羽八千兵败哟，自刎乌江；石崇十二楼颓哟，空埋白骨！李广空上望乡台哟，魂归沙漠；屈原枉死汨罗水哟，身葬鱼虾……贵贱短长，同为枯骨，东西南北，定有飘魂……他乡流落千千哟，皆无父母，荒冢沉埋万万哟，谁是儿孙……

与全篇凄切悲凉的底色不同，王织云给云龙寺选了坦荡明朗的最后两句：

两脚踏开生死路

一声齐唱太平歌

云龙大道

2018 年秋，王织云心中起了新的筹谋。就像当初那位男香客讲的，村里路况差，土路分岔多，导致云龙寺闭塞又难找。村里的主路也不经过云龙寺的牌楼，而是远远地绕过去了。所以，王织云想抄近道，修一条从云龙寺牌楼直通村外、连接 208 省道的水泥公路。省道是通往镇上和市里的必经之道，车来车往，路边还开了几家野味农庄。王织云设想，等她的云龙大道完工那天，她要多补两袋水泥，修一个“此处通往云龙寺”的石碑。

预算二十万元起，个人积蓄和爱心善款加起来也不够。抱着试一试的心态，王织云问村委会能否出资支持，尽早动工。她讲了为官为政、利国利民的豪言，也讲到自己。她说，修建云龙大道是一项关乎千秋万代的事业，云龙寺的影响力大了，就能留下来，说不定能像盘泉寺一样留存千年，去告慰甚至去解救千年以后某一个不幸的人。

这话一传开，有人感动，有人笑话，更多的人半信半疑。有一次，王织云跟妹妹红云吵起来，生气地说，这里没一个人理解她。

他们目光短浅，小人之心。她不讲究衣食，又没有后代，费尽心思刨来钱，钱都花给了修庙、请佛、修公路，她难道是为了她王织云自己吗？

被村委会拒绝后，王织云不服气，决心凭一已之力修建云龙大道，两年内动工。村民们听闻后，既当面赞美她的义举，又背地里嘲讽她收费太贵后，讲什么都不灵了。

相比声誉下滑，造成直接损失的，是有人折身回来，向王织云索还香火钱。都是贫穷吝惜的乡人。有的办完老伴的葬礼，哀楚地来到王织云面前，叹息说癌症果然是神仙也治不好的，人没了，钱还能要回来吗？王织云觉得这没有道理，人没了，医院会退治疗费吗？所以她总是好言安慰，同时勒紧钱袋。

唯一的例外，是因为一个三岁的孤儿，王织云如数退还了一千二百元。那小男孩第一次来，是跟着他的奶奶朱四媄毑，她来请王织云去看看房屋的风水。这楼房留下还是炸平，朱四媄毑说，全凭王织云一双法眼。房屋地基是包围在山水之中的一块平地，西靠山岭峭壁，东面横着一条灌溉渠道，南北是山体凸出来的巨石。第一次盖这房子，二楼刚架好预制板，一场大雨从天而降，冲垮了房屋，砖头水泥等建材都被冲进渠道，损失非常惨重。积蓄了一年后又起首，新房终于盖好。当月，丈夫朱四去别人家还工期，也是盖房子，楼梯塌了，活埋了他。多年来，寡妇一人操持，嫁了女儿，娶了外地儿媳，外孙和孙子相继出生，日子看上去又转活了。可是，一天晚上，她那做厨师的儿子从一场葬礼上忙完回来，凌晨两点躺下，第二天再也没有醒来。他才二十八岁，像个巨人一样高大，走得十分突然。有人说，他有肥胖症，万一血管爆裂，枕边人也听不见的。有人说，都不对，这一家子一开始就不对，不该把房子建在煞神的脑门上，吃饭睡觉屙屎屙尿，得罪了煞神。

“煞神说”的人一多，为了孙子的平安考虑，朱四娭毑想知道他们是不是真的住在煞神脑门上。王织云溜达了一圈说，是的，房子夷平后，还要给煞神赔礼道歉。

住房没有了，朱四娭毑的儿媳回了贵州，婆孙两个寄居在女儿家。生计维艰，朱四娭毑干脆把孙子送给女儿抚养，自己进城打工。这一天，朱家女儿找到王织云，一开口就嘲讽地问她能否算出失踪大半年的朱四娭毑在哪个方位，还有没有活着。她对王织云当初的建议和收费怀恨在心，把小侄子推到王织云跟前，摇晃着他说，如今一家人的光景，倒不比住在煞神脑门上了。小男孩瘦弱的身子，顶着一颗大脑袋，像一棵一生都在淋雨的向日葵，模样怪可怜的。

王织云听来客说个不停，又感到一阵头晕。那段时间，她静坐也偶尔会有那种久蹲站起时眼前一黑的晕眩感，却从没想到是心脏出了问题。人们说，虽然她看上去依然体态匀称，长发乌黑油亮，可毕竟快六十岁了，里面总要老化的。村里的水泥公路怕是修不成了。

在长沙做完搭桥手术后，王织云回到空无一人的云龙寺。三神殿和观音殿的大门锁着，香火已熄了半月。殿前的地面上，车辙交错重叠。四角塔和土地神庙下，积了一撮灰烬，上面插着的几炷香还燃着火星。有一些人来过，因为进不去，于是点了自己带来的香烛鞭炮，在屋外拜一拜就回去了。

王织云站在那里，四下看了许久。他们还会来的。她在心里盘算医保报销的比例，落实的时间，对应着她的云龙大道几时可以动工。她经常劝别人放下，可自己这一次比大病前更加执着。这条通往外面世界的公路，就是她余生唯一要完成的大事了。她寻思着，等一切办妥，人们重新上门，带着“云龙寺施香火钱，意思意思就行了”的消息回去，要不了多久，她王织云的局面，肯定又大不一样吧。

2020年春天，王织云过完六十岁生日的第二天，云龙大道鸣炮动工，铳声三发，响彻天际。这一天，距离秀秀托梦，已经过去整整二十年。王织云站在一群说说笑笑的泥工和村民中间，梳戴得像新娘一样整齐，左胸别着一朵寓意吉祥的红绒花，手里攥着为自己祈求的锦囊，她觉得这仿佛是，第三个人生开始了。

图书在版编目（CIP）数据

木兰结婚 / 胡卉著. —北京：中国工人出版社，2021.8
ISBN 978-7-5008-7724-0

Ⅰ.①木… Ⅱ.①胡… Ⅲ.①纪实文学—作品集—中国—当代
Ⅳ.①I25

中国版本图书馆CIP数据核字（2021）第172393号

木兰结婚

出 版 人	王娇萍
责任编辑	董佳琳 董 虹
责任印制	栾征宇
出版发行	中国工人出版社
地 址	北京市东城区鼓楼外大街45号 邮编：100120
网 址	http://www.wp-china.com
电 话	（010）62005043（总编室） （010）62005039（印制管理中心） （010）62001780（万川文化项目组）
发行热线	（010）82029051 62383056
经 销	各地书店
印 刷	北京盛通印刷股份有限公司
开 本	880毫米×1230毫米 1/32
印 张	8.625
字 数	160千字
版 次	2021年10月第1版 2024年1月第3次印刷
定 价	56.00元

本书如有破损、缺页、装订错误，请与本社印制管理中心联系更换
版权所有 侵权必究